U0547684

钱锺书与现代西学

季进 著

广西师范大学出版社
·桂林·

图书在版编目（CIP）数据

钱锺书与现代西学 / 季进著. -- 桂林：广西师范大学出版社，2025.4
ISBN 978-7-5598-6817-6

Ⅰ.①钱… Ⅱ.①季… Ⅲ.①钱钟书（1910-1998）—文学评论 Ⅳ.①I206.7

中国国家版本馆CIP数据核字（2024）第047016号

广西师范大学出版社出版发行

（广西桂林市五里店路9号　邮政编码：541004）

网址：http://www.bbtpress.com

出版人：黄轩庄

全国新华书店经销

广西广大印务有限责任公司印刷

（桂林市临桂区秧塘工业园西城大道北侧广西师范大学出版社集团有限公司创意产业园内　邮政编码：541199）

开本：787 mm×1 092 mm　1/32

印张：11　　　　字数：200千

2025年4月第1版　　2025年4月第1次印刷

定价：69.00元

如发现印装质量问题，影响阅读，请与出版社发行部门联系调换。

序

季进

这本《钱锺书与现代西学》时隔多年之后，还有机会风物重新，修订出版，真是令人开心。此书是在博士论文的基础上修改而成的。当年做博士论文冲刺时，没日没夜地全力投入，一口气写了十余万字。虽然眼睛都写出了"飞蚊症"，但还是没能全部完成预想中的写作计划。后来也时时想沿着博士论文的思路继续写下去，可是当年的激情与大胆已不复再现，尤其是七十二册《钱锺书手稿集》（分为《容安馆札记》、《中文笔记》、《外文笔记》三部分）的出版，更让人惊叹于钱锺书世界的浩瀚无边，徒生望洋兴叹之感。二〇一一年出版增订版时，增加了第六章《文学与历史的辩证：钱锺书与新历史主义》。这次出版的《钱锺书与现代西学》新版只增加了两篇文章作为附录，《鉴画衡文　道一以贯》和《"世界的钱锺书"与"钱锺书的世界"》,实在惭愧。

这些年我的钱锺书研究虽然乏善可陈,但阅读钱锺书始终伴随着我的日常生活与学术思考,我也时刻关注和追踪着"钱学"研究的种种信息和成果,每年还会给我们唐文治书院的学生开设"《管锥编》选读"课程。钱锺书先生的著作一直是我的案头书,常读常新,真正是"一回经眼一回妍,数见何曾虑不鲜"(王次回《旧事》)。钱锺书优游于中西文学与文化的话语世界中,探幽索隐,研赜发微,许多得闲发微之论往往道前人之所未道,其精彩之论往往点到即止,并不需要长篇大论的理论建构。很多时候,钱锺书的阐述"举迹则不待道本,示果则无须说因,犹叶落而可知风,烟生而可知火"(《管锥编》),只要细心涵泳,一定会让你开卷有益,流连忘返。应该说,钱锺书所启动的中西知识、审美、叙事与情感的互通互识互补,召唤出现代中国学术的世界性视野,彰显了鲜明的"钱氏范式"。拙作能得青睐,重出新版,未必是自身学术生命力的显现,在方法与理论齐飞的当今学界,这样的思路与阐释可能已不再新鲜,但是文学的世界密响旁通,《钱锺书与现代西学》若能成为进入钱锺书世界、认识"钱氏范式"的导引,到岸舍筏,则幸甚至哉。

《钱锺书与现代西学》新版依然保留了钱谷融先生当年

的序言。转眼间，钱先生已逝世七年，今年正好是钱先生诞辰一百零五周年。在钱先生的晚年，我曾有幸陪同钱先生四处游历。二〇一六年春天，杨扬兄专程陪同很久不曾出门的钱先生来苏州，在沧浪亭听雨喝茶，闲坐半日，特别开心。这大概是钱先生最后一次离开上海出来游玩。二〇一七年九月初，我因为要出国开会，就去上海约了杨扬兄提前给钱先生祝寿过生日。万万没想到，才隔半个月，却突然传来钱先生驾鹤西去的噩耗，给我们留下无尽的哀思。钱先生说我给人的印象是轻、灵、秀，嘱咐我应该反其道而行之，要重、拙、大，勉励我不要受纷繁复杂的外界因素干扰，要专心治学，持之以恒，精进不懈，这样才能有所成就。我曾在怀念钱先生的文章《圆融空明 光风霁月》中写过，"钱先生一生孜孜以求地追逐着自由、艺术与生命之美，追求着真、善、美的'人'的境界。这是永不会老去的，与世长存的情致与诗意。唯其有了这样的情致与诗意，才给这个物欲横流的世界带来了一些温暖与亮色"。我何其幸运，能遇到钱先生，感谢其给予我的厚爱、关心和指导。谨将此书新版敬献给可爱的钱先生。

最后，特别感谢广西师范大学出版社的厚爱，感谢编辑们的精心编校。此次新版除了改正一些明显的文字错漏外，一仍其旧，未作大改，希望能继续得到学界方家的批评指正。本书的内容曾先后发表于《文学评论》、《中国现代文学研究丛刊》、《中国比较文学》、《学术月刊》、《文艺理论研究》、《文艺争鸣》、《当代作家评论》、《钱锺书研究集刊》(第一辑)、《镇江师专学报》、《光明日报》、《人民日报》(海外版)等报刊,在此一并致谢。

二〇二四年五月十日

增订版序

钱谷融

前不久,我和徐中玉先生到苏州参加一个文艺学跨学科研究的会议,季进陪我们在细雨蒙蒙的网师园喝茶聊天,很是惬意。他告诉我《钱锺书与现代西学》马上要由复旦大学出版社出版增订本,我很为之高兴,这说明这本书是有生命力的。我已是九三老翁,既老且懒,不再专门写序,就照录二〇〇一年我给初版写的短序,权作祝贺。

季进博士是我的忘年交,我已不记得是哪一年开始与他相识的了。仿佛我早就认识他,远在与他见面之前就已经认识他了;又像他始终就在我身旁,从来不曾离开过我一样。人与人相处,难免有界限,得遵守一定的礼数。与季进在一起,就不觉得有界限存在,彼此仍很自在,怡怡然如鱼之相忘于江湖一样。单是为了享受这样一种感觉，就很愿意和季进在一起。但是他在苏州，我在上海，又各自为工作所缠，要见一次面，实在不容易，更不免增加了我的思念之苦。秋月春风，每每不胜神驰。

忽然接到他的来信，使我十分欢喜。但读罢之后，心情又不免沉重起来。原来是他的博士论文《钱锺书与现代西学》即将出版，要我为他这本论著写一篇序。以我和他的交情，何况又是他这篇毕业论文的答辩委员会主席，当然是义不容辞的。但我这个人是既无能，又懒惰，尤其怕写文章。今年又特别热，整日昏昏然的，脑子里空空如也，往往搜索了半天，也挤不出一个字来。时间一天天地过去，眼看就要交白露了，气温却仍居高不下。然而再不动笔，就要给季进造成困难，没办法，只得坐下来勉为其难地为他写几句话，表示我的一点祝贺之忱了。

钱锺书是个奇才，古今中外于书无所不读，腹笥之广，世罕其匹。而且下笔有神，奇思妙想联翩纷披，令人目不暇接。清代学者称赞庄子"意出尘外，怪生笔端"、"设喻之妙，沁心至微"，拿来送给钱锺书也一样贴切。他对我们这样的人来说，简直跟踪为难，遑论研究。季进却对钱锺书特别有会心，不但对钱锺书的学问造诣，谈来一一如数家珍，而且探奥抉幽，常能自辟蹊径，别开生面，使我无限钦佩，赞叹不已。

学海无涯，需要我们不断去探索。继承前人的成果固然重要，尤贵能有新的创获。季进还很年轻，前途正未有限量，我希望他在当前各种纷繁复杂的因素的激荡中，能摆脱干扰，时时不忘学术。学术研究必须专心一志、持之以恒地精进不懈才能有所成就的。希望季进努力。

二〇一〇年六月

初版序

钱谷融

季进博士是我的忘年交,我已不记得是哪一年开始与他相识的了。仿佛我早就认识他,远在与他见面之前就已经认识他了;又像他始终就在我身旁,从来不曾离开过我一样。人与人相处,难免有界限,得遵守一定的礼数。与季进在一起,就不觉得有界限存在,彼此仍很自在,怡怡然如鱼之相忘于江湖一样。单是为了享受这样一种感觉,就很愿意和季进在一起。但是他在苏州,我在上海,又各自为工作所缠,要见一次面,实在不容易,更不免增加了我的思念之苦。秋月春风,每每不胜神驰。

忽然接到他的来信,使我十分欢喜。但读罢之后,心情又不免沉重起来。原来是他的博士论文《钱锺书与现代西学》即将出版,要我为他这本论著写一篇序。以我和他的交情，何况又是他这篇毕业论文的答辩委员会主席，当然是义不容辞的。但我这个人是既无能，又懒惰，尤其怕写文章。今年又特别热，整日昏昏然的，脑子里空空如也，往往搜索了半天，也挤不出一个字来。时间一天天地过去，眼看就要交白露了，气温却仍居高不下。然而再不动笔，就要给季进造成困难，没办法，只得坐下来勉为其难地为他写几句话，表示我的一点祝贺之忱了。

钱锺书是个奇才，古今中外于书无所不读，腹笥之广，世罕其匹。而且下笔有神，奇思妙想联翩纷披，令人目不暇接。清代学者称赞庄子"意出尘外，怪生笔端"、"设喻之妙，沁心至微"，拿来送给钱锺书也一样贴切。他对我们这样的人来说，简直跟踪为难，遑论研究。季进却对钱锺书特别有会心，不但对钱锺书的学问造诣，谈来一一如数家珍，而且探奥抉幽，常能自辟蹊径，别开生面，使我无限钦佩，赞叹不已。

学海无涯，需要我们不断去探索。继承前人的成果固然重要，尤贵能有新的创获。季进还很年轻，前途正未有限量，我希望他在当前各种纷繁复杂的因素的激荡中，能摆脱干扰，时时不忘学术。学术研究必须专心一志、持之以恒地精进不懈才能有所成就的。希望季进努力。

二〇〇一年九月五日

目　录

绪　论
　　一、双向互动的学术创作历程 / 002
　　二　现象学式的话语空间 / 034

第一章　阐释的循环：钱锺书与阐释学
　　一、语言、训诂与阐释 / 071
　　二、作者意图与主体参与 / 083
　　三、通观圆览与共味交攻 / 093
　　四、循环无穷的阐释境界 / 099

第二章　解构之维：钱锺书与解构主义

　　一、拆散破碎与"洋葱头" / 111

　　二、以言消言的立场 / 120

　　三、解构与建构 / 129

　　四、不同话语的自由穿梭 / 137

第三章　文本·形式·细读：钱锺书与形式批评

　　一、从俄国形式派到新批评 / 147

　　二、陌生化原则 / 154

　　三、语境与含混 / 162

　　四、意图谬见·悖论·细读 / 170

第四章　跨文学与跨文化对话：钱锺书与比较文学

　　一、超迈前贤的卓识 / 189

　　二、比较诗学 / 199

　　三、翻译：跨文化传通 / 211

　　四、比较文化与文化对话 / 223

第五章　探究心理的世界：钱锺书与心理学

　　一、心理学：学士不如文人 / 233

　　二、梦的解析 / 240

　　三、创作的心理流程 / 249

　　四、感觉情绪挪移与文学情境 / 260

第六章　文学与历史的辩证：钱锺书与新历史主义

　　一、历史：想象性的叙事 / 275

　　二、文学与历史的互通 / 281

　　三、史蕴诗心 / 288

　　四、"六经皆史"辨析 / 296

附　录

　　鉴画衡文　道一以贯 / 309

　　"世界的钱锺书"与"钱锺书的世界" / 325

绪　论

　　钱锺书，字默存，号槐聚，曾用笔名中书君。在绵延几十年的文化生涯中，钱锺书贡献了一批戛戛独造的学术著作和精妙绝伦的文学作品。世事的沧桑和人生的风雨没能阻断他文化生涯的绵延，相反，在学术文化上，钱锺书始终保持着挺进的犀利锋芒，以他全部的著作创辟了一个深刻而独特的现象学式的话语空间。中西浩瀚淹博的现象观念，在其间交相生发、立体对话，从而凸现出中西共同的诗心文心。钱锺书的话语空间在对人类文化本质的认识与阐明方面获致了一种哲学的突破，使他当之无愧地成为一代学术宗师与文化大师。

一、双向互动的学术创作历程

（一）

一九一〇年十一月二十一日，钱锺书出生于江苏无锡，从小即在家从伯父与父亲读书，后来又先后在无锡东林小学、苏州桃坞中学、无锡辅仁中学读完小学和中学。钱锺书的父亲钱基博是近代著名学者，著有《现代中国文学史》、《中国文学史》等著作，对经史子集四部之学都有专门论著与广博涉猎，自述"基博论学，务为浩瀚无涯涘，诘经谭史，旁涉百家，抉摘利病，发其阃奥。自谓集部之学，海内罕对。子部钩稽，亦多匿发"[1]。深厚的家学渊源为钱锺书打下了坚实的古文根基，对他后来博览传统典籍产生了相当的影响。一九二九年，钱锺书考入清华大学外文系，"专习西方语文"，同时，他也没忘记"亲炙古人"，总是"择总别集有名家笺释者讨索之……以注对质本文，若听讼之两造然；时复检阅所引书，验其是非"。[2]可以说，在大学期间，钱锺书中西兼通的知识结构已基本形成，跨越中西，后来也成为其研究著述的最显著的特征。也是在大学期间，钱锺书以"中书君"为笔名开始在《清华周刊》、《大公报》、《新月》月刊上发表文章，并崭露头角。他的博学与才华得到清华师友同学的一致赞誉。当时主编《大公报·世界思潮》的张申府就宣称："默存名锺书，乃是现在清华最特出的天才，简直可以说，多分在现在全中国人中，天分学力，也再没有一个能赶得上他的。因为默存的才力学力实在是绝对地罕有。"[3]虽然这只是老师对学生不无偏爱的赞誉之言，可是钱锺书一生的成就则表明这些赞誉之言是恰如其分的。

钱锺书当时的声誉很大程度上来自他在清华期间发表的那些充满才气与敏锐见解的书评及考证文章，其中较为重要的是《小说琐征》（《清华周刊》第三十四卷第四期）、《评周作人的新文学源流》（《新月》月刊第四卷第四期）、《评曹著落日颂》（《新月》月刊第四卷第六期）、《作者五人》（《大公报》一九三三年十月五日）等几篇。撇开钱锺书的具体评论，值得注意的是三个方面。一是它们与钱锺书其他著作的天然联系。《评曹著落日颂》中有一段对神秘主义的评论："神秘主义需要多年的性灵的滋养和潜修：不能东涂西抹，浪抛心力了，要改变摆伦式的怨天尤人的态度，要和宇宙及人生言归于好，要向东方的和西方的包含着苍老的智慧的圣书里，银色的和墨色的，惝恍着拉比Rabbi的精灵的魔术里找取通行入宇宙的深秘处的护照，直到——直到从最微末的花瓣里窥见了天国，最纤小的沙粒里看出了世界，一刹那中悟彻了永生。"[4]这段话已开《谈艺录》、《管锥编》大量论述神秘主义的先声。《小说琐征》中的考据已兼采古典笔记、小说、正史、佛典、经书、诗话、戏剧中的相关资料，显现出以打通为中心的治学特征。二是表现出早年钱锺书对哲学的浓厚兴趣，也显示了他在哲学上高妙的思辨与分析能力。比如《评周作人的新文学源流》对革命的精辟思辨："要'革'人家的'命'，就因为人家不肯'遵'自己的'命'。'革命尚未成功'，乃须继续革命；等到革命成功了，便要人家遵命。这不仅文学上为然，一切社会上政治上的革命，亦何独不然。所以，我常说：革命在事实上的成功便是革命在理论上的失败。"[5]《鬼话连篇》(《清华周刊》第三十八卷第六期)中对"Immortal"一词的"不朽"与"不灭"两层含义的辨析，就与"反"的辨析一脉相承，都是一种奥伏赫变的现象。尽管后来钱锺书没有再在哲学方面作过专门的研究，可他的著作中却充满了辩证的智慧。他一生的创作与学术显示了一位伟大的哲学家的风范，对于世界、人生、文化无所不窥，无所不精。这一点却是历来为人们所忽视的。三是已经开始形成自己博学机智与游戏幽默的独特风格。《作者五人》中的一段话可以移来评说钱锺书自己，或者可以说是夫子自道。钱锺书认为桑塔亚那（钱锺书译为山潭野衲，颇有出世意味），"他的诗里，他的批评里，和他的小品文里，都散布着微妙的哲学，恰像他的哲学著作里，随处都是诗，随处都是精美的小品文"，而且，"他用字最讲究，比喻最丰富，只是有时卖弄文笔"。[6]这几乎就是钱锺书自身风格的写照。

一九三三年，钱锺书自清华大学毕业，即受聘于上海光华大学外文系任讲师。也就在这一年，钱锺书与杨绛订婚。在光华大学期间，发表了大量五言、七言旧体诗，曾编有《中书君诗》一册。其他学术性著述则比不上清华时期，主要有《论俗气》、《论不隔》、《论复古》等。其中值得注意的有两篇。一是《中国文学小史序论》（《国风》半月刊第三卷第八期），系统表述了钱锺书早年的文学史观，对文学的定位、文学史与文学批评的关系、体制与品类的关系、文学史的分期、作品本体观等问题均提出了自己的见解，自出手眼，论述精辟，再次显示了青年钱锺书的敏锐卓识。二是《与张君晓峰书》（《国风》半月刊第五卷第一期），对文言与白话的问题提出了自己的见解，认为"文言白话，骖驔比美，正未容轩轾"，两者均有其不可否认的价值，可以互为补充。[7] 应该说，钱锺书的这封信对"五四"以来论争不休的文言白话之争，作出了一个公允平实的判断，在现代文学史上有着重要的意义。钱锺书此后的写作也分取文言与白话两径，或许就是对自己主张的一种实践。

一九三五年秋，钱锺书考得英国庚子赔款奖学金，携新婚夫人杨绛同赴英伦牛津。钱锺书就读的是创立于一三一四年的埃克塞特学院。牛津大学博德利图书馆是世界著名的大学图书馆之一，钱锺书以解颐示庄重，将其馆名形象地译作"饱蠹楼"。他和杨绛把全部的业余时间全都消耗在这座"饱蠹楼"中。牛津严谨的学风和丰富的馆藏,帮助钱锺书顺利完成了毕业论文 China in the English Literature of the Seventeenth and the Eighteenth Centuries(《十七、十八世纪英国文学中的中国》),获 B. Litt. 学位。这篇毕业论文在钱锺书的学术历程中占有重要的地位,但一直不为人所重视。毕业后,校方本拟聘他为中文讲师,但钱锺书婉谢了校方好意,和杨绛转入法国巴黎大学研究院进修。牛津、巴黎的三年学习进修,使钱锺书对欧洲文化与文学有了更深入的理解,对西方文化的感悟也跃上一个新的层面。这个时期,由于忙于读书、学业与家庭,钱锺书除了学位论文,只发表了《谈交友》(《文学杂志》第一卷第一期)、《中国固有的文学批评的一个特点》(《文学杂志》第一卷第四期)等极少的几篇文章。后者穿越中西、繁征博引,以西方诗学的移情说理论来阐释中国传统文评的特色,指出中国文评的特点就是"把文章通盘的人化或生命化",不仅如此,而且"一切科学文学哲学人生观宇宙观的概念,无不根原着移情作用。我们对于世界的认识,不过是一种比喻的,象征的,像煞有介事的诗意的认识。用一个粗浅的比喻,好像小孩子要看镜子的光明,却在光明里发现了自己"。[8]这种诗化的人文主义观念,可以说贯穿于钱锺书的全部著作。

由于担心在国外遇上战争,影响归国,所以在一九三八年秋天,钱锺书受聘为清华大学外文系教授,夫妇俩携女儿返回祖国。十月，钱锺书在香港登岸，径赴昆明西南联大任教，而杨绛则带女儿继续乘船北上上海省亲。在西南联大期间，钱锺书开过三门课：欧洲文艺复兴、当代文学、大一英文。他讲课谈笑风生，妙语如珠，深受学生欢迎。授课之余，钱锺书继续他的随笔写作，在《今日评论》周刊上以"冷屋随笔"为名，发表了"论文人"、"释文盲"、"一个偏见"和"说笑"四篇，以深沉的智慧冷眼观照人生物事，有着较为浓郁的兰姆或蒙田的散文风格，产生了很大的影响，有些篇目或名句传颂一时。这些随笔后来均收入散文集《写在人生边上》。一九三九年夏天，钱锺书返沪探亲，却没有再回昆明，而是在十一月同徐燕谋、邹文海等人在上海登船，长途跋涉，历尽困顿，转赴湖南蓝田国立师范学院任英文系主任，以照料在那儿任国文系主任的父亲。这段旅程，是钱锺书平生所经历的最为艰苦的旅行，给他留下了极其深刻的印象。《围城》第五章基本上以此为取材基础，几年以后，钱锺书在评析郑子尹《自沾益出宣威入东川》一诗时还情不自禁地说起当时的艰辛。[9]

在湖南，钱锺书一边教书，一边开始了《谈艺录》的写作，并编了旧体诗集《中书君近诗》。尽管蓝田林木苍翠，景色宜人，师友间诗文唱和、问学探道，生活似乎悠闲而平淡，但他心中其实充满了郁闷与忧伤，只能"托无能之词，遣有涯之日"[10]。这个时期值得注意的作品有两篇，一篇是发表于《国师季刊》第六期的《中国诗与中国画》,对中国传统艺术批评史上诗与画的关系进行了澄清与阐述,指出"中国旧诗跟中国旧画具有同样的风格,表现同样的境界"[11]。这篇文章后来收入《七缀集》时,已由原来的不足万字扩展到两万余字,可谓"吾犹昔人,非昔人也"。另一篇是为好友徐燕谋的诗稿所作的序。此序本来以为早已佚失,其实郑朝宗当年曾抄录一份,得以保存。其重要性在于,《谈艺录》、《管锥编》一以贯之的跨越中西、打通各科的文化立场,已经在此序中得到明确表达:对于中西文化"故必深造熟思,化书卷见闻作吾性灵,与古今中外为无町畦。及夫因情生文,应物而付,不设范以自规,不划界以自封,意得手随,洋洋乎只知写吾胸中之所有,沛然觉肺肝所流出,曰新曰古,盖脱然两忘之矣。姜白石诗集序所谓与古不得不合,不能不异云云,昔尝以自勖,亦愿标而出之,以为吾党告。若学究辈墟拘隅守,比于余气寄生,于兹事之江河万古本无预也"[12]。

一九四一年夏,钱锺书返上海探亲,因珍珠港事变,上海沦陷于日军之手,成为孤岛,钱锺书再也无法离开,就此羁居上海,在震旦女子文理学院授课糊口,艰难度日。这一时期,是钱锺书平生最为凄苦的时日。正如《谈艺录》序中所言:"予侍亲率眷,兵罅偷生。如危幕之燕巢,同枯槐之蚁聚。忧天将压,避地无之,虽欲出门西向笑而不敢也。"[13]沉郁悲愤之情，溢于言表。此时的旧体诗作肃括凝重，在个体性的忧伤苦闷中，透露出强烈的忧患意识与时代感受：

故国同谁话劫灰，偷生坯户待惊雷。壮图虚语黄龙捣，恶谶真看白雁来。骨尽踏街随地痛，泪倾涨海接天哀。伤时例托伤春惯，怀抱明年倘好开。(《故国》)[14]

倍还春色渺无凭，乱里偏惊易岁勤。一世老添非我独，百端忧集有谁分。焦芽心境参摩诘，枯树生机感仲文。豪气聊留供自暖，吴箫燕筑断知闻。(《乙酉元旦》)[15]

正是在这种压抑而艰难的情境中，钱锺书夫妇杜门寂处，只能读书写作。一九四一年底，钱锺书的散文集《写在人生边上》由开明书店出版；一九四二年，《谈艺录》初稿写成，并开始创作《灵感》、《猫》等短篇小说；一九四四年起，开始写作《围城》……钱锺书这个时期丰富的创作与学术实绩，恰恰印证了他诗可以怨的著名命题。一九四五年，抗战胜利，中华民族重新迎来了属于自己的天地。钱锺书也走出郁闷，出任上海暨南大学外文系教授，讲授"欧美名著选读"、"文学批评"等课程，并兼任南京中央图书馆英文刊物 Philobiblon（《书林季刊》）主编。与此同时，他的文学创作与学术研究也进入一个高潮期。除了在《新语》、《大公报》、《观察》等报刊发表《小说识小》、《谈中国诗》、《说"回家"》等随笔和书评，他还先后出版了短篇小说集《人·兽·鬼》（开明书店，一九四六年六月初版）、长篇小说《围城》（晨光出版公司，一九四七年五月初版，先期于一九四六年至一九四七年间连载于《文艺复兴》月刊）、学术专著《谈艺录》（开明书店，一九四八年六月初版）。至此，钱锺书融创作与学术于一体的著作空间初步形成。

（二）

如果暂且不论旧体诗创作和后来动了笔却没有完成的《百合心》，那么钱锺书的文学创作在四十年代已全部完成。钱锺书的创作贯穿散文、小说与旧诗，"以旧诗与先哲共语"、"以小说与时贤并论"，显示了青年钱锺书恃才技痒的个性与旺盛的创造力。他的散文与小说犀利精妙、汪洋恣肆，在妙语巧言的隙缝中游刃有余，既有对社会世态、文人世界的无情奚落，又蕴含着作者深沉的人生思索，充分展现了钱锺书文学家的才情，树起了作为作家的钱锺书的形象。对于钱锺书的文学创作，评论界多有评说。我只想强调一点，即无论是《写在人生边上》对人生的点评，还是《人·兽·鬼》对人性弱质与人物心理的探索与描摹，抑或是《围城》对一种人生境遇的揭示，其实都贯穿着钱锺书"在人生边上"对人的生存境地和基本根性的彻悟与周览。这与钱锺书早年对西方现代哲学的倾心不无关系，我们与其说钱锺书是写在人生边上，不如说是凭借其智慧与悟性居高临下地俯视人世，讽世谕人。从这个角度看，《写在人生边上》的序言，也就具有了特殊的意义。有学者认为它不仅可以视作这本散文集的导言，而且不妨视作钱锺书全部文学创作的总序，这是不无道理的。[16] 序言中所透露出的文化立场与思想态度，已然成为钱锺书全部创作的基本精神特征。

人生据说是一部大书。

假使人生真是这样，那末，我们一大半的作者只能算是书评家，具有书评家的本领，无须看得几页书，议论早已发了一大堆，书评一篇可以写完缴卷。

但是，世界上还有一种人。他们觉得看书的目的，并不是为了写批评或介绍。他们有一种文明人的懒惰，那就是从容，使他们不慌不忙的浏览。每到有什么意见，他们随时在书边的空白上注几个字，或者写一个问号，像中国书上的眉批，外国书里的 Marginalia。这种零星的随感，并不是他们对于这本书整个的结论。因为是随时批识，中间也许先后矛盾，说话过火，他们也懒得去理会。反正是消遣，不像书评家负有领导读者教训作者的大使命。谁耐烦做那些事呢？

假使人生是一部大书，那末，下面的几篇散文只能算是写在人生边上的。这本书真大！一时不易看完，就是写过的边上也还留下好多空白。[17]

这种基本精神是远离主流社会的对人生的冷眼旁观，是随时批识的人生评点。《写在人生边上》、《人·兽·鬼》和《围城》虽然体裁不一，但是由于有着这种共同的基本精神，使得它们获得了内在的呼应和高度的统一。《写在人生边上》和《人·兽·鬼》分别以《魔鬼夜访钱锺书先生》与《上帝的梦》开场，体现了一种戏剧性的整饬。[18]《人·兽·鬼》书名得自四个短篇《上帝的梦》、《猫》、《灵感》和《纪念》所包含的人、兽、鬼、神四种形象，归根到底还是在写人，而且似乎还蕴示了人性、兽性、鬼性的相通相转。《上帝的梦》在寓言的形式下，寄寓的是对人性缺陷的暴露；《猫》通过对李建侯夫妇情感生活的剖析，展示给读者人性的弱质；《灵感》是对所谓文人作家劣根性的无情鞭挞；《纪念》中曼倩的情感纠葛，显示了人生的自我捉弄。这两本作品中对人的基本根性的揭示，到了《围城》中则得到更深入的挖掘与表现：从婚姻到人生，都是"被围困的城堡，城外的人想冲进去，城里的人想逃出来"[19]，"当境厌境，离境羡境"[20]，正是一种人类生存的普遍性的困境。钱锺书曾论及宋诗的最高境界是理趣，所谓理趣，就是"理寓物中，物包理内，物秉理成，理因物显。赋物以明理，非取譬于近，乃举例以概也"，"举万殊之一殊，以见一贯之无不贯，所谓理趣者，此也"。[21]他对人的生存境地和基本根性的评点、对世界人生的洞察，正是他作品中的理趣，也是他作品智性的体现。

如果我们将《围城》置于钱锺书全部著作的话语空间，以钱锺书的有关论述加以阐释，就会发现《围城》揭示了一种人生的无出路之境界。钱锺书在《管锥编》中论及《易经·大壮》时指出："火左寇右，尚网开两面，此则周遮遏迫，心迹孤危，足为西方近世所谓'无出路境界'之示象，亦即赵元叔所慨'穷鸟'之遭际也。"[22]而"鸿渐"之名取之于《易经》，渐卦卦文含六项变项，即鸿渐于干、鸿渐于磐、鸿渐于陆、鸿渐于木、鸿渐于陵、鸿渐于陆，卦中之鸿，正是一只飞来飞去没有着落的水鸟。它由海上飞来，逐次飞临岸边、石头、陆地、树木，最后飞上山头，始终处于一种动荡不定的寻觅之中。方鸿渐在海外一事无成，只得随船漂回国内。到了国内，却也是上海—内地—上海，四处辗转漂泊，职业无着落，事业无成功，爱情一场空，婚姻又破裂，最后还是孤零零的一个人，四顾茫然，怅然若失。据论者研究，渐卦的六项变项可分别对应于小说的第一章（印度洋至香港），第二章（香港至上海），第三、四章（上海），第五章（闽赣路入湘），第六、七章（湘西背山小镇），第

八、九章（经港返沪）。[23]方鸿渐奔波漂泊于各地，感受着社会、事业、家庭的种种压迫，却找不到自己的出路与归宿，陷于人生"一无可进的进口，一无可去的去处"[24]的绝境。"鸿渐"与"围城"相对应，形成一个无奈而悲悯的人生意象。

这种人生困境或许还可与钱锺书拈出的另一种人生境遇，即"人之生世若遭抛掷"相印证。《梁书儒林传》载，范缜不信因果，答竟陵王曰："人之生譬如一树花，同发一枝，俱开一蒂，随风而堕，自有拂帘幌坠于茵席之上，自有关篱墙落于粪溷之侧。"李白《上云乐》："女娲戏黄土，抟作愚下人，散在六合间，濛濛若沙尘。"钱锺书认为，"当代西方显学有言人之生世若遭抛掷，窃谓范、李颇已会心不远也"。[25]人之生世感受着社会与生活的重重压力，却难觅出路，只能体味着随风抛掷的滋味，即使处身于人海之中也是群居而心孤，"聚处仍若索居，同行益成孤往，各如只身在莽苍大野中"。[26]这是一种何等深沉哀怨的人生境遇。据此，我们不难窥见钱锺书的存在主义观念以及《围城》深层意蕴的现代性特征。钱锺书犀利的笔触已超越于特定的方鸿渐们而指向整个人类的存在，立足于中国的土壤而展开了现代人生的整体反思。方鸿渐们普通平庸的生命漂泊因而具有了巨大的普遍概括性和高度的本体象征性。这样，我们便不难理解小说的结句"对人生包涵的讽刺和怅惘，深于一切语言，一切啼哭"[27],不难理解作者的自白"我想写现代中国某一部分社会,某一类人物。写这类人,我没忘记他们是人类,还是人类,具有无毛两足动物的基本根性"[28]。

一般而言,人们总喜欢把《围城》称作"学者小说"或"学人小说"。从作品中纷至沓来的比喻、俯拾即是的典故来说,可以说名副其实。但从钱锺书本人来说,却"毫不领情",因为他对所谓学人之作颇不以为然。早在《谈艺录》中,他就对学人之诗颇有微词,到《管锥编》中更是明确标立"文人慧悟逾于学士穷研"[29]、"词人体察之精,盖先于学人多多许矣"[30]、"诗人心印胜于注家皮相"[31],等等,清晰地表达了自己的情感态度。钱锺书在《谈艺录》中说:

以诊痴符、买驴券之体,夸于世曰:"此学人之诗";窃恐就诗而论,若人固不得为诗人,据诗以求,亦未可遽信为学人。藉石、覃谿,先鉴勿远。颜黄门《家训·文章》篇曰:"但成学士,自足为人。必乏天才,勿强命笔。"人之小有词翰,略窥学问,春华则艳惭庶子,秋实又茂谢家丞;譬之童牛角马,两无所归,卮言日出,别标名目。《晚晴簃诗汇·序》论清诗第二事曰:"肴核坟典,粉泽苍凡。证经补史,诗道弥尊。"此又囿于汉学家见地。必考证尊于词章,而后能使词章体尊。王仲任《论衡·超奇》篇说"儒生"、"通人"、"文人"、"鸿儒"之别,而论定之曰:"儒生过俗人，通人胜儒生，文人逾通人，鸿儒超文人。"所谓"鸿儒"者，能"精思著文，连结篇章"。又《佚文》篇曰："论发胸臆，文成手中，非说经艺人所能为"；又《书解》篇曰："著作者为文儒，说经者为世儒。世儒业易为，文儒业卓绝。"是则著书撰文之士，尊于经生学人多矣。……可见学人之望为文人而不可得。[32]

对于钱锺书来说，分取创作与学术两途，是要在不同的领域尽情施展身手，两者虽有互文相通，却不可等量齐观、合二为一，成为什么学人小说。或许可以说，钱锺书是想以自己的创作实践来解构一下"学人之望为文人而不可得"，显示身兼学人与文人双重身份的可能性。从《围城》本文来说，处处自觉不自觉地流溢着钱锺书丰厚的中西文化素养，却又似蜜蜂以兼采为味，无花不采，吮英咀华，滋味遍尝，取精用弘，"博览群书而匠心独运，融化百花以自成一味，皆有来历而别具面目"。[33]明明是舞鹤，却只见舞姿而不见鹤体，"体而悉寓于用，质而纯显为动，堆垛尽化烟云，流易若无定模"，全销材质于形式之中，文成而不觉有题材，全然没有学人之诗的迂腐与无味。[34]因此，与其说《围城》是一部学人小说，不如说它是一个典型的知识型文本。

如果说"诗情绕树鹊难安"[35]的《围城》代表了钱锺书文学创作的最高成就，那么"书癖钻窗蜂未出"[36]的《谈艺录》则代表了钱锺书四十年代学术研究方面的最高成就，显示了钱锺书在文人与学士两方面相辅相成、彼此促进所达致的最大可能性。《谈艺录》无论在研究深度，还是文本形态上，均为后来的《管锥编》奠定了坚实的基础。《谈艺录》写作的最初缘起，是钱锺书读了冒广生的《后山诗天社注补笺》后颇为不满，认为"其书网罗掌故，大裨征文考献，若夫刘彦和所谓'擘肌分理'，严仪卿所谓'取心析骨'，非所思存"。[37]这样，承袭传统文评诗话的传统，"擘肌分理"、"取心析骨"，凸现莫逆冥契的诗心诗意就成为《谈艺录》的自觉追求。而莫逆冥契的诗心诗意，不仅仅存在于中国传统诗文本身，而且存在于诗文与俗语、谣谚、曲艺等之间，更存在于中西诗文之间，将中国传统诗话文论与西方文论相沟通，成为《谈艺录》的显著特色与最大贡献。《谈艺录》序言所显示的贯通中西、寻求中西之文心的独特思路，是理解《谈艺录》及钱锺书全部著作的必由之路，值得反复称引：

凡所考论，颇采"二西"之书，以供三隅之反。盖取资异国，岂徒色乐器用；流布四方，可征气泽芳臭。故李斯上书，有逐客之谏；郑君序谱，曰"旁行以观"。东海西海，心理攸同；南学北学，道术未裂。虽宣尼书不过拔提河，每同《七音略序》所慨；而西来意即名"东土法"，堪譬《借根方说》之言。非作调人，稍通骑驿。[38]

《谈艺录》以传统札记形式写成，标立为九十一则正文及二十四则附说，一九八四年的补订本篇幅上又扩充一倍。所论述的内容非常广泛，以诗为主，而兼及其他各种艺术门类；以文学为主，遍及社会科学的其他各个领域；以唐宋明清为主，又上溯先秦，旁及中西古今文化。全书以"诗分唐宋"开篇，以"具体的文艺鉴赏和评判"[39]与中西诗学理论研究为两大并进线索。

前者如对后山、李贺、陆游、王渔洋、赵瓯北等人的诗作提出了精湛的创见。钱锺书论李贺曰："余尝谓长吉文心，如短视人之目力，近则细察秋毫，远则大不能睹舆薪；故忽起忽结，忽转忽断，复出傍生，爽肌戛魄之境，酸心刺骨之字，如明珠错落。与《离骚》之连犿荒幻，而情意贯注、神气笼罩者，固不类也。……盖长吉振衣千仞，远尘氛而超世网，其心目间离奇俶诡，鲜人间事。所谓千里绝迹，百尺无枝，古人以与太白并举，良为有以。"[40]这些论述，被认为是"迄今为止李贺研究中最精辟深刻的阐述之一"[41]。他解读李商隐的《锦瑟》，认为是以诗评诗，且词旨深妙，"借比兴之绝妙好词，究风骚之甚深密旨，而一唱三叹，遗音远籁，亦吾国此体绝群超伦者也"[42]。这种解读独出机杼，瀹人心胸。

后者如对人工与自然、理趣与理语、得心与应手、禅悟与诗悟、性灵与妙悟等重要诗学理论以及文学批评史上一些聚讼纷纭的公案，独辟蹊径，重揭其中的深厚意蕴。[43]尤其是对《沧浪诗话》、《随园诗话》等传统诗话名著作了较为集中的研究，在中西诗学话语的对话中提出了自己的远见卓识。严羽是南宋著名文学批评家，论诗颇有识见，可他以禅喻诗之说，却颇遭诟病，论者皆"视沧浪蔑如也"。而钱锺书却借助对中外文学文化的博识，力排众议，亟称"沧浪别开生面"，为其重新定位。钱锺书熟读《庄子》，精研禅宗，细读西方神秘主义哲学家普罗提诺、爱克哈脱、白瑞蒙等人的著作，从神秘主义的视角回过头来重新观照沧浪，并将严氏诗论与法国印象派诗论相比较，拈出它们的相通之处，从而肯定了它"放诸四海，俟诸百世"的意义。[44]这正应验了钱锺书自己所说的一段话："谈艺之特识先觉，策勋初非一途。或于艺事之弘纲要指，未免人云亦云，而能于历世或并世所视为碌碌众伍之作者中，悟稀赏独，拔某家而出之；一经标举，物议佥同，别好创见浸成通尚定论。"[45]对此，钱锺书也不无骄傲，在补订本中还说："余四十年前，仅窥象征派冥契沧浪之说诗，孰意彼土比来竟进而冥契沧浪之以禅通诗哉。撰《谈艺录》时，上庠师宿，囿于冯钝吟等知解，视沧浪蔑如也。《谈艺录》问世后，物论稍移，《沧浪诗话》颇遭拂拭，学人于自诩'单刀直入'之严仪卿，不复如李光照之自诩'一拳打蹶'矣。"[46]

《谈艺录》具体鉴赏与理论研究齐头并进的根本目的，还在于在中西不同的诗学语境中，阐述中西共同的诗心文心，"知同时之异世、并在之歧出，于孔子一贯之理、庄生大小同异之旨，悉心体会，明其矛盾，而复通以骑驿，庶可语于文史通义乎"[47]。为此，《谈艺录》在继承传统诗话的同时，又引述了西方文化语境中的各家之说，融合了现代西学的方法与理论，从而将中国传统诗话推向了顶峰。可以说，它代表了中国传统诗话的终结，也为中国传统诗话的现代性转化提供了一个典范。应该指出的是，《谈艺录》初版本只代表了钱锺书的阶段性成就，只有在《管锥编》及《谈艺录》补订本问世之后，《谈艺录》才最终获得了自己的独特定位，并与其他著作一起，汇成了钱锺书著作充满张力的话语空间。

（三）

一九四九年夏，钱锺书举家从上海迁居北京，先任清华大学外文系教授，后来随着全国院系调整，进入中国社会科学院文学研究所任研究员。五十年代初期，钱锺书的学术思想和心理状况都处于对新的社会意识形态的调整适应之中，以读书为主，著述不多。一九五五年至一九五七年，钱锺书在郑振铎等人的支持下，独力完成了《宋诗选注》。不久，反右派斗争进入高潮。如果说一九四九年以前，钱锺书总是坚持创作与学术的并进，那么到了这时，他虽"自信还有写作之才"，却"不兴此念了"，[48] 转而全力进行《宋诗选注》这样的学术研究。这恰如他诗中所言，"脱叶犹飞风不定，啼鸠忽噤雨将来"，"碧海掣鲸闲此手，只教疏凿别清浑"。[49] 将全部精力转向学术研究，既是钱锺书顺应时势的体现，也使钱锺书最终达致大成之象成为可能。当然，在钱锺书的学术研究中，处处又见小说家的手眼，以小说家的眼光阐发典籍，也许使钱锺书略略重温到创作的乐趣。到"文革"之前，钱锺书的代表性著作是一九五八年人民文学出版社出版的《宋诗选注》，其他作品主要有《韩昌黎诗系年集释》、《通感》、《读〈拉奥孔〉》、《林纾的翻译》等几篇文章及译作《精印本〈堂吉诃德〉引言》、《弗·德·桑克梯斯文论三则》，参与了余冠英主编《中国文学史》的撰写（负责唐宋部分）、《外国理论家作家论形象思维》（上编一九六六年问世，全书一九七九年才出版）的编译以及《唐诗选》初稿的选注与审订。[50] 此外，钱锺书还参与了《毛泽东选集》和诗词的英译。钱锺书的翻译理论自成一家，独标"化"的境界。而考察钱锺书的翻译实践，除了《谈艺录》、《管锥编》等著作中随处可见的吉光片羽，就是这个时期的几篇译作了，它们因此在钱锺书著译中占有一定的地位。《中国文学史》中钱锺书执笔的《宋代文学的承前和启后》和《宋代的诗话》两章，可以视作是对《宋诗选注》的补充与延伸。而《通感》、《读〈拉奥孔〉》等篇则又是《管锥编》中反复加以论述的诗学命题。一九六六年"文革"爆发，钱锺书亦受冲击，一九六九年十一月，被遣送至河南"五七干校"劳动，直到一九七二年三月作为老弱病残人员回到北京。

钱锺书这个时期最重要的著作还是潜心两载撰成的《宋诗选注》，而他平生最后一篇书评恰恰又是通过钱仲联的《韩昌黎诗系年集释》来谈诗歌辑注的问题，两者在某些方面显然有着内在的联系。换句话说，他对《韩昌黎诗系年集释》的批评，可能正是他在《宋诗选注》中的自觉追求。钱锺书高度肯定了钱仲联《韩昌黎诗系年集释》的价值，同时又从四个方面对《韩昌黎诗系年集释》进行了批评。一是有些地方虽然"奇辞奥旨，远溯其朔"，似乎还没有"窥古人文心所在"。如韩愈诗中用了释典，只表示他熟读佛经，并不能证明韩愈私贩印度货。二是有些地方"推求"作诗的"背境"，似乎并不需要。三是注释里喜欢征引旁人的诗句来和韩愈的联系或比较，似乎还不够，还应该多把韩愈自己的东西彼此联系，多找唐人的篇什来跟他的比较。这样可以衬托出韩愈在唐代诗人交响曲或者大合唱里所奏的乐器、所唱的音调，帮助我们认识他的特色。四是对近人的诗话、诗评，似乎只有采用而不加订正，请来了那些笺注家、批点家、评论家、考订家，却没有"去调停他们的争执，折中他们的分歧，综括他们的智慧，或者驳斥他们的错误——终得像韩愈所谓'分'个'白黑'"。[51]钱锺书《谈艺录》中曾补注过黄山谷诗，刚刚又完成了《宋诗选注》，他对《韩昌黎诗系年集释》的评论显然有着自己的兴会寄托，也从另一个侧面表明了《宋诗选注》的自觉追求与学术特色。

如果说这四点更多的是钱锺书注诗方面的追求与特色，那么选诗方面钱锺书则独标"六不选"原则。这是他对古典诗文选学的贡献，也代表了钱锺书对宋诗的态度：

押韵的文件不选，学问的展览和典故成语的把戏也不选。大模大样的仿照前人的假古董不选，把前人的词意改头换面而绝无增进的旧货充新也不选；前者号称"优孟衣冠"，一望而知，后者容易蒙混，其实只是另一意义的"优孟衣冠"，所谓："如梨园演剧，装抹日异，细看多是旧人。"有佳句而全篇太不匀称的不选，这真是割爱；当时传诵而现在看不出好处的也不选，这类作品就仿佛走了电的电池，读者的心灵电线也似的跟它们接触，却不能使它们发出旧日的光焰来。我们也没有为了表示自己做过一点发掘工夫，硬把僻冷的东西选进去，把文学古董混在古典文学里。假如僻冷的东西已经僵冷，一丝儿活气也不透，那末顶好让它安安静静的长眠永息。一来因为文学研究者事实上只会应用人工呼吸法，并没有还魂续命丹；二来因为文学研究者似乎不必去制造木乃伊，费心用力的把许多作家维持在"死且不朽"的状态里。[52]

"六不选"原则为《宋诗选注》提供了新的价值评判标准，使作家作品的选择出现了较大的升降，并以具体鉴赏、阐释为基础为每个诗人重新定位。所选的八十位诗人中，既有王安石、苏轼、陆游等大家，亦有吴涛、乐雷发、利登、洪炎等名不见经传的"新人"，颇有"识英雄于风尘草泽之中，相骐骥于牝牡骊黄以外"[53]之势。值得注意的是，钱锺书的"选"与"注"往往融为一体，"选"的过程也正是"注"的过程，或者说，一首诗之所以入选，总会在注文中找到选的依据。钱锺书的"选"与"注"，总是立足文本细读与连类阐释，拈出某诗人在宋诗发展史上的独特地位，或是拈示与验证诗歌创作中的某种普遍手法。宋代"中兴四大诗人"尤袤、杨万里、范成大和陆游中，杨万里宋以后的读者远少于陆游，甚至不及范成大，但是，钱锺书却指出，"在当时，杨万里却是诗歌转变的主要枢纽，创辟了一种新鲜泼辣的写法"，即严羽所谓"杨诚斋体"，这是陆、范所不及的。宋代尝耻辱地割地予金，在异族手中讨生活的"惭愤哀痛交换在一起的情绪产生了一种新的诗境"，而第一个写出这种诗境的却是诗绩平平的曹勋。王禹偁诗《村行》中"万壑有声含晚籁，数峰无语立斜阳"两句，一般注家只是从字面解释一下意思，而钱锺书却从逻辑学和心理学的角度发现其中所蕴含的正是"否定命题总预先假设着肯定命题"，诗人常常运用这个原理。"数峰无语"仿佛表示它们原先能语而此刻却忽然无语，这使得审美效果显得尤为强烈。[54]显然，这种"选"与"注"，早已突破了传统选学笺注模式，而开创了一种选学新境界。作者曾希望《宋诗选注》能选到"尝一滴水知大海味"[55]的程度，只担心选择不当，弄得仿佛要求读者从一块砖上看出万里长城的形势。事实证明，这种"选"、"注"把具体诗人诗作的致曲钩幽与对宋代诗人的重新定位相结合，并与对宋诗发展史的高瞻周览形成循环阐释，的确为我们宏观理解与把握宋诗发展史，提供了全新的视角与起点。

《宋诗选注》的长篇序言是钱锺书多年潜心宋诗研究的一篇总结性论文，除了"六不选"原则，它还对宋诗在中国古典诗史上的地位与得失作出了历史而科学的界定，对一些相关的理论问题作了深入的阐发。宋诗历来不受重视，从宋代起就有人认为宋诗不足道。严羽在《沧浪诗话》中曾直陈宋诗之弊："近代诸公乃作奇特解会，遂以文字为诗，以才学为诗，以议论为诗。夫岂不工，终非古人之诗也。盖于一唱三叹之音，有所歉焉。且其作多务使事，不问兴致；用字必有来历，押韵必有出处，读之反覆终篇，不知着到何在。"明代"前七子"之一何景明更是坚称："汉无骚，唐无赋，宋无诗。"钱锺书对宋诗的不足也作了实事求是的批评，主要有三方面。一是历史局限，"宋代的五七言诗虽然真实反映了历史和社会，却没有全部反映出来"。钱锺书曾批评钱仲联喜欢"推求"作诗的"背境"，而现在自己倒在强调社会背景，这多少反映了钱锺书尽可能适应当时气候的努力。二是宋诗的理语，"爱讲道理，发议论；道理往往粗浅，议论往往陈旧，也煞费笔墨去发挥申说"。[56]钱锺书一向认为这是对诗歌的严重损害。他曾在《谈艺录》中说："顾人心道心之危微，天一地一之清宁，虽是名言，无当诗妙"，"惟一味说理，则于兴观群怨之旨，倍道而驰"。[57]三是"把末流当作本源的风气仿佛是宋代诗人里的流行性感冒"[58]。在这个基础上，钱锺书对宋诗作了总体评价："整个说来，宋诗的成就在元诗、明诗之上，也超过了清诗。我们可以夸奖这个成就，但是无须夸张、夸大它。"[59]

钱锺书在序言中还论及了一些重大理论问题。比如在论宋诗的历史命运与流弊时就谈到了"诗"与"史"二者的关系问题，指出"'诗史'的看法是个一偏之见。诗是有血有肉的活东西，史诚然是它的骨干，然而假如单凭内容是否在史书上信而有征这一点来判断诗歌的价值，那就仿佛要从爱克司光透视里来鉴定图画家和雕刻家所选择的人体美了"[60]。"诗"与"史"的关系,一直是钱锺书所关注的理论问题。《谈艺录》补订本中明确地说:"流风结习,于诗则概信为征献之实录,于史则不识有梢空之巧词,只知诗具史笔,不解史蕴诗心。"[61]《管锥编》中钱锺书对这一问题又多加论述:"刘氏复终之曰:'夫读古史者,明其章句,皆可咏歌';则是史是诗,迷离难别。老生常谈曰'六经皆史',曰'诗史',盖以诗当史,安知刘氏直视史如诗,求诗于史乎?惜其跬步即止,未能致远入深。"[62]这些理论阐述"能于艺事之全体大用,高瞩周览,症结所在,谈言微中"[63],为阐释具体的诗作与把握宏观的宋诗发展史提供了全新的阐释背景。

《宋诗选注》出版后,曾成为"拔白旗"运动中的典型。《文学研究》、《读书》、《光明日报》等报刊发表了不少批判文章,加以清算。只有夏承焘的《如何评价〈宋诗选注〉》,对其作了全面的肯定,认为"是一部难得的好书"[64]。其实,即使"是一部难得的好书",它也不可避免地带上了特定时代的烙印,典型地透露出钱锺书当时的学术心态。一方面,中国士大夫入世禀性和特殊的社会意识形态氛围,使他试图"识时务守规矩",顺应"潮流",与社会协调一致;另一方面,钱锺书犀利的思想锋芒和传统清流的品格,又使他"忍不住自作聪明,稍微别出心裁"。因此,三十年后,钱锺书把《宋诗选注》视作一面"古代模糊暗淡的铜镜","它既没有鲜明地反映当时学术界的'正确'指导思想,也不爽朗地显露我个人在诗歌里的衷心嗜好。也许这个晦昧朦胧的状态本身正是某种处境的清楚不过的表现"。更明确地说,它已成为"自己尽可能适应气候的原来物证"。[65]

到了"文革"期间,钱锺书的学术心态由努力顺应时代意识形态转入个人独立的深层思索,以惊人的胆识与罕见的腹笥,开始酝酿其学术巨著《管锥编》。一九七二年三月钱锺书从干校回到北京,但还是居无定所,只好借居在办公室,白天写作的桌子,晚上打开铺盖就是床,而外面是依然险恶的政治环境。在这种内外交困的情境下,钱锺书正式开始了不朽巨著《管锥编》的写作。当年钱锺书自述《谈艺录》"虽赏析之作,而实忧患之书也"[66],时值抗战后期。岂料《管锥编》竟又成一部忧患之作。这部巨著凝聚着作者对祖国传统文化的深厚情怀,表现了一个知识者"眷恋宗邦,生死以之,与为逋客,宁作累臣"[67]的风范。一九七四年,钱锺书曾写下《老至》一首,"徙影留痕两渺漫,如期老至岂相宽。迷离睡醒犹余梦,料峭春回未减寒。耐可避人行别径,不成轻命倚危栏。坐知来日无多子,肯向王乔乞一丸"[68],流露出一种老之已至的无奈与对春回大地的期盼。不久,果然春回大地。一九七九年,《管锥编》前四册由中华书局出版,《旧文四篇》也由上海古籍出版社出版。同一年，钱锺书随中国社会科学院代表团访美，风靡美国学界。一九八二年起开始担任中国社会科学院副院长。此后，钱锺书著作开始为世人所推重，纷纷出版或重印，钱锺书进入了学术生命的高潮期。一九八四年，《也是集》由香港广角镜出版社出版，《谈艺录》补订本由中华书局出版；一九八五年，《七缀集》由上海古籍出版社出版；一九九四年，《管锥编》第五册由中华书局出版；一九九五年，《槐聚诗存》由生活·读书·新知三联书店出版；一九九六年，《石语》由中国社会科学出版社出版；一九九七年，《钱锺书散文》由浙江文艺出版社出版。此时，钱锺书已缠绵病榻，不再著述。

在这些著作中，《石语》是钱锺书六十多年前与陈衍一次谈话的记述，从中可以一窥钱锺书当年与老辈文人的交往，颇具学术史和文学史价值。《槐聚诗存》是钱锺书亲自删削编定的旧体诗集，时间跨度从一九三四年到一九九一年，包括了一部分当年流传不广的《中书君诗》、《中书君近诗》等。钱锺书的旧体诗作，学界论述不多，但对于理解与把握钱锺书的心路历程，显然是十分珍贵的资料。至于诗作的艺术特色，或可引钱锺书关于学诗的一段自述加以说明：

余十九岁始学为韵语，好义山、仲则风华绮丽之体，为才子诗，全恃才华为之，曾刻一小册子。其后游欧洲，涉少陵、遗山之庭,眷怀家国,所作亦往往似之。归国以来,一变旧格,炼意炼格,尤所经意,字字有出处而不尚运典,人遂以宋诗目我。实则予于古今诗家,初无偏嗜,所作亦与为同光体以入西江者迥异。倘于宋贤有几微之似,毋亦曰唯其有之耳。自谓于少陵、东野、柳州、东坡、荆公、山谷、简斋、遗山、仲则诸集,用力较勤。少所作诗,惹人爱怜,今则用思渐细入,运笔稍老到;或者病吾诗一"紧"字,是亦知言。[69]

此外,《旧文四篇》收集了《中国诗与中国画》、《读〈拉奥孔〉》、《通感》、《林纾的翻译》四篇旧作;《也是集》收集了八十年代初发表的三篇论文《诗可以怨》、《汉译第一首英语诗〈人生颂〉及有关二三事》、《一节历史掌故、一个宗教寓言、一篇小说》以及《谈艺录》补订本中的部分内容。其中《汉译第一首英语诗〈人生颂〉及有关二三事》是根据一篇英文旧作"An Early Chinese Version of Longfellow's 'Psalm of Life'"改写而成,它是钱锺书早年想写的《晚清输入西洋文学》的一部分,也是唯一一篇译自英文旧作的文章。《旧文四篇》和《也是集》中的三篇论文后来就合成并改定为《七缀集》。《钱锺书散文》是得到杨绛、钱锺书认可的一个散文选本,其价值在于第一次收入了钱锺书早年的一些书评、论文、杂论等,使人们可以一窥早年钱锺书的才学。不过，这些主要属于钱锺书早期的著作，这一时期最重要的著作还是《管锥编》、《谈艺录》补订本及《七缀集》。

尽管钱锺书早期曾发表不少白话书评或诗文专论，但只有《七缀集》才是钱锺书亲自编定的白话论文的代表作。从时间上看，它们代表了不同时期的白话论文；从形式上看，它们充分体现了白话文的清晰纯正，与《管锥编》、《谈艺录》所用文言的粹美古雅适成对比；从内容上看，它们与《管锥编》、《谈艺录》形成了互补，甚至可以说是后者的精华提炼，《七缀集》所论述的诗与画、通感、诗可以怨以及翻译诸问题，都是《管锥编》、《谈艺录》中反复加以阐述的内容。当然，《七缀集》经过修改，已融入了钱锺书晚年成熟的思想内容，代表了钱锺书晚期写作的成就。与此相似的是《谈艺录》补订本，虽然主要内容我们已经在前面略加介绍，但补订本"犹昔书，非昔书也"，同样应该视作钱锺书晚年的代表作。由早年初版的《谈艺录》，到《管锥编》，再到补订本的《谈艺录》，表明钱锺书已由"自发"之明上升到了"自觉"之融的最高境界。[70] 经过补订的《谈艺录》与《管锥编》相互打通，形成了一个不可分割的整体，共同融入了钱锺书著作的话语空间。

钱锺书晚年的集大成之作显然是贯通古今中外的奇书《管锥编》。它的完成使得钱锺书的话语空间最终得以确立，并跃上一个全新的境界。如果说此前钱锺书的全部著作还基本停留于谈艺论文，寻觅中西共同的诗心文心，那么到《管锥编》中则上升到了文化思想层面的跨文化研究，对人类文化展开了整体批判。《管锥编》评骘了十部古籍：《周易正义》、《毛诗正义》、《左传正义》、《史记会注考证》、《老子王弼注》、《列子张湛注》、《焦氏易林》、《楚辞洪兴祖补注》、《太平广记》和《全上古三代秦汉三国六朝文》，融经史子集于一炉，几乎囊括中国文化的各个领域。即便如此，已经出版的《管锥编》还只是初辑，"锥指管窥，先成一辑。假吾岁月，尚欲赓扬"，"尚有论《全唐文》等书五种，而多病意倦，不能急就"。[71]这样气魄宏大之作，却被钱锺书命名为"管锥编"。"管锥"二字语出《庄子·秋水》："子乃规规然而求之以察，索之以辩，是直用管窥天，用锥指地也，不亦小乎？"这种含义也体现在他所认可的英译书名中："Limited Views: Essays on Ideas and Letters"（有限的观察：关于观念与文学的札记）。[72]"管锥"二字充分显示了他的谦逊，也显示了他对人类知识话语丰富性的尊重。

　　《管锥编》植根华夏，融化中西，或论史，或衡文，或点化，或评析，钩玄提要，触类旁通，察一于万，又寓万于一，在评注古籍的外衣下，孜孜以求地探究与抉发出人类文化的共同本质，显现出人类文化生生不息的发展。全书涉及英文、拉丁文、法文、德文、意大利文、西班牙文等西方语文,旁涉文学、史学、心理学、哲学、文化人类学等各种人文学科。它树义警拔超绝,论述横扫六合,开拓万古之心胸,推倒一时之豪杰,在学术层面与思想层面上都有着无穷的创见,卓然而成一家"钱学"。它没有西方哲学那种逻辑演绎的体系构造,而是突破学科与中西藩篱,将异时异地相统一的观念,非历史性地捉置一处,推源溯流,探本求末,交互映照,从而达到对超时空的绝对观念的契悟神通,进入人类文化反思的更高境界。[73]因此,《管锥编》才被誉为"经天纬地的巨著",钱锺书才被誉为"二十世纪中国最伟大的智者"。[74]

"大音希声,大象无形",绚烂之极而归于平淡。尽管钱锺书的声誉蒸蒸日上,可他本人却总是息影谢事,对蜂拥而来的盛誉,退避三舍,犹恐不及。他淡泊自守,埋首学问,并不是标榜什么"桃李不言,下自成蹊",而是几十年学理、学养和人生阅历的磨炼,早已让他对身外的一切漠然置之,视为累赘,有诗云:"凋疏亲故添情重,落索身名免谤增。"[75]柯灵曾在《促膝闲话中书君》一文中,精辟而深入地概括了钱锺书的学识和风范:

钱氏的两大精神支柱是渊博和睿智,二者互相渗透,互为羽翼,浑然一体,如影随形。他博览群书,古今中外,文史哲无所不窥,无所不精,睿智使他进得去,出得来,提得起,放得下,升堂入室,揽天下珍奇入我襟袍,神而化之,不蹈故常,绝傍前人,溶铸为卓然一家的"钱学"。渊博使他站得高,望得远,看得透,撒得开,灵心慧眼,明辨深思,热爱人生而超然物外,洞达世情而不染一尘,水晶般的透明与坚实,形成他立身处世的独特风格。[76]

一九九八年十二月十九日,钱锺书悄然辞世,魂归道山,没有挽联,没有哀乐,让人再次感受到了钱锺书淡泊自守的人格力量。然而,"寂寞身后事","千秋万岁名",钱锺书的英名早已镌刻于中国现代文化史册,《管锥编》等著作也必将成为中国文化永远的经典。

二、现象学式的话语空间

(一)

在六十年的著述生涯中,钱锺书的著作主要有:《写在人生边上》(散文集,一九四一年)、《人·兽·鬼》(短篇小说集,一九四六年)、《围城》(长篇小说,一九四六年)、《谈艺录》(学术专著,一九四八年)、《宋诗选注》(学术专著,一九五八年)、《管锥编》第一至四册(学术专著,一九七九年)、《谈艺录》补订本(学术专著,一九八四年)、《七缀集》修订本(学术文集,一九九四年)、《管锥编》第五册(学术专著,一九九四年)、《槐聚诗存》(旧体诗集,一九九五年)、《石语》(笔记,一九九六年)、《钱锺书散文》(散文杂论,一九九七年)、《写在人生边上的边上》(散文杂论,二〇〇一年)。此外,还有英文著作《十七、十八世纪英国文学中的中国》、《感觉·观念·思想》等,另有《宋诗纪事补正》、《管锥编》续辑等。关于《感觉·观念·思想》,钱锺书早在一九七二年八月作的《管锥编》序中就说:"又于西方典籍,褚小有怀,绠短试汲,颇尝评泊考镜,原以西文属草,亦思写定,聊当外篇。"[77] 可见,它是以西方文化典籍为研究对象,恰好与以中国文化典籍为研究对象的《管锥编》形成互补与互证,其气象格局当与《管锥编》相当。《宋诗纪事补正》据云亦有百余万言,对我们了解钱锺书的宋代文学研究甚至中国文学史研究殊为重要。《管锥编》续辑"续论《全唐文》、《少陵》、《玉谿》、《昌黎》、《简斋》、《庄子》、《礼记》等十种,另为一编",对中国传统典籍进行更为广泛而深入的研究,篇幅上应不会少于初辑。可惜的是,这些著作至今未刊,否则必定会对钱锺书著作的话语空间产生决定性的影响。其实,我们对《宋诗纪事补正》、《管锥编》续辑与《感觉·观念·思想》未能刊行的失望,钱锺书早就加以告诫。他曾仿摩西十诫,另加一诫:"Thou shalt not fondly hope — for thou shalt be disappointed",并指出"身事世事,无不当作如是观"。[78] 因此,我们的研究目前只能以现已刊行的著作为基础。

即使如此,我们已可以梳理出钱锺书著作的宏大格局。一是对中国传统典籍与文化思想的通观圆览。《谈艺录》、《宋诗选注》、《管锥编》虽彼此相隔一二十年,但《管锥编》一至五册由先秦纵论至唐,《谈艺录》由唐纵论至清末,而《宋诗选注》则衔接二书,形成了对中国文化和中国文学的总体认识。二是对西方文化思想的博览融汇。它体现于从早年的英文短文到《十七、十八世纪英国文学中的中国》,到未刊的《感觉·观念·思想》,以及《管锥编》、《谈艺录》等著作俯拾即是的对西方文化观念与诗学观念的征引互释。三是"写在人生边上"的小说、散文、旧诗的造艺意愿所达到的艺术境界。这种格局充分体现了钱锺书打通的学术宗旨与追求。这种打通首先是中西文学与文化的打通,钱锺书坚信"东海西海,心理攸同;南学北学,道术未裂",所以"凡所考论,颇采'二西'之书,以供三隅之反"。[79] 只有在中西文化的互证互释互验中,才可能凸现中西共同的诗心文心与人类文化的共同规律。其次是各种学科的打通,钱锺书认为,在这个多元的世界上,"人文科学的各个对象彼此系连,交互映发,不但跨越国界,衔接时代,而且贯串着不同的学科"[80]。人文各科水乳交融,密不可分,因此,"穷气尽力，欲使小说、诗歌、戏剧，与哲学、历史、社会学等为一家"[81]，把人类历史文化传统全部作为自己的阐释对象，"网罗理董，俾求全征献"[82]。再次是造艺意愿与学术研究的打通，即"自运"与"评论"兼得。《谈艺录》、《宋诗选注》中的诗学诗话，自可与《槐聚诗存》的诗作合观阐释；《管锥编》、《谈艺录》等学术著作中的理论奥义与文化意蕴又不妨施之于《围城》，比如《围城》中写方鸿渐想去看苏小姐，"明知也许从此多事，可是实在生活太无聊，现成的女朋友太缺乏了！好比睡不着的人，顾不得安眠药的害处，先要图眼前的舒服"。这正可与《谈艺录》中"决海救焚，焚收而溺至；引鸩止渴，渴解而身亡"[83]、《管锥编》中"愿欲耗生"[84]之旨等相参印。钱锺书的文学创作精妙绝伦，学术著作戛戛独造，文学创作中点缀着精妙的学问，学术著作中又处处可见小说家的手眼。两者相得益彰，可谓独步文坛，无人可及。

打通使钱锺书得以把人类历史文化现象作为自己的阐释对象，穿越学科，融化中西，解构人类文化话语赖以存在的学科藩篱，使鲜活、灵动的文化现象与文化话语以本然的甚至零碎的状态，重新建立起在历史空间中原本就存在的某种内在联系，显现出深藏于中西文化背后人类普遍的审美心理和文化规律，从而以全部的著作创辟了一个深刻而独特的话语空间。这正是钱锺书最杰出的学术贡献。

这个话语空间自明自律而又充满张力，具有无穷的可生发性和可阐释性。融汇于这一话语空间的钱锺书的全部著作，产生了相联以观的趋势。各个部分都相互联系，互相映照，彼此之间难以分割。钱锺书曾论述过的以镜照镜之喻，所谓"以八圆镜各安其方"，"使其形影，重重相涉"，[85]正是其生动的写照与显著的特征。随意选取一个话语片段，都可能"积小以明大，而又举大以贯小；推末以至本，而又探本以穷末"[86]，交互往复，最终达到对整个话语空间的体悟。严格说来，拆零下来的无数文化现象并不能独立地产生意义，只有纳入钱锺书独特的话语空间，才生成崭新的内涵。钱锺书著作的每一个部分，都离不开其整体的话语空间，反之亦然。总之，我所说的钱锺书的话语空间，指的是中西不同文化不同学科的逻辑性的历史叙述，在钱锺书的解构思维下，汇成了一种本然、具象的话语空间，中西浩瀚淹博的文化现象和文学现象，在其中交相生发，立体对话，察一于万，寓万于一，开拓出话语空间的无限可能性，成就了一出出巴赫金式话语嘉年华的狂欢场面。巴赫金在《弗朗索瓦·拉伯雷的创作与中世纪和文艺复兴时期的民间文化》等著作中阐述了他的狂欢化理论，主要是指拉伯雷的创作深深扎根于中世纪、文艺复兴时期的民间笑文化、狂欢节文化，这种狂欢节文化打破了一切特权等级、官方民间的界限，重构了一个充分自由的游戏式的世界。[87]而钱锺书的话语空间也解构了一切理论藩篱，重返人类文化话语本身，各种话语之间可以平等对话、自由穿梭甚至尽情嬉戏，与狂欢化精神颇为一致，因此我们不妨视之为话语狂欢的空间。显然，这一话语空间的主体仍是《管锥编》、《谈艺录》、《七缀集》等学术著作，因此，我们后面对钱锺书与现代西学的探讨既以这一话语空间为背景，又以《管锥编》、《谈艺录》、《七缀集》等学术著作为重点。

颇具意味的是，钱锺书的话语空间与西方的话语理论有着相当的一致性。[88] 米歇尔·福柯认为，话语构成了一般的文化实践的基础部分，话语这个概念可以囊括文化的所有形式和范畴，甚至包括他自己审视这种文化话语的努力，他的著作也可称作"有关话语的话语"。福柯反对传统的逻辑权威，而对话语中所充满的不连续性、断裂、缝隙和空白有着浓厚的兴趣。按照他的知识考古学理论，传统的逻辑权威或普遍的历史把所有现象聚集到某种中心原则、中心理念，纳入某种严密的逻辑理论体系，而知识考古学则注意那些以分散形态呈现的事件话语，在某种分散的话语空间展开研究，"全面历史的主题和可能性开始消失，而一种与前者截然不同的，我们或许可以称为总体历史的东西已初步形成。全面历史旨在重建某一文明的整体形式，某一社会的——物质的和精神的——原则，某一时期全部现象所共有的意义，涉及这些现象的内聚力的规律——人们常比喻作某一时代的

'面貌'",全面历史是"围绕着一个中心把所有的现象集中起来——原则、意义、精神、世界观、整体形式;相反地,总体历史展开的却是某一扩散的空间"。[89]用海登·怀特的话说,"福柯促使他自身的话语自由地游戏,来对抗所有权威。他渴望提出一种彻底自由的话语,一种消解自身权威的话语,一种在'沉默'之上展开的话语,在这种沉默中,只有那些处于不可化减的差异状态的'事物'才存在,任何打算用一种同一性将它们统一在某种秩序之下的企图,都会遭到它们的反抗"[90]。

钱锺书对分散的文化现象和知识话语的重视与阐释,同福柯回到历史本身、回到分散话语空间的知识考古学具有某种精神上的一致性。钱锺书对建立某种理论体系的宏愿颇不以为意,而对片段的思想话语却表现出极大的兴趣。他在《读〈拉奥孔〉》中有一段比较集中而经典的表述:

倒是诗、词、随笔里,小说、戏曲里,乃至谣谚和训诂里,往往无意中三言两语,说出了精辟的见解,益人神智;把它们演绎出来,对文艺理论很有贡献。也许有人说,这些鸡零狗碎的东西不成气候,值不得搜采和表彰,充其量是孤立的、自发的偶见,够不上系统的、自觉的理论。不过,正因为零星琐屑的东西易被忽视和遗忘,就愈需要收拾和爱惜;自发的孤单见解是自觉的周密理论的根苗。再说,我们孜孜阅读的诗话、文论之类,未必都说得上有什么理论系统。更不妨回顾一下思想史罢。许多严密周全的思想和哲学系统经不起时间的推排销蚀,在整体上都垮塌了,但是它们的一些个别见解还为后世所采取而未失去时效。好比庞大的建筑物已遭破坏,住不得人、也唬不得人了,而构成它的一些木石砖瓦仍然不失为可资利用的好材料。往往整个理论系统剩下来的有价值东西只是一些片段思想。脱离了系统而遗留的片段思想和萌发而未构成系统的片段思想,两者同样是零碎的。眼里只有长篇大论,瞧不起片言只语,甚至陶醉于数量,重视废话一吨,轻视微言一克,那是浅薄庸俗的看法——假使不是懒惰粗浮的借口。[91]

这段表述中有两个核心思想:一是理论体系不可靠,只有回复到现象自身;二是诗、词、随笔里,小说、戏曲里,乃至谣谚和训诂等人们不重视的著作中,倒是有着片段思想的精华。这一思想钱锺书曾反复加以拈示。比如谚语、歌谣等常常能说出真理,"万能上帝、游手无为,而万恶魔鬼、鞠躬勇为,此一诗两谚可抵一部有神论者之世界史纲也"[92],"余所谓野语虽未足据以定事实,而每可以征人情,采及葑菲,询于刍荛,固亦史家所不废也"[93]。因此,钱锺书不再追求建立逻辑严密、范畴明确的不透风不漏水的理论体系,而是努力创辟一个融古今中外、正史野语于一体的彻底自由的话语空间。如果理论体系可以比作全面历史的话，那么话语空间则可比作总体历史。钱锺书鲜明地主张回到现象与话语本身，深入到逻辑背后，在自由的游戏中开辟新的空间，让现象与话语显现自身，并使之在新的空间、总体历史中立体对话、互证互释，最终凸显出人类文化的共同文化规律。这种以分散话语和回到现象为特征的认知范式，或许正如福柯所说的那样，象征着一种认知构型的终结和另一种新的认知构型的开始。

我认为，钱锺书话语空间的这种认知范式，典型地表现出由逻辑学范式向现象学范式的转型。这是钱锺书话语空间的根本特征，也是它的认识论意义之所在。二十世纪后半期以来，人类经历着认识论和方法论的重大转型，即由逻辑学范式向现象学范式发展。乐黛云曾在不同场合对此多加论述，她指出，逻辑学范式是将具体现象抽象概括为最简约的共同形式，最后归结为形而上的逻各斯或黑格尔式的绝对精神，"从这种范式出发，每一个概念都可以被简约为一个没有具体内容、没有实质、没有时间的纯粹的理想形式，一切叙述都可以简化为一个封闭的空间，在这个固定的空间里，一切过程都体现着一种根本的结构形式"，而现象学范式研究的首先是具体的人、经验与现象，"强调对自觉经验到的现象作直接的研究和描述"，"强调'诉诸事物本身'"，是一种"摆脱概念前提和理性分析的态度，'回到直觉和回到自身的洞察'"。正因为现象学范式首先从人的意识出发，一切都随个人的视角变化而变化，所以现象学范式的研究空间是一个不断因主体的激情、欲望和意志的变动而变动的拓扑学空间。[94] 如果把逻辑学范式称作形式主义的范式，那么现象学范式则是话语的范式。[95]

"现象"一词派生于希腊文"Phainomenon"，其基本含义就是显示自己的东西，显现和表现。海德格尔认为，现象学的意思就是让显示自己的东西自身可见，即从自身显示自己，让正在谈论的在者从隐蔽中显示出来，成为可以发现的无蔽之物，以这个目的为依归的研究就是现象学。因此，"走向事物本身"可以说是胡塞尔现象学的根本原理。在海德格尔看来，此在被逻辑遮蔽、掩盖、伪装着，应穿透这种伪装而走向事情本身。语言的逻辑结构与理论抽象遮蔽着事情本身，而话语的开放性具有冲破自身的本领。[96] 所以说现象学范式更多的是话语的范式。钱锺书虽然明确表示，"我一贯的兴趣是所谓'现象学'"[97]，但他所谓现象学显然没有这么玄奥，其基本含义还在于突破抽象简括的逻辑结构与所谓理论体系，重回话语与现象本身，对事物的本真状态或本质予以把握。在现象的话语空间中，尽可能彻底展露一切包含在现象中的东西，显示事物的本真。因此，如果说胡塞尔、海德格尔等人所谓的现象学是哲学现象学，那么钱锺书的现象学可以称之为话语现象学。

钱锺书现象学范式或曰话语范式的一个显著特征,就是"不耻支离事业"。他融化中西、穿越学科,对人类无穷的文化现象,总是希望"拾穗靡遗,扫叶都净,网罗理董,俾求全征献",并认为"名实相符,犹有待于不耻支离事业之学士焉"。[98] 所谓全征献,就是钱锺书所说的连类、参印、合观、捉置一处,等等。这种征引的充类至尽、酣放无余,源自现象世界本然的密切联系。钱锺书认为在大量的现象背后,总有它自身的发展链条,或者说,话语现象有其自身的联系,所谓"上下古今,察其异而辨之,则今事必非往事,此日已异昨日,一不能再,拟失其伦,既无可牵引,并无从借鉴;观其同而通之,则理有常经,事每共势,古今犹旦暮,楚越或肝胆,变不离宗,奇而有法"[99]。这一点钱锺书早在《中国文学小史序论》中曾加论述:"体制既分,品类复别,诗文词曲,壁垒森然,不相呼应。向来学者,践迹遗神,未能即异籀同,驭繁于简;不知观乎其迹,虽复殊途,究乎其理,则又同归。"[100] 大量的现象没有被人们会通融贯,也就不可能发现他们的内在关系,就像"一家学术开宗明义以前,每有暗与其理合,隐导其说先者,特散钱未串,引弓不满,乏条贯统纪耳。群言歧出,彼此是非,各挟争心而执已见,然亦每有事理同,思路同,所见遂复不期而同者,又未必出于蹈迹承响也。若疑似而不可遽必,毋宁观其会通,识章水之交贡水,不径为之谱牒,强瓜皮以搭李皮"[101]。只有对话语现象连类征引,穷究不舍,才有可能观其会通,使暗合、隐导者都显示自身,条贯统纪。《谈艺录》中论"圆",已引古今中外的例证七十余条,到了《管锥编》中更是触类而旁通,再引例证百余条,真正是充类至尽,而"圆"的文学意味与人文意味也就在对现象的连类征引、观博取约中阐释殆尽。[102]

颇具意味的是,对话语现象的通观圆览,正是钱锺书话语空间的重要特征,"'圆照'、'周道'、'圆觉'均无障无偏之谓也"[103]。他不满于"学者每东面而望,不睹西墙,南向而视,不见北方,反三举一,执偏概全"[104]的倾向,指出现象虽"宗派判分,体裁别异,甚且言语悬殊,对疆阻绝,而诗眼文心,往往莫逆冥契"[105],因此主张对话语现象通以骑驿,广征博引,使其话语空间,"能入,能遍,能透","遍则不偏,透则无障,入而能出,庶几免乎见之为蔽矣。"[106]随着逻辑结构的震颤消解,无数通贯古今中外的本然的现象在其中播散性地散开,交集纷来,相生相发,一些莫逆冥契的诗眼文心就在对现象的圆照周览中呈现出来。而且通观圆览也使我们有可能对文学现象的发展流变进行溯源察流,从流到源,从而为理解和阐释文本提供更大的阐释语境,比如《列子》之袭《庄子》,"世所熟知,然只睹其明目张胆者,至脱胎换骨、假面化身处,则识破尚鲜也",而在钱锺书的现象空间中,则发现"列子斯节命意遣词,均出《庄子》，捉置一处，便见源流"，因而可以得出结论："列之文词逊庄之奇肆飘忽，名理逊庄之精微深密，而寓言之工于叙事，娓娓井井，有伦有序，自具一日之长。即或意出抒扯，每复语工镕铸。"[107]

显然，钱锺书现象学式的话语空间并不是仅仅罗列现象，更多的是要进行现象的重构，以寻求中西文化现象中共同的规律性的存在。钱锺书曾批评"评点、批改侧重成章之词句，而忽略造艺之本原，常以'小结裹'为务"[108]。现象重构则是直探文化本原，"千头万绪简化为二三大事"[109]，发掘那些"隐于针锋粟颗，放而成山河大地"[110]的本质精髓，即"大结裹"。关键是对淹博的现象世界如何重构，达到聚则一贯、观博取约的目的。钱锺书提出了"睹一事于句中，反三隅于事外"[111]的方法，以现象阐释现象，"妙绪纷披，胜义络绎，研极几微，判析毫芒"，皆"悉本体认，无假书传"，由此达到对现象的本质认识，即"大结裹"。[112]钱锺书对登高生愁的寻绎，就典型地体现了现象的重构。他列举了曹植、沈约、何逊、古乐府、陈子昂、王昌龄、李白、杜甫等近三十首诗作及意大利、英国的诗作小说，将万殊不一的文学现象上升为一种体现造艺之本原的诗学规律。[113]"人共此心，心均此理，用心之处万殊，而用心之途则一。名法道德，致知造艺，以至于天人感会，无不须施此心，即无不能同此理，无不得证此境"[114]，登高生愁之说,叫放诸四海,百世常新。重构而探艺之本原,或许就是钱锺书所说的对现象回过头来另眼相看的境界,它"是黑格尔一再讲的认识过程的重要转折点:对习惯事物增进了理解,由'识'转而为'知',从旧相识进而成真相知"[115]。由识到知的基础与语境,正是钱锺书淹博学识所成就的对繁富现象的周观圆览、通识真赏。

钱锺书的话语空间生动体现了人类认识由逻辑学范式向现象学范式的现代转型,它超越了学科传统与文化疆界,构成真正的科际整合与文化对话的方法与进路,探讨中西共同的诗心文心与文化规律,显示出最显著的涵盖性与整合性。这种现象学式的思想原则和与之相应的知识学方法,构成了钱锺书话语空间的现代品质,对于中国知识学界来说,"庶乎生面别开,使一世之人新耳目而拓心胸,见异思迁而复见贤思齐,初无待于君上之提倡、谈士之劝掖也"[116]。

(二)

钱锺书曾自称是一个"retired person"(闭门不管天下事的人)[117],可是他的著作中却时时显示出与时代、社会、人生的密切关系。它们一方面体现为作品中所映射出的时代背景,另一方面体现为钱锺书对社会历史人生的深沉思索。钱锺书的创作与学术并不直接关涉和反映时代,可是总是带有强烈的时代烙印。《围城》和《谈艺录》对应着抗日战争;《宋诗选注》对应着一九五七年的反右派斗争;《管锥编》对应着十年"文革"。《人·兽·鬼》是"在兵火仓皇中录副";《围城》是在沦陷区写作;《谈艺录》"虽赏析之作,而实忧患之书也":"余身丁劫乱,赋命不辰。国破堪依,家亡靡托。迷方着处,赁屋以居。先人敝庐,故家乔木,皆如意园神楼,望而莫接。少陵所谓:'我生无根蒂,配尔亦茫茫',每为感怆。因径攘徐祯卿书名,不加标别。非不加也,无可加者。亦以见化鹤空归,瞻乌爰止,兰真无土,桂不留人。立锥之地,盖头之茅,皆非吾有。知者识言外有哀江南在,而非自比'昭代婵娟子'也";[118]而《管锥编》产生于中华民族历史上的艰危时期,体现了钱锺书深广的忧愤和学术的良心,他用如椽的大笔,守住了自己的精神园地,保持了自己的个性尊严。

如果说这些还只是时代在钱锺书著作中的投射,那么在钱锺书现象学式的话语空间中大量的对社会历史人生的思索,则表现出钱锺书汇通精研古今中外话语现象的同时,从没放弃对社会人生这部大书的阅读。他超越于自己个体的利害得失,对整个社会人生始终怀有深切的关怀,以独特的方式发出自己的声音。在他的话语空间中,对于不同时代、不同环境、不同文化语境中文化现象的观察与理解,总是既有犀利的分析,又有温和的褒贬,既有学问文章,更有思想关怀。以理论建构的系统性来说，不如哈耶克、哈贝马斯；以理论介入时代的影响力来说，与杜威、萨特无法并论。可是，它们却与中国现实、中国文化、中国历史融为一体，须臾不可分割。尤其是《管锥编》这样的大书，写在中国文化的深处，它注释了社会，注释了历史，注释了人生，也注释了现实。钱锺书在历史的沉默处发言，在历史的喧嚣处沉思，无论鉴古以明今，还是察今以知古，都不随世而轮转，事实是他唯一的依据，人格是他唯一的力量，真理是他唯一的追求。他以理性与良知的明灯，照亮了社会迷途。[119]因此，与其说它是一部学术巨著，不如说它是一部思想巨著；与其说钱锺书是一位学术大家，不如说也是一个真正的思想者；与其说钱锺书创辟的是话语的空间，不如说是思想的空间。

既然皇皇百万言的《管锥编》构成了钱锺书话语空间与思想空间的主体，那么我们不妨以《管锥编》为主要对象，略窥其思想空间之一斑。

中国辩证法是钱锺书话语空间与思想空间的核心之一。《管锥编》以"论易之三名"开篇，或许就暗含了其辩证法之魂。以太和为中心的中国辩证法有着悠久的传统，人们所贬斥的中庸就是一种辩证思维方式。钱锺书指出，"'中'，不指平常凑货、不出众，而指恰如其分、无偏差"[120]，就是不抗不拘，其辩证意味在于"执其两端，可得乎中，思辩之道，固所不废"[121]，"《中庸》之'执其两端用其中'，亦儒家于辩证之发凡立则也"[122]。这种辩证思维充分体现于钱锺书纷至沓来、充类至尽的话语空间，让人在淹博的话语现象中，体会到一种深刻和智慧。钱锺书曾提出变与不变的命题："黄公谓'诗文之累，不由于谤而由于谀'，其理深长可思。余则欲更进一解曰：诗文之累学者，不由于其劣处，而由于其佳处。《管子·枢言》篇尝谓：'人之自失也，以其所长者也'，最是妙语。盖在己则窃喜擅场，遂为之不厌，由自负而至于自袭，乃成印板文字；其在于人，佳则动心，动心则仿造，仿造则立宗派，宗派则有窠臼，窠臼则变滥恶，是则不似，似即不是，以彼神奇，成兹臭腐，尊之适以贱之，祖之翻以祧之，为之转以败之。"[123]这就将文学创作中创新与模式、发展与守成的辩证关系阐释殆尽。与此相似，"发身、荣身、娱身而反忘身或且亡身，此又人情世事之常。谭峭《化书·德化》喻之于人制木偶而木偶能祸福人，'张机者用于机'，亦即黑格尔论史所谓'愿遂事成而适违愿败事'"[124]；"盖谀君者，使君愚，媚君者，使君昧。史籍所载群臣表庆云、甘露、芝生、龙见等祥瑞，与赵高指蒲为脯，'调'君伎俩，实无以异"[125]；"盖祸福倚伏，成亏转辗；'养'尊处优而以为合'礼'之宜，则将居之不疑，渐滋侈泰，悦生乃至于无生可悦，纵欲乃至于欲纵不能。《本生》谓'物者所以养性，而惑者以性养物'，如'修兵而反以自攻'焉。巴尔札克小说有《珠皮记》者，非渠上乘文字也，顾发明'愿欲耗生'之旨，颇可参印"[126]等。钱锺书对这些辩证现象的拈示，不仅仅在于给人某个具体的结论，而且更在于"给人一种智慧，一种中国辩证法的智慧，和领略这种智慧的智慧"[127]。

如果说辩证法使话语空间成为领略智慧的空间，那么钱锺书以自己独特的方式对社会历史人生的注释，则让人感受到了他眼光的犀利与思想的深邃，使其话语空间成为一个真正的思想空间。这些思想既有对人事人情的透彻理解，也有对抽象哲理的形而上考索，还有对现实社会的批判锋芒。钱锺书对于学人文士的欺世饰伪、沽名养望一向深恶痛绝，他尖锐指出："名之成非尽由于艺之立也"，"学问文章之起家树誉，每缘巧取强致，行事与《阴符经》、《鬼谷子》、《计然策》冥契焉。大盗不操戈矛，善贾无假财货"。[128]殊不知，欺世盗名虽可蒙混一时，却无法掩其无德："不论'文'之为操行抑为著作，无不与'德'契合贯穿；'大人'、'小人'，具有何德，必露于文，发为何文，即征其德，'文'、'德'虽区别而相表里者也。"[129]钱锺书明确提出，"求道为学，都须有'德'"：

一切义理、考据，发为"文"章，莫不判有"德"、无"德"。寡闻匿陋而架空为高，成见恐破而诡辩护前，阿世哗众而曲学违心，均"文"之不"德"、败"德"；巧偷豪夺、粗作大卖、弄虚造伪之类，更郐下无讥尔。黑格尔教生徒屡曰："治学必先有真理之勇气"；每叹兹言，堪笺"文德"。穷理尽事，引绳披根，逢怒不恤，改过勿惮，庶可语于真理之勇、文章之德已。苟违心而懦，则不违心而周者几希。十七世纪英国一哲人尝谓："深思劬学，亦必心神端洁。吾欲视道德为最谨严之名辩"；正如才、学、识，尚须有"德"也。[130]

钱锺书的这些论述，对于我们判别"文"、"德"，认识某些文人学士的欺世饰伪，不啻为铸鼎以象，燃犀以照。在论及晁错《说文帝令民入粟受爵》及贾谊《说积贮》时，钱锺书则显现出社会批判的锋芒，将当权者的嗜欲（权势欲）本质揭露无遗："是以富贵能移，饱暖思淫；色荒禽荒，玩人玩物，皆非高资大力莫办。至于竞权争利，不惜越货残民；嗜利之心随聚敛而继长，揽权之欲与威势而俱增，其'不顾廉耻'，视'饥寒无告'之穷氓，盖倍蓰抑且千百焉。若夫自称待致千金而后改行折节，想其始为不善，必非迫于饥寒，则至果拥千金，恐亦仍如月攘一鸡之更待来年耳。"[131]钱锺书的这些洞幽烛微之论，同样充满了辩证的智慧，他的思想深度与智慧程度恰恰是相辅相成的。钱锺书论述天地与圣人的这段话比较典型地体现了思想与智慧的融合：

无长久之心，而能有长久之事，天地也；身不能长久，而心欲长久，人也。"圣人"本人之大欲，鉴天地之成事：即果求因，以为天地之长久，由于其无心长久也；复推类取则，以为人而亦无心长久，则其身必能长久矣。然则圣人之无心长久，为求身之能长久，正亦有心长久。不为天下先，正欲后起占先。天地无此居心也，而圣人自命师法天地，亦不揣其本而齐其末矣。天地者，著成坏存亡之形迹，而不作趋避得丧之计较者也。[132]

当然，真正给人以思想震撼的，还是《管锥编》中注释现实的卓识巨胆。钱锺书以理性与良知的明灯，给迷途者带来了一丝光明。在那个时代，黑白混淆，良心泯灭，可钱锺书却清醒地对此大加鞭挞："巧宦曲学，媚世苟合；事不究是非，从之若流，言无论当否，应之如响；阿旨取容，希风承窍，此董仲舒赋所斥'随世而轮转'也"，"人之运命，如人之品操然，可取象于车轮，均无常也"，"意马心猿，情常躁竞；波萍风草，行不贞固；故人之品操，轮转贻讥。人事靡恒，人生多故，反掌荣辱，转烛盛衰，亦复齐心同慨"。[133]人情向背无常，世事荣枯不定，"尚有等而下焉者，跖犬而摇尾于非主，楚妻而送睐于外人"[134]。钱锺书洞明人情世故，总能别具只眼，鉴古以明今，或察今以知古。因此，我们可以看到"政治中无骨肉情"、"太平而诛功臣"

的论述，可以读到"势利之交，古人羞之"，以"贼害其友"为"至恶"的阐发，甚至可以见到屈打成招、严刑逼供最早载于《史记·李斯列传》的抉发等。[135]"言外有哀江南在"[136]，可谓昭然若揭。

钱锺书论《史记·货殖列传》认为："斯《传》文笔腾骧，固勿待言，而卓识巨胆，洞达世情，敢质言而不为高论，尤非常殊众也。夫知之往往非难，行之亦或不大艰，而如实言之最不易；故每有举世成风、终身为经，而肯拈出道破者鲜矣。"[137]"马迁于炎凉世态，如言之不足，故重言之者，殆别有怀抱而陈古刺今、借浇块垒欤。"[138]钱锺书卓识巨胆，洞达世情，且反复质言拈示，其实又何尝不是别有怀抱、借浇块垒？当年朋友称赞《管锥编》特立独行，钱锺书只是淡淡一笑，摇摇手说"天机不可泄漏"[139]，说明钱锺书的确是别具用心。这种卓识巨胆、别具用心，显示了一个真正知识分子的良知与勇气。作为一个知识分子，必须具备学术、思想、人格三方面的修为，而钱锺书的话语空间、思想智慧及其"不计利钝，故不易操守，不为趋避"[140]的人格力量，使其成为当代知识分子的杰出代表。而他对社会人生的思考与批判所达到的深度，又使他超越于一般知识分子，成为一个真正的思想者。

颇具意味的是，钱锺书深刻厚重的话语空间，却贯穿了一种游戏精神。我们早在《写在人生边上》、《人·兽·鬼》、

《围城》等文学作品中就已充分领略了钱锺书的游戏三昧与修词机趣，殊不知它同样体现于以《管锥编》、《谈艺录》等学术著作为主体的话语空间。钱锺书指出："涉笔成趣，以文为戏，词人之所惯为"[141]，"盖修词机趣，是处皆有；说者见经、子古籍，便端肃庄敬，鞠躬屏息，浑不省其亦有文字游戏三昧耳"[142]。可见，游戏对于钱锺书来说，是一种很高的境界。他曾提到"书法尚有逞狡狯以见奇妙，犹释氏所谓'游戏神通'（《维摩诘所说经·方便品》第二）、'得游戏三昧'（《五灯会元》卷三南泉普愿章次）者，优入能品"，他还进一步论列了《论语·述而》中的"游于艺"，"席勒以为造艺本于游戏之天性；近人且谓致知穷理以及文德武功莫不含游戏之情，通游戏之事，充类以至于尽矣"。[143] 当然，钱锺书也指出"荒诞须蕴情理"，"盖无稽而未尝不经，乱道亦自有道，未可鸿文无范、函盖不称也"。[144] 游戏与情理的结合，才可能以滑稽的方式阐释严肃的对象，笑话、故事、俗谚、反话、讽语、诙谐等都可以达到对现象的独到认识。这就是康德所说的，"解颐趣语能撮合茫无联系之观念，使千里来相会，得成配偶"[145]。"解颐正复资解诂"[146]，"无稽而未尝不经，乱道亦自有道"[147]，也就成为钱锺书著作的一个鲜明特色。一方面是话语现象的通识真赏，另一方面是思想智慧的洞幽烛微；一方面是严肃的学术文化，另一方面是滑稽的游戏精神。这使得钱锺书的话语空间愈发显得扑朔迷离，高深莫测。钱锺书在给周振甫的一封信中也承认："读拙著者如'鳖厮踢'，则参禅之死句矣。故拙著不易读者，非'全由援引之繁，文词之古'，而半由弟之滑稽游戏，贯穿潜伏耳。"[148]游戏精神与话语空间某种程度上的互为表里，再次显示了钱锺书高卓的智力与痴气的性情，显示了钱锺书著作特殊的境界。

（三）

钱锺书现象学式的话语空间所体现出来的和而不同的对话原则，对于我们思考文化相对主义时代的跨文化传通无疑有着相当的启示作用。这一点我们在以后论述钱锺书与现代西学的关系时，还会不断论及，这里只是略加申说。

所谓文化相对主义，是将事物和观念放到其自身的文化语境内去进行观照的一种方式，反对以某一文化体系的价值观念去评判另一文化体系，承认每一种文化都自有其合理性和存在价值。文化相对主义理论家赫斯科维奇指出："文化相对主义的核心的核心是尊重差别并要求相互尊重的一种社会训练。它强调多种生活方式的价值，这种强调以寻求理解与和谐共处为目的，而不去评判甚至摧毁那些不与自己原有文化相吻合的东西。"[149]显然，文化相对主义的核心还是文化多元论。既然文化多元共存，那么就首先涉及文化的认同问题。何谓认同？认同即"Identity"，用查尔斯·泰勒的话说就是："我的认同是由承诺和自我确认所规定的，这些承诺和自我确认提供了一种框架和视界，在这种框架和视界之中，我能够在各种情境中尝试决定什么是善的，或有价值的，或应当做的，或者我支持的或反对的。换言之，它是这样一种视界，在其中，我能够采取一种立场。"[150]文化相对主义、文化认同已成为当今世界人文社会科学界的热点话题。塞缪尔·亨廷顿甚至将文化认同与文化身份的差异视为未来世界冲突的主要根源，在新的世界格局中，文化认同成为国家之间结盟或对抗的主要因素，"不同文明集团之间的冲突就成为全球政治的中心"。[151]

钱锺书现象学式的话语空间的显著特征，是将人类历史文化现象作为自己的阐释对象，穿越学科，融化中西，中文、英文、拉丁文、法文、德文、意大利文、西班牙文等不同语文与文学、史学、心理学、哲学、文化学等不同学科，全部都融会贯通。不同的文化、不同的语境下的现象观念与文化话语，都在其中占据着它固有的位置，从各自的视角和立场发出自己的声音，并与他者互证互释互补，从而抉发出人类文化的共同本质，显现出人类文化生生不息的发展。钱锺书的话语空间很大程度上就是文化话语的空间，是不同文化的平等对话与交流，是不同文化在淹博的现象中显现自身与凸现价值，典型地体现出了文化相对主义的精神与和而不同的对话原则。

这其实是钱锺书的自觉追求与一贯精神，他曾反复指出，"在某一意义上，一切事物都是可以引合而相与比较的；在另一意义上，每一事物都是个别而无可比拟的"[152]，对话者"大可以和而不同，不必同声一致。'同声'很容易变为'单调'的同义词和婉曲话的"[153]。对于和而不同原则的内涵与意义，钱锺书曾作过集中的论述。"和而不同"语出《左传·昭公二十年》齐景公与晏子的对话，也是中国传统文化的核心观念之一。《国语·郑语》中史伯对郑桓公曰："夫和实生物，同则不继。以他平他谓之和，故能丰长而物归之；若以同裨同，尽乃弃矣。……声一无听，物一无文，味一无果，物一无讲。"《论语·子路》章亦有"君子和而不同，小人同而不和"之句。钱锺书认为，《管子·宙合》篇论君臣之道如"五音不同声而能调，五味不同物而能和"，"已蕴晏、史之旨"，而且史伯不言"彼平此"、"异物相平"，而说"他平他"，"立言深契思辨之理"。钱锺书进而广征中西典籍，将和而不同之旨阐发殆尽："《孔丛子·抗志》篇：'卫君言计是非，而群臣和者如出一口。子思曰：……自是而臧之，犹却众谋，况和非以长乎'子思之'和'，正晏、史之'同'也。《淮南子·说山训》：'事固有相待而成者：两人俱溺，不能相拯，一人处陆则可矣。故同不可相治，必待异而后成'；高诱注全本晏子语。晏、史言'和'犹《乐记》云：'礼者，殊事合敬者也，乐者，异文合爱者也'；'殊''异'而'合'，即'待异而后成'。古希腊哲人道此，亦喻谓音乐之和谐，乃五声七音之辅济，而非单调同声之专一。赫拉克利都斯反复言，无高下相反之音则乐不能和，故同必至不和而谐出于不一。柏拉图尝引其语而发挥之，并取譬于爱情。苏格拉底尝谓国家愈统一愈佳，亚里士多德驳之曰：苟然，则国家将成个人，如和谐之敛为独音、节奏之约为么拍。文艺复兴时最喜阐发相反相成之理者，所见当推布鲁诺，谓专一则无和谐；近世美学家亦论一致非即单调。其旨胥归乎'和而不同'而已。晏子别'和'于'同'，古希腊诗人谓争有二，一善而一恶，前者互利，后者交残；'善争'与'和'亦骑驿可通者。"[154]

我们之所以不避烦琐，详加征引，是因为如果把钱锺书的这段论述视为其话语空间的一个缩影，那么可以发现它本身已生动体现了和而不同的对话原则。不同文化语境中的对话者，和、同之见各见其理，却共同为和而不同原则的建立发挥出各自的作用。同样，钱锺书话语空间中不同文化话语的对话与互证，既不是为了取消差异而追求一律，也不是以一种话语兼并另一种话语，而是努力建立各种话语之间的平等关系，取消任何的话语霸权，即摒弃"绝异道"、"持一统"[155]的歧途，充分体现了多元文化与多元话语共存的合理性与必然性。钱锺书始终坚持广采"'二西'之书，以供三隅之反"[156]，让中西文化、人文各科以至稗史小说、野语街谈，都在动态的沟通与对话、互释与互证中，既保持自己独特的价值，又尽量扩大商讨与宽容的空间，寻求有益于共存的最基本的共识，从而最终达致"能使相异者协，相反者调，归于和谐"[157]的所谓"真诚的思想融合"[158]。

随着全球化与后殖民时代的到来，民族身份与文化认同的基本质素已与他者混合，愈来愈呈现出杂交性，我们只能在这样的前提与具体语境中，重新建构自己的身份。钱锺书早在七十年代建构完成的话语空间，却已生动地体现了这种文化相对主义的精神与和而不同的对话原则，而和而不同原则与当代西方思想巨子英国以赛亚·伯林的价值多元论及德国哲学家哈贝马斯的互为主观说又颇为相通。根据伯林的价值多元论，人类所追求的价值，尤其是终极性的价值与目标，总是相互冲突，没有一个共通的衡量尺度，根本无法在其中比较高下。因此，追求价值与理想，必须要靠选择，而选择某种价值的同时也意味着放弃其他的价值。这种价值选择的冲突不妨视为文化选择的冲突。哈贝马斯的互为主观说是他从当代西方文化话境出发所提出的一种对策，他认为，任何体系的构成都必须划定范围，也就是自我设限，否则就无法构成体系，而体系一旦完备就会封闭与老化，沟通则是解决这一悖论的唯一途径，即找到另一个参照系，用一种陌生的他者的眼光来重新审视自己。互为主观，理性交往，平等对话，取长补短，从而使旧体系获得新生。这也是哈贝马斯力图弥补现象学范式的不足所提出的"批判—沟通—重建"的发展之路。[159]钱锺书与当代西方巨子的冥契相通，让人再次感受到了他的先见卓识，以及与西方思想巨子"左把袖而右拍肩"[160]的潇洒气度。

钱锺书的全部著作纵观古今，横察世界，突破时间、地域、学科、语言的界限，梭穿轮转，慎择精研，形成了一个浩瀚淹博的现象学式的话语空间。其中既有现象话语的发散，也有中西共同诗心文心的探求，既有深刻的辩证的智慧，也有洞烛抉幽的思想批判，还有和而不同的理论立场。其最终目的还在于对全部人类文化话语与观念的抉发与会通。而且，钱锺书会通人类文化话语与观念现象时，总是以一个具有现代意识的中国人的身份来发言，把中国文化置于当代世界文化对话的语境之中，发出自己的声音、发现自我的价值。当然，这已经是一个在世界文化语境参照中的新自己、新自我，正如他在《中国固有的文学批评的一个特点》中所说："好像小孩子要看镜子的光明，却在光明里发现了自己。"[161]他以全部的著作对中国以至世界文化话语与观念现象作出了现代诠释，也为中国文化在多元文化时代的发展作出了卓越贡献。钱锺书所创辟的深刻而独特的话语空间，在某种意义上已获得了一种哲学的突破[162]，即对人类文化与人生本质阐明了一种理性的认识，而这种立足中西的认识所达到的层次之高，则是从未有过的。它使人们对中国传统文化的内蕴、对人类文化的发展以及人生的基本意义产生了新的认识。这种哲学的突破已经开始影响中国思想文化的各个方面，而且必将产生更为深远的影响。尽管钱锺书早就指出，"爱上了作者以后，我们每每对他起了偏袒，推爱及于他的全部作品，一鼓脑儿都认为圣经宝典，催眠得自己丧失了辨别力，甚且不许旁人有选择权"[163]。但我还是认为，正是这种哲学的突破，使钱锺书当之无愧地跻身于文化大师的行列，在中国现代文化史上竖起了一座巍巍界碑。任何关于中国现代文化史、学术史或文学史的研究，要想绕过钱锺书已经完全不可能，没有了钱锺书，这种研究将是不完整的。我们不能说钱锺书是前无古人，但是否是后无来者呢？这种诘问使我们在对钱锺书更生敬意之际，心中也不能不悄然而生深深的怅惘。

以上我们对钱锺书创作与学术历程作了简单的描述，对钱锺书所创辟的话语空间作了初步的阐发。钱锺书的话语空间为我们观照与论述钱锺书与现代西学的关系，提供了一个必要的语境。我们将以此为基础，以《管锥编》、《谈艺录》补订本及《七缀集》修订本等为主要对象，系统梳理与阐述钱锺书与阐释学、解构主义、形式批评、比较文学、心理学等现代西学的关系，试图阐明钱锺书对于现代西学完全采取了兼收并蓄的态度，始终坚持在不同的理论立场与思想境界之间自由穿梭，借助于不同的立场与方法，沟通中西，解构学科藩篱，创辟他独特的话语空间。各种现代西学融为一体，对钱锺书话语空间的形成起到了重要的作用。在这个充满生气的话语空间中，中西文化呈现出开放的状态，获得了现代的存在形式与延伸形式。钱锺书与现代西学之间，不仅存在着深刻的影响关系，更有着精神契合的平行关系，充分显示了钱锺书著作的现代性与先见性。也正因为如此，我们才冒昧地将钱锺书与现代西学捉置一处尝试论述，希望"聊举契同，以明流别，匹似辨识草木鸟兽之群分而类聚耳。非为调停，亦异攀附"[164]，而是稍通骑驿，以现代西学为线索，对钱锺书著作重新加以解读，从而对钱锺书著作及其意义获得更为深入的理解与准确的把握。当然，"倾盖如故，天涯比邻，初勿须强为撮合。即撮合乎，亦如宋玉所谓'因媒而嫁，不因媒而亲'也"[165]。我们所做的努力，可能恰恰会在一定程度上违背钱锺书先生的根本宗旨，即使偶有说中，恐怕也难逃"卖花担头之看桃李"[166]之憾，这或许也是一种无法避免的人生讽刺。

注　释

1. 钱基博：《自传》，《光华大学半月刊》1935年第3卷第8期。
2. 钱锺书：《谈艺录》（补订本），中华书局，1984年，第346页。以下所引《谈艺录》均为此版，不另注。引文中所附外文，根据需要有所取舍，以下均照此，敬请参阅原著。
3. 张申府：《民族自救的一方案》，《大公报》1932年10月15日。
4. 钱锺书：《评曹著落日颂》，《新月》1933年第4卷第6期。
5. 钱锺书：《评周作人的新文学源流》，《新月》1932年第4卷第4期。
6. 钱锺书：《作者五人》，《大公报》1933年10月5日。
7. 钱锺书：《与张君晓峰书》，《国风》半月刊1934年第5卷第1期。
8. 钱锺书：《中国固有的文学批评的一个特点》，《文学杂志》1937年第1卷第4期。
9. 钱锺书：《谈艺录》，第183–184页。
10. 钱锺书：《序》，载氏著《谈艺录》，第1页。
11. 钱锺书：《中国诗与中国画》，《国师季刊》1940年第6期。
12. 郑朝宗：《续怀旧》，载氏著《海滨感旧集》，厦门大学出版社，1988年，第69页。
13. 钱锺书：《序》，载氏著《谈艺录》，第1页。
14. 钱锺书：《故国》，载氏著《槐聚诗存》，北京·读书·新知·三联书店，1995年，第79页。
15. 钱锺书：《乙酉元旦》，载氏著《槐聚诗存》，第87–88页。
16. 胡范铸：《钱钟书学术思想研究》，华东师范大学出版社，1993年，第3、9–11页。
17. 钱锺书：《序》，载氏著《写在人生边上》，开明书店，1941年，第1–2页。
18. 张文江：《营造巴比塔的智者：钱钟书传》，上海文艺出版社，1993年，第51页。
19. 钱锺书：《围城》，晨光出版公司，1947年，第127页。
20. 钱锺书：《谈艺录》，第351页。

21　钱锺书：《谈艺录》，第232、228页。

22　钱锺书：《管锥编》，中华书局，1994年，第574页。以下所引《管锥编》均为此版本，不另注。引文中所附外文，根据需要有所取舍，以下均照此，敬请参阅原著。

23　赵一凡：《〈围城〉的隐喻及主题》，载氏著《美国文化批评集：哈佛读书札记（一）》，生活·读书·新知三联书店，1994年，第268页。

24　钱锺书：《围城》，《文艺复兴》1946年第2卷第2期。

25　钱锺书：《管锥编》，第1424页。

26　钱锺书：《管锥编》，第1065页。

27　钱锺书：《围城》，《文艺复兴》1947年第2卷第6期。

28　钱锺书：《"围城"序》，《文艺复兴》1947年第2卷第6期。

29　钱锺书：《管锥编》，第496页。

30　钱锺书：《管锥编》，第618页。

31　钱锺书：《管锥编》，第783页。

32　钱锺书：《谈艺录》，第178页。

33　钱锺书：《管锥编》，第1251页。

34　钱锺书：《管锥编》，第1312页。

35　钱锺书：《生日》，载氏著《槐聚诗存》，第87页。

36　钱锺书：《生日》，第87页。

37　钱锺书：《谈艺录》，第346页。

38　钱锺书：《序》，载氏著《谈艺录》，第1页。

39　钱锺书：《中国诗与中国画》，载氏著《七缀集》（修订本），上海古籍出版社，1994年，第7页。以下所引《七缀集》均为此版本，不另注。

40　钱锺书：《谈艺录》，第46–47页。

41　蒋寅：《〈谈艺录〉的启示》，《文学遗产》1990年第4期。

42　钱锺书：《谈艺录》，第371页。

43　参阅周振甫《〈谈艺录〉补订本的文艺论》，载钱锺书研究编辑委员会编《钱锺书研究》第一辑，文化艺术出版社，1989年。

44　钱锺书：《谈艺录》，第268–291页。

45　钱锺书：《管锥编》，第1446页。

46 钱锺书:《谈艺录》,第596页。
47 钱锺书:《谈艺录》,第304页。
48 杨绛:《记钱锺书与〈围城〉》,载氏著《杨绛作品集》,中国社会科学出版社,1993年,第152–153页。
49 钱锺书:《赴鄂道中》,载氏著《槐聚诗存》,第110–111页。
50 范明辉:《钱锺书与〈唐诗选〉》,载冯芝祥编《钱锺书研究集刊》(第二辑),上海三联书店,2000年,第143–185页。该文对《唐诗选》(人民文学出版社,1978年)中可能出自钱锺书手笔的篇目内容作了审慎的辨析。
51 钱锺书:《韩昌黎诗系年集释》,《文学研究》1958年第2期。
52 钱锺书:《序》,载钱锺书选注《宋诗选注》,人民文学出版社,1997年,第19–20页。以下所引《宋诗选注》均为此版本,不另注。
53 钱锺书:《管锥编》,第1446页。
54 钱锺书:《宋诗选注》,第158、141、8页。
55 钱锺书:《序》,载钱锺书选注《宋诗选注》,第20页。
56 钱锺书:《序》,载钱锺书选注《宋诗选注》,第6–7页。
57 钱锺书:《谈艺录》,第227–228页。
58 钱锺书:《序》,载钱锺书选注《宋诗选注》,第13页。
59 钱锺书:《序》,载钱锺书选注《宋诗选注》,第10页。
60 钱锺书:《序》,载钱锺书选注《宋诗选注》,第3页。
61 钱锺书:《谈艺录》,第363页。
62 钱锺书:《管锥编》,第164页。
63 钱锺书:《管锥编》,第1446页。
64 夏承焘:《如何评价〈宋诗选注〉》,《光明日报》1959年8月2日。
65 钱锺书:《模糊的铜镜》,《人民日报》1988年3月24日。
66 钱锺书:《序》,载氏著《谈艺录》,第1页。
67 钱锺书:《管锥编》,第597页。
68 钱锺书:《老至》,载氏著《槐聚诗存》,第124页。
69 吴忠匡:《记钱锺书先生》,《随笔》1988年第4期。
70 钱锺书:《管锥编》第五册,第4页。

71　钱锺书：《序》，载氏著《管锥编》，第1页。

72　陆文虎：《〈管锥编〉释义》，载氏著《"围城"内外：钱钟书的文学世界》，解放军文艺出版社，1992年，第30页。

73　李洪岩：《智者的心路历程：钱锺书的生平与学术》，河北教育出版社，1995年，第461–462页。

74　季进：《穿越蔽障　重返经典——略论钱钟书的当代意义》，《当代作家评论》2001年第4期。

75　钱锺书：《叔子病起寄诗招游黄山》，载氏著《槐聚诗存》，第118页。

76　柯灵：《促膝闲话中书君》，《读书》1989年第3期。

77　钱锺书：《序》，载氏著《管锥编》，第1页。

78　郑朝宗：《〈管锥编〉作者的自白》，载氏著《海滨感旧集》，第124页。

79　钱锺书：《序》，载氏著《谈艺录》，第1页。

80　钱锺书：《诗可以怨》，载氏著《七缀集》，第133页。

81　钱锺书：《谈艺录》，第352页。

82　钱锺书：《管锥编》，第854页。

83　钱锺书：《谈艺录》，第176页。

84　钱锺书：《管锥编》，第907页。

85　钱锺书：《管锥编》，第115页。

86　钱锺书：《管锥编》，第171页。

87　巴赫金：《拉伯雷研究》，李兆林、夏忠宪等译，河北教育出版社，1998年，第249–250、294–297页等。

88　关于话语理论可参阅米歇尔·福柯《知识考古学》、约翰·斯特罗克编《结构主义以来：从列维–斯特劳斯到德里达》、高概《话语符号学》、《权力的眼睛：福柯访谈录》及赵一凡《欧美新学赏析》中的有关论述。

89　米歇尔·福柯：《知识考古学》，谢强、马月译，生活·读书·新知三联书店，1998年，第9–10页。

90　约翰·斯特罗克编：《结构主义以来：从列维–斯特劳斯到德里达》，渠东等译，辽宁教育出版社，1998年，第89–90页。

91　钱锺书：《读〈拉奥孔〉》，载氏著《七缀集》，第33–34页。

92　钱锺书：《管锥编》，第847页。

93　钱锺书：《管锥编》第五册，第25页。

94　乐黛云等：《比较文学原理新编》，北京大学出版社，1998年，第3–4页。

95　高概：《话语符号学》，王东亮译，北京大学出版社，1997年。

96　参阅海德格尔《存在与时间》第二章，陈嘉映、王庆节合译，生活·读书·新知三联书店，1987年。

97　钱锺书致朱晓农函，转引自胡范铸《钱钟书学术思想研究》，第21页。

98　钱锺书：《管锥编》，第854页。

99　钱锺书：《管锥编》，第1088页。

100　钱锺书：《中国文学小史序论》，《国风》半月刊1933年第3卷第8期。

101　钱锺书：《管锥编》，第440页。

102　参阅钱锺书《谈艺录》第111–114页及《管锥编》第921–930页。

103　钱锺书：《管锥编》，第1053页。

104　钱锺书：《谈艺录》，第304页。

105　钱锺书：《谈艺录》，第346页。

106　钱锺书：《管锥编》，第1052页。

107　钱锺书：《管锥编》，第480、467页。

108　钱锺书：《管锥编》，第1215页。

109　钱锺书：《中国诗与中国画》，第3页。

110　钱锺书：《管锥编》，第496页。

111　钱锺书：《管锥编》，第180页。

112　钱锺书：《谈艺录》，第290–291页。

113　参阅本书第五章第四节。

114　钱锺书：《谈艺录》，第286页。

115　钱锺书：《读〈拉奥孔〉》，第35页。

116　钱锺书：《管锥编》，第1553页。

117　水晶：《侍钱"抛书"杂记——两晤钱锺书先生》，载钱锺书研究编辑委员会编《钱锺书研究》第二辑，文化艺术出版社，1990年，第325页。

118　钱锺书：《谈艺录》，第1页。

119　陈子谦：《钱学论》，四川文艺出版社，1992年，第127–128页。
120　钱锺书：《中国诗与中国画》，第9页。
121　钱锺书：《管锥编》，第350页。
122　钱锺书：《管锥编》，第416页。
123　钱锺书：《谈艺录》，第171页。
124　钱锺书：《管锥编》，第520页。
125　钱锺书：《管锥编》第五册，第25页。
126　钱锺书：《管锥编》，第907页。
127　庞朴、陈子谦：《编委笔谈（三）》，载钱锺书研究编辑委员会编《钱锺书研究》第三辑，文化艺术出版社，1992年，第1页。
128　钱锺书：《管锥编》，第992页。
129　钱锺书：《管锥编》，第1504页。
130　钱锺书：《管锥编》，第1506–1507页。
131　钱锺书：《管锥编》，第900页。
132　钱锺书：《管锥编》，第422页。
133　钱锺书：《管锥编》，第922、926页。
134　钱锺书：《管锥编》，第341页。
135　钱锺书：《管锥编》，第350、339、333、334页。
136　钱锺书：《谈艺录》，第1页。
137　钱锺书：《管锥编》，第382页。
138　钱锺书：《管锥编》，第357页。
139　李慎之：《千秋万岁名　寂寞身后事》，《新民晚报》1998年12月29日。
140　钱锺书：《管锥编》，第1082页。
141　钱锺书：《管锥编》，第459页。
142　钱锺书：《管锥编》，第461页。
143　钱锺书：《管锥编》，第1323页。
144　钱锺书：《管锥编》，第595页。
145　钱锺书：《管锥编》，第317页。
146　钱锺书：《管锥编》，第1246页。
147　钱锺书：《管锥编》，第595页。

148 转引自蔡田明《〈管锥编〉述说》,中国友谊出版公司,1991年,第92-93页。

149 乐黛云等:《比较文学原理新编》,第9页。

150 汪晖:《汪晖自选集》,广西师范大学出版社,1997年,第37页。

151 参阅塞缪尔·亨廷顿《文明的冲突与世界秩序的重建》第六章,周琪等译,新华出版社,1998年。

152 钱锺书、范存忠、贾植芳:《年鉴寄语》,载北京大学比较文学研究所、《中国比较文学年鉴》编委会编《中国比较文学年鉴(1986)》,北京大学出版社,1987年,第6页。

153 钱锺书:《在中美比较文学学者双边讨论会上的发言》,《中国比较文学》1984年第1期(创刊号)。

154 钱锺书:《管锥编》,第236-238页。

155 钱锺书:《管锥编》,第261页。

156 钱锺书:《序》,载氏著《谈艺录》,第1页。

157 钱锺书:《管锥编》第五册,第23页。

158 钱锺书:《在中美比较文学学者双边讨论会上的发言》,《中国比较文学》1984年第1期(创刊号)。

159 乐黛云等:《比较文学原理新编》,第15页。

160 钱锺书:《管锥编》,第1291页。

161 钱锺书:《中国固有的文学批评的一个特点》,《文学杂志》1937年第1卷第4期。

162 哲学的突破是美国当代著名社会学家帕森斯提出的一个概念,余英时用以分析先秦道术为天下裂的转折时期。此处借用此概念,以极言钱锺书话语空间意义之深远。参阅余英时《士与中国文化》(上海人民出版社,1987年)第一章。

163 钱锺书:《杂言:关于著作的》,《观察》周刊1948年第4卷第2期。

164 钱锺书:《管锥编》,第465页。

165 钱锺书:《管锥编》,第465页。

166 钱锺书:《管锥编》,第465页。

第一章　阐释的循环：钱锺书与阐释学

一、语言、训诂与阐释

阐释学是与钱锺书关系十分密切的现代西学之一。钱锺书的著作不仅屡屡征引与直接评说西方阐释学的有关论说，而且他关于文本阐释的大量见解与阐释学理论若相契符，甚至他的全部著作也构成了一个有趣的阐释的循环。可以说，在人文科学阐释学方面，钱锺书从理论到实践，都作出了独步一时的巨大贡献。我们很难将这解释为一种偶然巧合，而更愿意相信钱锺书每每有意识地操用或借鉴了阐释学的方法。只要我们将钱锺书的有关论述与阐释学的相关理论加以对读，也许就不难相信这一点。

阐释学是兴盛于二十世纪六十年代的一种哲学和文化

思潮，是一种研究意义的理解和阐释的理论。"阐释"最早指的是探索词句或作品文本的意义，尤其是确立"上帝之言"的意义。到十九世纪初，德国的施莱尔马赫创立《圣经》阐释学，试图建立一种阐释《圣经》和基督教经典的阐释学方法论。在他看来，由于作品与阐释者之间存在距离，阐释的过程总是不可避免地伴随着误解，所以尽可能探究本文（尤指《圣经》）的意义而避免误解是阐释学的核心问题，这也导致了对本文的意义的高度自觉。到了十九世纪末，狄尔泰将这种《圣经》阐释学进一步推向普遍化和理论化，将阐释确定为"理解人类的精神创造物、探讨整个'精神科学'的基础"[1]。因此，他反对仅仅对本文作消极的阐释，而主张把阐释学融进历史哲学。他认为历史是人在生活中留下的一系列符号和痕迹，是生命的表现。透过生命的表现，才能跨越时空距离认识历史，从而获得对本文及其作者的真正理解。也就是说，这种生命的表现应该是理解的最终对象。无论施莱尔马赫的《圣经》阐释学，还是狄尔泰的哲学阐释学，都贯穿着明显的客观主义与实证主义精神，即阐释学应该努力帮助读者去把握本文的原意与本文作者的原意，以避免误解现象的发生，这也是传统阐释学一致的主张。

当历史进入二十世纪，西方阐释学也发生了根本的转向，出现了以海德格尔和伽达默尔为代表的现代哲学阐释学。海德格尔吸取胡塞尔现象学的方法，通过经验世界存在的人（即此在"Dasein"），去把握作为本体的存在，把阐释学发展为一种新型的本体论和论证人的存在的方法。他认为，阐释必须采取现象学的方法，即让对象直接呈现在人的意识中，通过内心体验去研究对象在人的意识中直接呈现的经验。一切解释都产生于一种先在的理解，而解释的目的则是达到一种新的理解，使其成为进一步理解的基础。因此，理解不是要把握一个事实，而是要理解一种可能性，理解我们的存在。理解揭示此在的方式，不是为了获得新的知识，而是为了解释世界和人的存在，即此在。伽达默尔从海德格尔的阐释学思想出发，把阐释学现象看作是人类的世界经验，通过强调理解的普遍性，确立了阐释学作为一种以理解问题为核心的哲学的独立地位。一九六〇年，伽达默尔的巨著《真理与方法》出版，系统推出了他的现代哲学阐释学理论，彻底否定了传统阐释学的客观主义精神，也将阐释学推向了兴盛。他认为，传统的客观主义阐释学的缺陷在于一味迷信本文作者的原意，而没有看到人类理解的历史性。在他看来，理解总是以历史性的方式存在的，无论是理解者本人，还是理解的对象本文，都是历史地存在着的，也就是说，都是处于历史的发展演变之中。这种历史性就使得对象本文和阐释主体都具有各自的处于历史演变中的视界，因此，理解不是消极地复制本文，而是进行一种创造性的努力。所谓理解就是本文所拥有的过去视界与主体的现在视界的叠合，伽达默尔称之为视界融合。这样，人们面对本文所达到的理解就永远只能是本文与主体相互融通的产物。[2]

值得一提的是，即使在现代阐释学内部也存在着分歧。意大利的贝蒂就一直是伽达默尔的有力挑战者。他关心的是阐释学如何能成为理解人类经验的一般理论，绝少去追究理解作为人的历史存在的本体论上的意义。他还提出了认知的阐释、规范的阐释与再创作的阐释三种阐释形式，试图适合不同的阐释对象。另外，就在伽达默尔的哲学阐释学如日中天之际，美国著名文论家赫施也于一九六七年出版了《解释的有效性》一书，针锋相对地提出了捍卫本文作者原意、张扬客观主义精神的主张。赫施区分了"含义"与"意义"的不同，在他看来，伽达默尔所说的理解的历史性，并不是指本文作者的原初含义发生了变化，而是本文的意义发生了变化。赫施指出，"发生变化的实际并不是本文的含义，而是本文对作者来说的意义"，"本文含义始终未发生变化，发生变化的只是这些含义的意义"。[3]如果看不到本文含义与本文意义的这种区分，那么也就无法正确解释理解的历史性，从而像伽达默尔那样走向对本文作者原意的否定。赫施在意义与含义、理解与阐释之间作出区分，是为了避免一种循环的解释理论。赫施认为，作者要说的才是文本的真正意义，因此，作者的意向是判断阐释正确与否的标准，阐释者应该按照作者的意图来理解文本。[4]

现代阐释学是钱锺书的重要思想渊源之一，资料表明，钱锺书对阐释学发展的历史脉络与基本理论是颇为熟稔的。在《谈艺录》、《管锥编》、《七缀集》中曾多次征引狄尔泰、施莱尔马赫、海德格尔、沃尔夫等人以及《阐释学读本》、《结构主义与阐释学》等著作中的论述。钱锺书曾指出"阐释之循环"的概念，最早由阿士德在《语法学、阐释学、订勘学本纲》中首申此义，"此盖修词学相传旧教，阐释学者承而移用焉"。[5]这种识见显然不是对阐释学不求甚解、泛泛而谈者所能达到的。如果说这种识见还只是显示了钱锺书淹博的知识背景，那么他在论及"诗无达诂"与西方"托寓"释诗时，将阐释学与接受美学、解构主义捏置一处加以论述，[6]则表明阐释学已与其他现代西学整合为一体，成为钱锺书重要的思想资源。或者说，钱锺书的视界与阐释学等现代西学的视界也已融为一体，开创出一种崭新的境界。对于钱锺书来说，阐释学已不仅仅是一种方法，而更多地成为一种不自觉的阐释学意识，贯穿于钱锺书阐释中外文化的立体对话之中。阐释学的视界融合（即钱锺书所说的"读者与作者眼界溶化"[7]），就是从阐释主体与文本客体之间双向交流的角度，提出了对文本、对世界的把握方式。对对象的理解就是对自我的理解，对本质的直观就是对自己存在深度的测定，对此在的理解就是人与人的对话，并在对话中摧毁了传统阐释学客观阐释模式的中心性与确定性，而走向了意义的"阐释之循环"和"诗无达诂"。

显然，与现象学、解构主义、形式批评等其他现代西学一样，语言问题也成为阐释学的基础，这是近代西方语言学转向的必然结果。无论是阐释主体，还是文本客体，无论是作为文本的编码，还是作为阅读的解码，无论是视界融合，还是阐释循环，都离不开语言的中介。阐释学的一个基本命题就是肯定语言也像人的历史存在一样，时刻处在一种开放状态。它向新的生活经验开放，同时也在理解与阐释中，成为人的存在形式。凡是人所理解的存在，都是语言。[8] 这就是伽达默尔所强调的理解的语言性，因为语言是理解的媒介，理解从本质上说是语言的。不仅理解的对象是语言的对象，而且理解本身也同语言有根本的联系。正是语言揭示了一种处境，揭示了本文的内涵，也揭示了我们所处的世界。语言表达了人与世界的一切关系，人永远是以语言的方式把握并拥有世界。因此，语言和世界之间的关系是一种本体论的关系。

钱锺书对阐释过程中语言的作用也给予了高度的重视，语言问题同样成为钱锺书阐释学意识的基础。钱锺书与传统、历史、中西文化的对话，也首先表现为对基本话语的辨析与阐释。钱锺书没有拘泥于西方阐释学理论关于语言即存在、语言即本体之类的玄言思辨，而是深具卓识地将中国传统语言训诂与阐释学理论相糅合，从而别开一种中国式的阐释学理论。这是钱锺书阐释学意识的一个突出特点，也是他对阐释学理论的突出贡献。

钱锺书首先辨析了语言符号的"字"与"名"，即能指与所指的相对关系。所谓能指，即钱锺书所说的"字"，"谓声出于唇吻、形著于简牍者也"；所谓所指，即钱锺书所说的"名"，"谓字之指事称物，即'命'也"。"名"与"字"，各司其职，殊功异趣，不可混为一谈，"字取有意，名求傅实；意义可了，字之职志也；真实不虚，名之祈向也。因字会意，文从理顺，而控名责实，又无征不信，'虚名'、'华词'、'空文'、'浪语'之目，所由起也"。正是由于语言符号的能指（字）与所指（名）叠合或偏差所造成的含糊浮泛，使得以语文为专门本分、托命安身的词章之士，每每"叹恨其不足以宣心写妙"，"作者每病其传情、说理、状物、述事，未能无欠无余，恰如人意中之所欲出。务致密则苦其粗疏，钩深赜又嫌其浮泛；怪其粘着欠灵活者有之，恶其暧昧不清明者有之。立言之人句斟字酌、慎择精研，而受言之人往往不获尽解，且易曲解而滋误解"。这里真可用得上刘禹锡的一句诗，"常恨言语浅，不如人意深"（《视刀环歌》)，以至钱锺书最后也感叹："'解人难索'，'余欲无言'，叹息弥襟，良非无故。语文之于心志，为之役而亦为之累焉。"[9]

为此,钱锺书拈出汉字一字多义的符号特征,提出了"训诂须兼顾词章、义理"[10]的训诂阐释原则。钱锺书的《管锥编》以"论易之三名"开篇,开宗明义,拈出汉字"一字多意之同时合用"的特征,并在全书中不断随文阐说,反复致意。钱锺书指出,一字多义有两种情况,一是并行分训,一是背出或歧出分训。所谓并行分训,是指两义不同也不相倍;所谓背出或歧出分训,是指两义相违亦相仇。"易"字兼有"变易"、"不易"、"简易"之意。"易"与"不易"、"简易"就是背出分训;"不易"与"简易"就是并行分训。"易一名而含三义"者,"兼背出与并行之分训而同时合训也"。中国汉字这种独特的符号特征,其实与现实世界的复杂性密不可分,或者说,它来源于后者错综交纠的心理事理:"如冰炭相憎、胶漆相爱者,如珠玉辉映、笙磬和谐者,如鸡兔共笼、牛骥同槽者,盖无不有。赅众理而约为一字,并行或歧出之分训得以同时合训焉,使不倍者交协、相反者互成。"显然,钱锺书在这里已经将对汉字话语符号的辨析,上升到了相反相成、同体歧用的辩证、理性的层面。而且,因为汉字的符号特征也被词章家广为利用,"语出双关,文蕴两意,乃诙谐之惯事,固词章所优为,义理亦有之",所以这种辩证性的关系推之谈艺,正尔同符。《管锥编》训"衣",一为"隐","盖衣者,所以隐障";一为"显","衣亦可资炫饰","隐身适成引目之具,自障偏有自彰之效,相反相成,同体歧用。诗广譬喻,托物寓志:其意恍兮跃如,衣之隐也、障也;其词焕乎斐然,衣之引也、彰也。一'衣'字而兼概沉思翰藻,此背出分训之同时合训也,谈艺者或有取欤"。[11]这实际上就是相反相成在文学上的表现。

中国传统的训诂学没有对汉字的这种符号特征给予足够的重视,只是拘泥于对儒家经典字、词的解释,而不可避免地带来了它的局隅与偏枯。戴震在《东原集》中反复强调,"经之至者,道也。所以明道者,其词也。所以成词者,未有能外小学文字者也。由文字以通乎语言,由语言以通乎古圣贤之心志,譬之适堂坛之必循其阶而不躐等"[12]。戴震的理论是对秦汉以来传统训诂实践的总结,清一代的朴学大师如钱大昕、凌廷堪、阮元辈皆遵循此说,推崇备至。可钱锺书对传统训诂以文字为一切解的偏枯,却毫不留情,多加讥评。钱锺书指出,传统训诂往往"顾以为义理思辨之学得用文字之学尽了之,又视玄言无异乎直说,蔽于所见,往往而有","余寻绎《论语》郑玄注,尝笑其以《子路》章为政先务之'正名'解为'正书字';清之为'汉学'者至以《述而》两言'好古'之'古',解为'训诂'。信斯言也,孔子之道不过塾师训蒙之莫写破体、常翻字典而已,彼尸祝孔林者以及破孔户而据床唾堂者,皆视虱如轮、小题大做矣!盖学究执分寸而忽亿度,处把握而却寥廓,恢张怀抱,亦仅足以容学究；其心目中，治国、平天下、博文、约礼皆莫急乎而不外乎正字体、究字义。一经笺释，哲人智士悉学究之化身，要言妙道皆字典之剩义"。[13]再比如扬雄《解嘲》："客徒欲朱丹吾毂，不知一跌将赤吾之族也！""赤族"之解，学人聚讼。《汉书》颜师古注："见诛杀者必流血，故云'赤族'。"王念孙《读书杂志·汉书》曰："'赤地'谓徒有地在，'赤贫'谓徒有家在，'赤族'则非徒有族之谓矣。所谓似是而非者也。"其实，这里的"赤"是一种双关手法。钱锺书指出："赤地"也，其词负，谓并无草；"赤贫"也，其词正，谓空有室。"赤"，着眼在"空尽"、"灭"，而不是在"徒有"、"仅存"，"'赤族'者，族而一口不遗，如覆巢无完卵耳，何'似是而非'之有？'赤'犹今言'精光'、'干净'，后世口语沿用"。同是一个"赤"字，却同文异义，"两意亦推亦就，相牴牾而复勾结"，颇多韵趣。"赤"兼净尽与殷红两义，以净尽施本句之"族"，以殷红应前句之"朱丹"，不解修词琢句，不知一字两义错综贯穿，颜说、王注也就不免"如以肝胆为胡越矣"。[14]

因此，钱锺书提出了兼顾训诂与词章义理的阐释原则。它至少应该包括两个方面，一是超乎象外以究事理心理；二是考究文本始终以循环阐释。"哀"，可训爱、可训悲戚、可训爱好，也可训恩怜。当情感浑而至尽时，"悲异于爱，爱不即同于怜，甚至曰：'哀而不伤'，哀且复判别差等"；

当情感明而未融时,"则悲与爱若怜可为无町畦,共性通名,皆'哀'之族,甚至曰:'欢乐极兮哀情多',哀与乐且复胡越肝胆"。这并不是"训诂之游移",实在是因为"情绪之错综"。钱锺书指出,"殊情有贯通之绪,故同字涵分歧之义。语言之含糊浮泛,每亦本情事之晦昧杂糅,兹含糊浮泛也,只其所以为亲切直白也欤"。因此,不可以固定死板的训诂规则来对待,而应该超越于文本字词,以探究事理心理,方能钩深致远。"恨"亦训悔,"正以恨之情与悔之情接境交关"。"哀"亦训爱悦,"望"亦训怨恨,正说明"所谓情感中自具辩证,较观念中之辩证愈为纯粹著明"。朴学家总是明诏大号,"既通其词,始求其心",这种主张固然不错,但钱锺书强调"求心始得通词,会意方可知言,譬文武之道,并物而错,兼途而用,未许偏废尔"。[15]

如果说超乎象外以究事理心理还只是强调透过语言之含糊、情感之贯通,最大限度地把握文本,以求甚解,那么考究文本始终以循环阐释,则将文本字词、作者宗旨、文化背景、修词机趣等,统统纳入考究对象,形成一个阐释的循环。这一思想仍然是钱锺书有鉴于传统朴学训诂思想的局隅偏枯而产生:"乾嘉'朴学'教人,必知字之诂,而后识句之意,识句之意,而后通全篇之义,进而窥全书之指。虽然,是特一边耳,亦只初桄耳。复须解全篇之义乃至全书之指('志'),庶得以定某句之意('词'),解全句之意,庶得以定某字之诂（'文'）；或并须晓会作者立言之宗尚、当时流行之文风，以及修词异宜之著述体裁，方概知全篇或全书之指归。积小以明大，而又举大以贯小；推末以至本，而又探本以穷末；交互往复，庶几乎义解圆足而免于偏枯，所谓'阐释之循环'者是矣。"戴震在《〈毛诗补传〉序》中又说："余私谓《诗》之词不可知矣，得其志则可以通乎其词。作《诗》者之志愈不可知矣，断以'思无邪'之一言，则可以通乎其志。"钱锺书针对戴震所论之偏，指出："一卷之中，前篇谓解'文'通'志'，后篇谓得'志'通'文'，各堕边际，方凿圆枘。顾戴氏能分见两边，特以未通观一体，遂致自语相违。若师法戴氏、前邪后许之徒，东面不识西墙，南向未闻北方，犹搔折臂之新丰翁、偏枯臂之杜陵老，尚不辨左右手矛盾自攻也。"[16] 戴震的局隅在于不懂阐释循环之道，只看到两边，却没有由分见而合观，即钱锺书所说的"通观一体"，当然也就不可能"积小以明大，而又举大以贯小"，"推末以至本，而又探本以穷末"，在交互往复的阐释循环中，观词之于终始，见文之于全篇，获得全面而深入的阐释。阐释的循环与钱锺书的打通说及圆照周览的思想一脉相承，不仅成为钱锺书基本的阐释学思想，而且也成为钱锺书著作的一个基本特征。这一点我们将在下文专节论述。现在我们不妨先看一下钱锺书对训诂与文风、习尚的考察。《大学》："致知在格物，物格而后知至。"郑玄注：

"格、来也,物犹事也。"宋、明、清的学者对于"格"训"来",聚讼哄然,但都没有旁参广究。钱锺书指出,"古人盖以身心为主,以事物为客,如用兵之客攻而主守","格"训"来",只是常识性的问题,为人所共知,"《文子·道原》:'物至而应,知之动也';《乐记》:'物至知知',郑注:'至、来也,知知、每物来则又有知也';《孟子·告子》:'耳目之官不思,物交物,则引之而已矣',赵歧注:'利欲之事来交引其精神',事'来'而神为所'引'以往也;《荀子·解蔽》:'小物引之,……其心内倾'又:'物至而应'",可见"格"训"来",已成"心性之结习成见,风气扇被,当时义理之书熟而相忘、忽而不著"。这些忽而不注的结习成见往往流露于文词语言,比如司马相如《子虚赋》"色授魂与,心愉于侧",故色"来"而后"魂与",与物"来"而后"知至",事异而旨同,所以钱锺书说"相如之赋可以通郑玄、赵歧之注焉"。[17]于此也可见训诂与阐释都需顾及一代文风与心性结习,并将它作为阐释的一个环节,与其他因素交互往复,循环阐释,方可获得义解圆足的阐释境界。

二、作者意图与主体参与

传统阐释学认为,文学本文具有某种本质,对本文的合法诠释就是以某种方式去发掘、去阐明那个本质,而现代阐释学则反对这种认为本文具有某种本质的观念。伽达默尔提出,无论是本文还是阐释者,都是历史的存在,有着无法消除的历史特殊性与局限性,理解总是要受历史因素的制约。真正的理解不是去克服历史的局限,而是正确地评价和适应历史性。鉴于理解的历史性,本文或本文作者的原意是不存在的,阐释活动根本无法去复制本文作者的原意。被哈罗德·布鲁姆称为"当今世界上最有趣的哲学家"的理查·罗蒂在一次关于阐释问题的辩论中也提出,"反对本文本质上表现了'什么东西'也就是反对某种特殊的诠释——可以根据'本文的内在连贯性'揭示出那个'东西'究竟是什么。更一般地说,它反对本文可以向你展示出它自身的内在愿望而不是只提供某种刺激物"[18],并让我们彻底放弃发现本文真正本质的企图。在他们看来,传统阐释学所谓符合"本文的内在连贯性"的特殊诠释,其实是一种阐释霸权的表现,也是一种必须加以解构的观念。

钱锺书关于"作者之宗旨非即作品之成效"[19]的论点,可以说就是对传统本质阐释霸权的一种具体解构,也与现代阐释学观点达到了高度的契合。钱锺书"作者之宗旨非即作品之成效"的阐释学思想,可以从两个方面来理解。一是从创作过程来看,作者意图得乎心而不一定作品应乎手;二是从作品成效上看,往往存在人与文的背反现象。心手难应、心手相左是钱锺书总结出来的一条重要创作规律，早在《谈艺录》中即已拈出，《管锥编》中又反复论说。陆机《文赋》曰："恒患意不称物，文不逮意。"钱锺书认为，"意"、"文"、"物"三者析言之，其理犹墨子以"举"、"名"、"实"三事"并列而共贯也"。近世西方文论者将表达意旨图解成三角形："思想"或"提示"，"符号"，"所指示之事物"。钱锺书认为，"思想"或"提示"，"举"与"意"也；"符号"，"名"与"文"也；而"所指示之事物"则为"实"与"物"。"文不逮意"，也就是得心而不应手，"得诸巧心而不克应以妍手，固作者所常自憾"。[20]得心并不难，难就难在应乎手，"心或不得于手，得于手矣，又或不得于纸笔焉"，钱锺书下面的这段话，将心、手、物三者之间的辩证关系阐发得淋漓尽致：

盖心有志而物有性，造艺者强物以从心志，而亦必降心以就物性。自心言之，则发乎心者得乎手，出于手者形于物；而自物言之，则手以顺物，心以应手。一艺之成，内与心符，而复外与物契，匠心能运，而复因物得宜。心与手一气同根，犹或乖睽，况与外物乎？心物之每相失相左，无足怪也。……《列子》言心、手而及物，且不遗器，最为周赅。夫手者，心物间之骑驿也，而器者，又手物间之骑驿而与物最气类亲密者也。器斡旋彼此，须应于手，并适于物。干将补履，不应于手而复不适于物也；铅刀切玉，应于手而仍不适于物尔。[21]

不难看出，如果将心手相左或心手难应的作者意图作为阐释的唯一依据，显然是谬托知音。与此同时，作品的成效上又往往存在人与文的背反现象，"匪特纪载之出他人手者，不足尽据；即词章宜若自肺肝中流出，写心言志，一本诸己，顾亦未必见真相而征人品"。钱锺书指出："'心画心声'，本为成事之说，实鲜先见之明。然所言之物，可以饰伪：巨奸为忧国语，热中人作冰雪文，是也。其言之格调，则往往流露本相；狷急人之作风，不能尽变为澄澹，豪迈人之笔性，不能尽变为谨严。文如其人，在此不在彼也。"人的言行不一，人文相背，倒也不全是因为"心声失真"。钱锺书对此也作了辨析："常有言出于至诚，而行牵于流俗。蓬随风转，沙与泥黑；执笔尚有夜气，临事遂失初心。不由衷者，岂惟言哉，行亦有之。安知此必真而彼必伪乎。见于文者，往往为与我周旋之我；见于行事者，往往为随众俯仰之我。皆真我也。身心言动，可为平行各面，如明珠舍利，随转异色，无所谓此真彼伪；亦可为表里两层，如胡桃泥笋，去壳乃能得肉。古人多持后说，余则愿标前论。"[22] 钱锺书关于立意行文与立身行世之间关系的论述，我们不妨视作对意图迷误说的经典解构：

立意行文与立身行世，通而不同，向背倚伏，乍即乍离，作者人人殊；一人所作，复随时地而殊；一时一地之篇章，复因体制而殊；一体之制复以称题当务而殊。若夫齐万殊为一切，就文章而武断，概以自出心裁为自陈身世，传奇、传纪，权实不分，睹纸上谈兵、空中现阁，亦如痴人闻梦、死句参禅，固学士所乐道优为，然而慎思明辩者勿敢附和也。[23]

显然，钱锺书大量的论述表明，阐释活动事实上就不可能依据所谓作者意图去进行，不仅作者自己感叹"文章本天成，妙手偶得之"，难以完全表达自己的意图，而且阐释者要把握到作者的意图也不是一件容易的事，因此也就不存在什么对作者意图的误读或意图迷误说。真正的阐释活动，并不是简单地对作者意图的图解，而应是一种全新的阐释，是作品本体与接受主体的互动过程。阐释的完成离不开接受主体的参与，没有主体的参与，也就不可能有真正的阐释活动。钱锺书在论述"阐释之循环"时曾指出："自省可以忖人，而观人亦资自知；鉴古足佐明今，而察今亦神识古；鸟之两翼、剪之双刃，缺一孤行，未见其可。"[24]这几句话正可挪来阐说接受主体与作品本体的双向互动过程。从阐释对象（本文）来说，"作者之宗旨非即作品之成效"，而且"古人立言，往往于言中应有之义，蕴而不发，发而不尽。

康德评柏拉图倡理念,至谓:作者于己所言,每自知不透;他人参稽汇通,知之胜其自知,可为之钩玄抉微。谈艺者亦足以发也"。[25] 从阐释主体(读者)来说,读书乃自由操业,读者于书,可以随心施为,并没有什么公认准确的读法。本文之旨作者本人亦无权定夺。从某种意义上说,阐释者对本文意义的发现,也是阐释者的自我发现;阐释者对本文的理解,也是阐释者的自我理解。在阐释活动中,"'义'不显露而亦可游移,'诂'不'通''达'而亦无定准,如舍利珠之随人见色,如庐山之'横看成岭侧成峰'"[26]。但是,钱锺书也指出,对于一些词章之事,也不可泥于故实:"词章凭空,异乎文献征信,未宜刻舟求剑……依附真人,构造虚事,虚虚复须实实,假假要亦真真。"[27] 钱锺书批评"学者观诗文,常未免于鳖厮踢,好课虚坐实,推案无证之词,附会难验之事,不可不知此理。然苟操之太过,若扶醉汉之起自东而倒向西,尽信书则不如无书,而尽不信书则如无书,又楚固失而齐亦未为得矣"[28]。总之,阐释之要在既畅通而又变通。从某种意义上说,阐释也如参禅,禅句(本文)无所谓死活,全在于参禅者(阐释主体)的悟性。参禅贵活,为学知止,要能舍筏登岸,毋如抱梁溺水。六祖所谓"心迷《法华》转,心悟转《法华》",法国新批评认为诵诗读书不可死在句下,执着本文,都是这个意思。[29] 执着本文或作者意图,就容易被其牵制,死在句下;超越本文或作者意图,

就可能在阐释中掌握主动,甚至登堂入奥,直探心源。比如世人皆讥昭明不解《闲情赋》,独独钱锺书指出:

昭明何尝不识赋题之意?唯识题意,故言作者之宗旨非即作品之成效。其谓"卒无'讽谏'",正对陶潜自称"有助讽谏"而发;其引扬雄语,正谓题之意为"闲情",而赋之用不免于"闲情",旨欲"讽"而效反"劝"耳。流宕之词,穷态极妍,澹泊之宗,形绌气短,诤谏不敌摇惑;以此检逸归正,如朽索之驭六马,弥年疾疢而销以一丸也。司空图《白菊》第一首:"不疑陶令是狂生,作赋其如有《定情》!";囿于平仄,易"闲"为"定",是知宗旨也,以有此赋而无奈"狂生"之"疑",是言成效也,分疏殊明。事愿相违,志功相背,潜斯作有焉;亦犹阎氏意在为潜申雪,而不意适足示潜之悬羊头而卖马脯尔。……故昭明语当分别观之:劝多于讽,品评甚允;瑕抑为瑜,不妨异见。[30]

既然本文意义的实现与阐释活动的完成,很大程度上依赖于读者的理解与参与,那么读者即理解者的视界与前见,也就成为现代阐释学关注的重点。视界,指人的前判断,即对意义和真理的预期,而前见则指历史地形成的、与传统密切相关的观念结构,它构成了理解者的特殊视界。在海德格尔看来,理解本身具有一种先在的结构,而阐释就是这种先在结构在文本的话语活动中的具体成形。理解的实质在于揭示存在的可能性，理解不可能是客观的，也不可能具有客观有效性，理解不仅是主观的，理解本身还受制于决定性的前理解，一切解释都必须产生于一种先在的理解。伽达默尔也认为，阐释活动受到阐释者与阐释情境所产生的前理解或曰前见的限制，阐释者与本文的对话在一定程度上就是阐释者的这种前理解所决定的，这种前理解既限制了这一对话，也扩展了这一对话。伽达默尔还认为，阐释者自己的语境本身是由他所置身于其中的传统所限定的，而本文也是这一传统的部分，所以阐释就是本文语境与阐释者语境相互作用与叠合的结果。[31]

正因为阅读就是本文语境与阐释语境互为交汇的过程，所以我们不可能有对本文纯粹客观与绝对精确的理解，理解与阐释总是依赖于先见的存在。钱锺书在《管锥编》第五册中补引梅洛-庞蒂的一段话表明了他对先见、前理解的高度重视，也代表了钱锺书阐释学意识的基本思想：

"一解即一切解、一切解即一解"与"阐释之循环"均为意义而发。当世治诗文风格学者，标举"语言之循环"，实亦一家眷属。法国哲学家谓理解出于演进而非由累积："其事盖为反复形成；后将理解者即是先已理解者，自种子而萌芽长成耳"。"先已理解者"正"语言之循环"所谓

"预觉"、"先见"也。[32]

这种由演进而来的预觉、先见,其实就是来源于历史、传统与经验。而此在的人对于世界、历史和人生这个大文本的理解与阐释,又会反过来强化人们的预觉与先见,并进一步去影响下一次的理解与阐释的循环。不同的预觉与先见构成了各自不同的视界。理解者与理解对象,都各自具有自己的视界,文本总是含有作者原初的视界,而理解者总是具有特定情境所形成的视界。视界融合的阐释过程,就是双方互动的过程。钱谦益在他的《有学集》中对释慧远赞不绝口,"表扬累臣志士与援掇禅藻释典"成为《有学集》的两个重要内容。细究之下,正是他的前见与前理解使然:"亟亟发明慧远'心事',正复托古喻今,借浇块垒,自明衷曲也。慧远书晋纪元,陶潜不书宋年号,'悠悠千载',至钱氏而始'比同',此无他,生世多忧,望古遥集,云萍偶遇,针芥易亲。盖后来者尚论前人往事,辄远取而近思,自本身之阅历着眼,于切己之情景会心,旷代相知,高举有契。"[33]这倒让人想起伽达默尔的一句话:"解释学过程的真正现实在我看来包含着被解释的东西和解释者的自我理解。"[34]钱谦益对慧远心事的发明,不正是一种自明衷曲与自我理解吗?

阐释过程中的预觉与先见,也不可避免地带来了误读。

所谓误读，一般是指哈罗德·布鲁姆用于文学批评的一种转义理论。他在《误读的地图》、《影响的焦虑》等著作中系统论述了误读的理论与方法，认为文本间的关系依赖于不断出现的一个诗人对另一个诗人的某种误读或误解，甚至提出"一部诗的历史就是诗人中的强者为了廓清自己的想象空间而相互'误读'对方的诗的历史"，是一种修正或曰克里纳门的历史。[35] 阐释学中的误读，并不是布鲁姆所说的有意识的行为，而是在理解者与理解对象视界融合的过程中，由于理解者前见的作用而形成的一种不自觉的阐释行为。钱锺书指出，"误解或具有创见而能引人入胜，当世西人谈艺尝言之，此犹其小焉耳。且不特词章为尔，义理亦有之"[36]。《河南程氏外书》卷六程颐语："善学者要不为文字所梏，故文义虽解错而道理可通行者，不害也。"这就是说义理中有误解但并不妨害为圣解。黄庭坚《豫章文集》卷一五《王厚颂》诗云："人得交游是风月，天开图画即江山。"这句诗本来是讲山水乃天然图画，但有人断章取义，说云族有如"天"空上展"开"山水"画"本。钱锺书认为，这种理解"虽乖庭坚诗旨，而自具心得，堪称'创造性之误解'"，对这些阐释过程中屡见不鲜的创造性的误读，我们"不妨'杜撰受用'"。[37]

三、通观圆览与共味交攻

以伽达默尔为代表的哲学阐释学把阐释活动视作是人存在的最基本的模式,而不是主体认识客体的主观意识活动。它的一个重要宗旨就是要寻求一种能涵盖一切阐释模式的共同的东西,视界融合就是它寻找到的共同点之一。阐释活动中的视界融合,可以使阐释者与阐释对象都能超越原来的视界,达到一个全新的视界。这个全新的视界既包含了文本和理解者的视界,又超越了这两个视界。所以说,任何视界都是流动生成的,任何阐释都是敞开的过程,是对两种视界的全面超越。钱锺书并不企图寻求这种涵盖一切阐释模式的共同点,而是以自己圆照周览的循环阐释实践,达到一种畅通而亦变通的阐释境界。对于钱锺书来说,阐释的目的并不是消除文本同自己之间的差异,而是要在同文本的对话中展开一个意义的世界,在对话中使诗之义显豁畅通,获得最佳的阐释。这就是他在《谈艺录》补订本中描述的畅通而亦变通的阐释境界:

《春秋繁露·竹林》曰:"诗无达诂",《说苑·奉使》引《传》曰:"诗无通故":实兼涵两意,畅通一也,变通二也。诗之"义"不显露,故非到眼即晓、出指能拈;顾诗之义亦不游移,故非随人异解、逐事更端。诗"故"非一见便能豁露畅"通",必索乎隐;复非各说均可迁就变"通",必主于一。既通正解,余解杜绝。[38]

获得这种阐释境界的基础,就是圆照周览的循环阐释。所谓圆照周览,一方面是指我们论述过的钱锺书囊括中西、穿越学科、俾求全征献的论证方法;另一方面就是指阐释活动中的"去蔽",即如何避免"'见'乃所以生'蔽'"[39]的现象。钱锺书在论及《典论·论文》时对此作了深刻而辩证的论述:"'善于自见'己之长,因而'暗于自见'己之短,犹悟与障、见与蔽,相反相成;《荀》曰'周道',《经》曰'圆觉',与《典论》之标'备善',比物此志,皆以戒拘守一隅、一偏、一边、一体之弊。歌德称谈艺者之'见'曰:'能入,能遍,能透';遍则不偏,透则无障,入而能出,庶几免乎见之为蔽矣。"钱锺书尤其对那种认为作文者方能评文的论点,进行无情的讥讽:"故作者鄙夷评者,以为无诗文之才,那得具诗文之识,其月旦臧否,模糊影响,即免于生盲之扪象、鉴古,亦隔帘之听琵琶、隔靴之搔痒疥尔。虽然,必曰身为作者而后可'搞摭利病'为评者,此犹言身非马牛犬豕则不能为兽医也!……盖作者评文,所长辄成所蔽,囿于我相,以一己之优工,为百家之衡准,不见异量之美,难语乎广大教化。"[40]当然,也有一些特殊的情况另当别论,比如钱锺书提到,"十八世纪德国阐解学祖师沃尔夫谓人必有以古希腊语、拉丁语作文之长技，庶能于古希腊、罗马典籍领会亲切，方许阐释。此言却未可厚非。譬如吾国学士，苟通谙文言，能作散、韵诸体，即未造堂室，而已得门径，则其人于古籍属词安字之解悟，视仅办作白话或勉为旧体诗文而不中律令者，必有过之。固亦事理之常也"[41]。

但是在一般情况下，最佳的阐释境界还是有赖于圆照博观、能遍能透的阐释过程。通观圆览、共味交攻也成为钱锺书阐释实践的基本特征。[42] 阐释活动作为文本与阐释者互动建构的过程，尤其必须综合考虑，通观圆览，既不能偏信阐释者，因为"一言也，而旁听者之心理资质不同，则随人见性，谓仁谓知，遂尔各别"，也不可一味顺从作者意图，因为"一人也，而与语者之情谊气度有差，则因势利导，横说竖说，亦以大殊"，"施者应其宜，受者得其偏。孰非孰是，何去何从，欲得环中，须超象外。此所以尽信书者，未可尚论古。一鳞一爪，参王渔洋之谈龙；载跃载搏，比厉归真之画虎。非传真之难，而传神之难。遗其神，即亦失其真矣"。[43] 这也近似于钱锺书所特地标示的"同时之异世、并在之歧出"的现象。这种通观圆览与共味交攻使钱锺书谈艺衡文的阐释学意识，"能入，能遍，能透"，"遍则不偏，透则无障，入而能出，庶几免乎见之为蔽矣"。[44]

通观圆览与共味交攻使钱锺书的阐释实践亦"可以圆形象之，无起无讫，如蛇自嘬其尾"，"义旨周备，圆转无穷"，"其中心无所不在，其外缘不知所在"，[45]形成"阐释之循环"，而拈出新意，昭示出"东海西海，心理攸同；南学北学，道术未裂"的卓见。"阐释之循环"是现代阐释学的一个重要特征，几乎所有阐释学学者都对其作了各自的阐发。其基本含义就是，要理解文本的一部分就必须理解文本的全体，而理解文本的全体又只能从理解它的部分着手。海德格尔强调，阐释的循环表明了理解活动的基本特征，它适用于所有的理解活动。理解的本质是此在的人对存在的理解，理解不是人的认识方式，而是此在的存在方式，从而赋予阐释的循环以本体论的意味。伽达默尔认为，阐释的循环所具有的本体论意义，表明了人本质上是由阐释的理解构成，并且是从事阐释的理解的存在者。事物本身的意义只有通过阐释的循环才能掌握。伽达默尔也强调，理解是人存在的本体活动，理解始终带有成见，理解过程决不会最终完成，始终是开放的，这是阐释学循环的本体意义所在。[46]著名符号学家艾柯则根据自己对"标准读者"、"经验读者"、"标准作者"、"经验作者"所作的划分，对阐释的循环作了新的解释：

    本文被创造出来的目的是产生其"标准读者"。我想重复强调一下，这种标准读者并不是那种能做出"唯一正确"猜测的读者。隐含在本文中的标准读者能够进行无限的猜测。"经验读者"只是一个演员,他对本文所暗含的标准读者的类型进行推测。既然本文的意图主要是产生一个标准读者以对其自身进行推测,那么标准读者的积极作用就在于能够勾勒出一个标准的作者,此标准作者并非经验作者,它最终与本文的意图相吻合。因此,本文就不只是一个用以判断诠释合法性的工具,而是诠释在论证自己合法性的过程中逐渐建立起来的一个客体。这是一个循环的过程:被证明的东西已经成为证明的前提。我这样来界定那个古老然而却仍然有用的"诠释学循环",一点儿也不感到勉强。[47]

钱锺书对"阐释之循环"的那段论述,我们在前面已经加以征引。它是一种部分与整体的双向互动。钱锺书还独具慧眼地将《华严经》中的"一切解即是一解,一解即是一切解故",与"阐释之循环"相映发,认为"其语初非为读书诵诗而发,然解会赏析之道所谓'阐释之循环'者,固亦不能外于是矣"。[48]这是一种充满辩证法的智慧。"一解"是"一",即整体、全部,"一切解"是"多",是个别、方面;反之亦然。"多"蕴含着"一",犹如"二而有一";"一"亦蕴含着"多",犹如"一不失二"。这和钱锺书在《老子》卷所论执散而为各一,合而则成同一,"有一而不亡二、指百体而仍得马、数各件而勿失舆"的思想,可谓同条贯理。[49]明乎此,谈艺衡文才可以分见合观,不处

"偏方"。"一切解即是一解,一解即是一切解故",由"志"到"词"到"文",并晓会立言宗尚、流行文风、修词体裁等,"积小以明大,而又举大以贯小;推末以至本,而又探本以穷末;交互往复,庶几乎义解圆足而免于偏枯",这就是钱锺书所谓"阐释之循环"。[50] 与狄尔泰、海德格尔、伽达默尔、艾柯等人对"阐释之循环"的阐说相比较,钱锺书的阐说别开一种生面,如果不说是超越了前贤,至少也是深化了其内涵。

尤其值得注意的是,钱锺书不仅在阐释实践中出色地体现了"阐释之循环"的阐释原则,而且他的全部著作也有着强烈的互文性,构成了有趣的阐释的循环。一方面,钱锺书认为在这个多元的世界上,文史哲各科彼此系连,自由组合,所以他总是尽一切可能网罗征献古今中外具体的文化现象,从而构成一种宏阔的中西文化阐释背景,每一种文化现象总是在宏阔的文化背景下加以阐释,而宏阔的文化背景又与每一种文化现象相映发,凸显出中西共同的诗心文心;另一方面,钱锺书著作体现出明显的内在联系与强烈的互文特征。《谈艺录》重点在由宋至清,《管锥编》重点在先秦至唐,《宋诗选注》则衔接二书,三者在时间上若相吻合。以这三本书为中心,其他论文与之形成互补(如《通感》之于《管锥编》第482-484、1072-1073页等;《读〈拉奥孔〉》、《中国诗与中国画》之于《管锥编》第1352-1366、718-722页等），甚至小说创作与文艺批评亦具有深刻的互文性，在作者的小说创作中点缀着精妙的学问，在他的学术批评中又处处可见小说家的手眼。钱锺书著作纵横交错，彼此相融，形成了一个自明自律的阐释系统与话语空间。对其理解必须牢牢把握阐释的循环。严格说来，拆零下来的无数文化现象并不能独立地产生意义，只有纳入钱锺书独特的阐释系统与话语空间，才能生成出崭新的内涵。评说其中的任何部分，都离不开它的整体，反之亦然。

四、循环无穷的阐释境界

我们可以把钱锺书著作分成叙事性与非叙事性两大类。在叙事性作品中，《写在人生边上》、《人·兽·鬼》最早显示了钱锺书深沉的人生思索和犀利劲捷、妙趣横生的浓郁风味。前者是智者的闲话，后者是智者的反讽。而最能显示钱锺书根源于心灵深处的痴气与智慧、浸淫于每一个细胞的小说家品性的作品，还是《围城》。《围城》首先是一部伟大的幽默小说，幽默作为一种精神，流贯于作者的笔端，洋溢于作品的始终，以至形成钱锺书独特的话语、文本，让读者在捧腹大笑的同时去咀嚼、去回味。《围城》独特的幽默话语得自作者淹博的学识和睿智的思想。钱锺书的想象力无比丰富，妙语连珠，新意迭出，尤其是比喻灿烂如繁花。钱锺书对比喻作过大量的论述,认为博依繁喻的妙处在于"如四面围攻,八音交响,群轻折轴,累土为山,积渐而高,力久而入",在比喻构成方式上,既有"诗之情味每与敷藻立喻之合乎事理成反比例",亦有"荒诞须蕴情理","贯串谐合,诞而成理,奇而有法",至于比喻之两柄与多边,更独出机杼。[51] 如果将钱锺书的这些理论表述与《围城》中的繁富比喻合相参稽,实乃造车合辙,让人领略到修辞之无穷机趣。《围城》的幽默不是从文字中挤出来的,而是钱锺书小说家性情的自然流露。它与钱锺书宣泄自己顽童心理、点评这个世界人生的欲望密不可分。顽童心理与睿智思想的糅合才产生《围城》式的幽默:聪明、俏皮、精警以至尖刻。在这种幽默中,哲理融贯迹象,色相流露义理,"每足据以觇人情而征人心"[52]。

《围城》又是一个典型的知识型文本,自觉不自觉地流溢着钱锺书丰厚的中西文化素养。以作品深层隐喻而论,作品不经意地提到"结婚仿佛黑漆的鸟笼"[53],婚姻是"被围困的城堡"[54]等,似乎都可用以解说作品的中心隐喻。如果结合作者在《写在人生边上》、《人·兽·鬼》中对人生的一贯思索,作者"善言天者必取譬于人"的理论,作者对现代人"无出路境界"的忧虑等加以阐释,不难发现作者犀利的笔触已超越于特定的方鸿渐们而指向整个人类的存在,立足于中国的土壤而展开了现代人生的整体反思。[55]《围城》

知识型文本的另一个表现是与钱锺书阐释系统相生交发的独特话语。钱锺书云："今日之性灵，适昔日学问之化而相忘，习惯以成自然者也。神来兴发，意得手随，洋洋只知写吾胸中之所有，沛然觉肺肝所流出，人己古新之界，盖超越而两忘之。"[56] 其独特话语正是超越人己古新之界的得心应手，加之小说家"于心性之体会，致曲钩幽，谈言微中"[57] 的结果。这些独特话语往往可以在钱锺书阐释系统中得到缜密的申说。比如《围城》中几次运用狗看水中影子的母题变喻，而《管锥编》、《谈艺录》中对这种中西兼有的照镜隐喻作了深入考察，指出"己思人思己，己见人见己，亦犹甲镜摄乙镜，而乙镜复摄甲镜之摄乙镜，交互以为层累也"[58]。因此，人当照镜，以知己为何物，而不自知者，照亦无益，照镜隐喻在此具有讥世讽人与反身自嘲的双重功能，体现了作者对人性主体的反省自察。《围城》还说"诗有出典，给识货人看了，愈觉得滋味浓厚，读着一首诗就联想到无数诗来烘云托月"[59]。钱锺书就每每喜欢寻索出典或相似的诗境，如《围城》中引用到的黄山谷诗"花气熏人欲破禅"的诗意就曾在白居易、刘禹锡、朱熹、纳兰性德等人诗中出现。[60] 此外，《围城》写到"他（高松年）没演话剧，是话剧的不幸而是演员们的大幸"[61]，其潜台词正是"先学无情后学戏"[62]。《围城》中描写方遯翁写日记自传与《谈艺录》中关于自诫家训之类的精辟分析等，两相合观，别有意味。

显然,《围城》出自大学者钱锺书之手,与其理论著作实乃同出心源,道一以贯,把《围城》纳入他的全部著作系统,"本文几若自释而不劳阐解"[63],此正是循环阐释之妙。

如果说在叙事性作品中,钱锺书还努力控制着手笔,以免掉书袋之嫌的话,那么在非叙事性作品,尤其是学术著作中,钱锺书则放开手笔,恣肆征献,极尽阐释循环之妙。《宋诗选注》虽然只是一个选本,却不同于重字词训诂、名物考释、校勘补正的传统选本,而把选诗与鉴赏相结合,选诗的过程即是鉴赏、评骘与阐释的过程。长篇前言和每位诗人前面意趣盎然的小序以及博雅精见的注释评骘,构成一部鲜活灵动的宋诗发展史,而宋诗发展史以至整个中国诗歌史、文化史又成为鉴赏、评说每一首宋诗的阐释前提。尽管作者并不满意这个选本,视之为"模糊暗淡的铜镜"[64],但应该说,阐释的循环的确使《宋诗选注》"衡文具眼,迈辈流之上,得风会之先"[65]。《宋诗选注》的一个显著特点就是在广阔的中国古典诗歌演变史的背景下连类阐释。钱锺书认为,"连类举似而捣撼焉,于赏析或有小补"[66],亦可"宽广治词章者之心胸"[67],因此,他或是爬梳某个意象的演化,以证明"诗人写景赋物,虽每如钟嵘《诗品》所谓本诸'即目',然复往往踵文而非践实,阳若目击今事而阴乃心摹前构"[68](如叶绍翁《游园不值》"春色满园关不住,一枝红杏出墙来"的意象);或是标示某母题的表现程式(如李觏《乡思》注释中思念的两种表现程式）；或是以前代、同代或后代的类似笔墨相参证，点出奥妙（如姜夔《昔游诗》"自矜意气豪，敢骑雪中马"的神气之于陆游、辛弃疾的诗作，却不及陆、辛悲怆），或点而不破，却尽得风流（如王安石《泊船瓜洲》"春风又绿江南岸"以推敲"绿"字著称，其实这种用法唐诗中"早见而亦屡见"）；或是取诗人自己诗文中的类似文句资为旁证，循环阐释（如陆游诗文中多次出现"铁马秋风大散关"的意象，反复称颂《出师表》，实透露其心迹）；或层层剖析，曲尽其妙（如朱弁《春阴》的"曲折"）……这些连类阐释依循的是"一则杂而不乱，杂则一而能多"[69]的原则，词章义理，心运同轨，散为万殊，聚则一贯，连类阐释正是迈向通观圆览、"触类而观其汇通"[70]的有效途径。连类阐释，通观圆览的真正义谛乃是沟通人类的心理，让"读者齐心共感，亲切宛如身受"[71]，领略到人类审美活动的无穷魅力。总之，《宋诗选注》具体的鉴赏阐释，正应合了钱锺书的那段话："复须解全篇之义乃至全书之指（'志'），庶得以定某句之意（'词'），解全句之意，庶得以定某字之诂（'文'）；或并须晓会作者立言之宗尚、当时流行之文风，以及修词异宜之著述体裁，方概知全篇或全书之指归。"[72]"全书"之谓又何尝不可以理解为宋诗发展史呢？

  如前所述，《管锥编》是钱锺书学术研究晚期的集大成之作，代表了他对中国文化与世界文化的整体反思与阐释，而《谈艺录》虽说是早期代表作，但经过补订，已与《管锥编》构成一个不可分割、交互阐释的话语体系，在精神特质与阐释方式上达到了高度的契合，实际上已成为《管锥编》的前编。有的观点在《谈艺录》中还仅仅是"小叩"，到了《管锥编》则显然是"大发"了。《管锥编》很多的重要诗学理论、命题，都已在《谈艺录》初露端倪。比如《谈艺录》中提到庄子和朱熹的两个比喻："庄子喜天机之自动，朱子恶人心之难静，指趣不同，而取喻一也。"[73]这个观点到《管锥编》中则发展为著名的比喻多边说。

这两部著作最典型地体现了钱锺书对中西文学与文化周照圆览、循环阐释的阐释学思想。正是在钱锺书广搜博采、连类引证之中，昭示出了"东海西海，心理攸同；南学北学，道术未裂"的卓见。且看钱锺书对《诗经·小雅·车攻》的阐释："'萧萧马鸣，悠悠旆旌'；《传》：'言不諠哗也。'按颜之推《颜氏家训·文章》篇甚称毛公此《传》：'吾每叹此解有情致，籍诗生于此意耳'；盖谓王籍《入若耶溪》诗：'蝉噪林逾静，鸟鸣山更幽。'"这就引出所要阐释的"鸟鸣山更幽"的意境。钱锺书对王安石、苏轼、欧阳修、陆游、谢贞、杜甫等人的祖构仿作一一加以评析与考究，再把中国古诗中的这种意境与雪莱的诗相比较，使这种意境顿时升发为中西共有的诗心文心。在此基础上，钱锺书又运用心理学原理,指出这种意境的心理学基础即是同时反衬现象,"眼耳诸识,莫不有是;诗人体物,早具会心。寂静之幽深者,每以得声音衬托而愈觉其深;虚空之辽广者,每以有事物点缀而愈见其广"。最后,钱锺书再以大贯小,推本穷末,拈出"有闻无声"与"有见无物"之类同,使得前一意境在更大的语境得到新的循环阐释:"《车攻》及王、杜篇什是言前者。后者如鲍照《芜城赋》之'直视千里外,唯见起黄埃'(参观照《还都道中作》:'绝目尽平原,时见远烟浮'),或王维《使至塞上》之'大漠孤烟直';景色有埃飞烟起而愈形旷荡荒凉,正如马鸣蝉噪之有闻无声,谓之有见无物也可。雪莱诗言沙漠浩阔无垠,不睹一物,仅余埃及古王雕像残石;利奥巴迪诗亦言放眼天末,浩乎无际,爱彼小阜疏篱,充其所量,为穷眺寥廓微作遮拦。皆其理焉。近人论诗家手法,谓不外乎位置小事物于最大空间与寂寞之中,虽致远恐泥,未足囊括诗道之广大精微,然于幽山鸣鸟、大漠上烟之作,则不中不远也。"[74]

如果说这还只是一则具体诗文现象阐释中体现出来的循环阐释意识,那么跳出这些具体的阐释,而将钱锺书的全部著作视作一个独特的文本,就会发现这个文本也是随处散落大量的循环阐释,将它们串为一体,即成一条条卓识新义。如阐释古诗文中透露之心理状态(如《管锥编》第181、270–271页,《谈艺录》第621页),论哲学家文人对语言之信任(如《管锥编》第406页),论通感(如《通感》,《管锥编》第482–484、1073页),论词章中写心行之往而返、远而复(如《管锥编》第116、67–68页),论理趣、妙悟、神韵(如《谈艺录》第40–44、222–233页,《管锥编》第1352–1366页),论比喻之两柄而多边(如《管锥编》第36–41页),等等。这些新义每一点都生成于钱锺书文本中对中西文化的循环阐释,"融会贯通之终事每发自混淆变乱之始事"[75],它们又反过来参与和丰富了中西文化的循环阐释。钱锺书时时标示的"参观某某卷",可以引导我们迅速进入他独特的循环阐释系统。无论从哪个角度、哪个新义出发,细究下去,再回过头来另眼相看,我们都可以体悟出钱锺书阐释系统无起无讫、无转无穷之妙。这样的循环阐释所依赖的知识储备与阐释前见,显然不是常人所能具备,它所展示出的高妙境界也就不是常人所能企及的了。

至此,我们可以说,钱锺书无论是在理论上还是实践上,都为阐释学理论的中国化作出了巨大的贡献。从最早的《圣经》阐释学到颇具声势的现代阐释学,阐释学历经了几次重大转折,但这些都发生在西方历史文化的语境之中,其阐释学理论依然难免"使东西海之名理同者如南北海之马牛风"[76]。只有钱锺书才第一次在中西文化的语境下汇通中西,人文各科交互映发,古今话语循环阐释,以丰富的阐释实践令人信服地进一步深化与发展了阐释学理论,从这个角度说，无论是狄尔泰还是伽达默尔，都是难以望其项背的。钱锺书对西方阐释学的发展与超越已经体现于我们上面所论述的几个方面，其中最重要的还是两个方面，一是将传统训诂学与现代阐释学相沟通；二是圆览周照，将"阐释之循环"推向了极致，并借用佛学"一切解即是一解，一解即是一切解故"的说法，对"阐释之循环"内涵作出了独特的阐发。钱锺书的全部著作，也以人类历史文化传统作为自己的阐释文本，植根华夏，融化中西，以自己的视界与这个大文本展开了立体的对话，努力探究人类共同的诗心文心，形成了一个高瞻圆览、循环阐释的独特话语空间。

注　释

1 艾柯等著、柯里尼编：《诠释与过度诠释》，王宇根译，生活·读书·新知三联书店，1997年，第4页。
2 参阅霍埃《批评的循环》（辽宁人民出版社，1987年）、伽达默尔《真理与方法》（辽宁人民出版社，1987年）、乐黛云等主编《世界诗学大辞典》（春风文艺出版社，1993年）及赫施《解释的有效性》（生活·读书·新知三联书店，1991年）中译本前言等。
3 王才勇：《中译本前言》，载赫施著《解释的有效性》，王才勇译，生活·读书·新知三联书店，1991年，第2页。
4 王才勇：《中译本前言》，载赫施著《解释的有效性》，第2–5页。
5 钱锺书：《管锥编》第五册，第146页。
6 钱锺书：《谈艺录》，第610–611页。
7 钱锺书：《谈艺录》，第611页。
8 殷鼎：《理解的命运：解释学初论》，生活·读书·新知三联书店，1988年，第136–137页。
9 钱锺书：《管锥编》，第404–406页。
10 钱锺书：《管锥编》，第471页。
11 钱锺书：《管锥编》，第1–8页。
12 钱锺书：《管锥编》，第171–172页。
13 钱锺书：《管锥编》，第404–406页。
14 钱锺书：《管锥编》，第956–959页。
15 钱锺书：《管锥编》，第1055–1058页。
16 钱锺书：《管锥编》，第170–172页。
17 钱锺书：《管锥编》，第908–909页。
18 艾柯等著、柯里尼编：《诠释与过度诠释》，第126页。
19 钱锺书：《管锥编》，第1220页。
20 参阅钱锺书《谈艺录》第210–211页，以及《管锥编》第1177–1180页。
21 钱锺书：《管锥编》，第508页。
22 钱锺书：《谈艺录》，第161–165页。

23　钱锺书:《管锥编》,第1389页。
24　钱锺书:《管锥编》,第171页。
25　钱锺书:《谈艺录》,第325页。
26　钱锺书:《谈艺录》,第610页。
27　钱锺书:《管锥编》,第1296页。
28　钱锺书:《管锥编》,第365页。
29　钱锺书:《谈艺录》,第600–601页。
30　钱锺书:《管锥编》,第1220–1221页。
31　霍埃:《批评的循环》,兰金仁译,辽宁人民出版社,1987年,第51–90页。
32　钱锺书:《管锥编》第五册,第18–19页。
33　钱锺书:《管锥编》,第1266–1267页。
34　伽达默尔:《美的现实性:作为游戏、象征、节日的艺术》,张志扬等译,生活·读书·新知三联书店,1991年,第160页。
35　布鲁姆:《影响的焦虑》,徐文博译,生活·读书·新知三联书店,1989年,第3、13页。
36　钱锺书:《管锥编》,第1073页。
37　钱锺书:《管锥编》第五册,第84、78页。
38　钱锺书:《谈艺录》,第609页。
39　钱锺书:《管锥编》,第1051页。
40　钱锺书:《管锥编》,第1052页。
41　钱锺书:《管锥编》第五册,第216–217页。
42　钱锺书:《管锥编》,第1431页。
43　钱锺书:《谈艺录》,第160–161页。
44　钱锺书:《管锥编》,第1052页。
45　钱锺书:《谈艺录》,第111–112页。
46　乐黛云等主编:《世界诗学大辞典》,春风文艺出版社,1993年,第59–60页。
47　艾柯等著、柯里尼编:《诠释与过度诠释》,第77–78页。
48　钱锺书:《管锥编》,第172页。

49　钱锺书：《管锥编》，第440–444页。
50　钱锺书：《管锥编》，第171–172页。
51　参阅钱锺书《管锥编》第14、74、594–595、36–41页及《七缀集》第37页。
52　钱锺书：《管锥编》，第271页。
53　钱锺书：《围城》，第127页。
54　钱锺书：《围城》，第127页。
55　参阅钱锺书《管锥编》第574页及《管锥编》第五册第17页。
56　钱锺书：《谈艺录》，第206页。
57　钱锺书：《管锥编》，第227页。
58　钱锺书：《管锥编》，第115页。
59　钱锺书：《围城》，第103页。
60　钱锺书：《管锥编》第五册，第68页。
61　钱锺书：《围城》，第267页。
62　钱锺书：《管锥编》，第1192页。
63　钱锺书：《管锥编》，第220页。
64　钱锺书：《模糊的铜镜》，《人民日报》1988年3月24日。
65　钱锺书：《管锥编》，第1446页。
66　钱锺书：《管锥编》，第860页。
67　钱锺书：《管锥编》，第90页。
68　钱锺书：《管锥编》，第364页。
69　钱锺书：《管锥编》，第52页。
70　钱锺书：《管锥编》，第606页。
71　钱锺书：《管锥编》，第1188页。
72　钱锺书：《管锥编》，第171页。
73　钱锺书：《谈艺录》，第204页。
74　钱锺书：《管锥编》，第137–139页。
75　钱锺书：《管锥编》，第316页。
76　钱锺书：《管锥编》，第2页。

第二章 解构之维：钱锺书与解构主义

一、拆散破碎与"洋葱头"

从解构的角度来解读钱锺书，不是说钱锺书受到了西方解构主义思潮的深刻影响，而是我们在钱锺书著作中读出了极为鲜明的解构性特征。西方解构主义将矛头直指西方思想史观念的整体性与同一性，打破逻各斯中心主义与语言中心主义，任意涂抹传统的宏大叙事，在人文科学话语中自由嬉戏等主张，都可用来比附与解说钱锺书著作，或者说，两者之间有着精神上的一致性。这就使我们有可能将解构作为又一条串起钱锺书著作的线索，对其重新加以解读，从而标示出钱锺书著作在语言立场、文化态度、文本形态和思维向度上的解构性及其与西方解构主义的关系。

西方文化的主流历来把理性的逻辑的思维方式当作人类最基本的思维方式以至生存方式，西方文化的一般传统也正是以此为根基和主导的。近代以来，理性作为西方文化的主体精神被推至至高无上的地位。笛卡尔提出将一切都提到理性的法庭面前去审查，黑格尔更是登峰造极，提倡绝对理性精神，一切都必须在理性面前为自己的存在辩护，否则就是放弃存在的权利。然而，到了十九世纪中叶，尤其是到了二十世纪，随着资本主义金融资本的快速扩张，以及两次世界大战的爆发，西方人的理性精神支柱遭到彻底的摧毁，非理性思潮甚嚣尘上。战后现代科技的高速发展，又使人们在享受物质文明之惠的同时，也越来越深切地感受到科技所导致的人本身价值的失落。在这样的社会思想背景下，后现代主义进而将现代主义所倡言的非理性推向极致，表现出对秩序理性的叛逆和对无中心、不确定性的推崇，甚至将后现代主义推衍开来，把一个流派的力量变为整个文化的思想。按照一般的理解，"后现代"既是词汇层面的，也是学科层面的，更是文化层面的。它已然成为一九五〇年以来变化了的社会的整体文化特征，贯穿于社会的一切方面，从经济结构、消费方式、空间组织、视觉形象、文学叙事到哲学思考方式，几乎都被笼罩在后现代这张无所不包的神秘之网中。

解构主义正是这一思想大潮的突出体现，它标志着西方思想的决定性转折。一九六七年，法国的德里达以《论文字学》、《声音与现象》、《书写与差异》三部著作的出版，正式宣告解构主义的确立。解构理论从一开始就显示出巨大的声势，形成德里达、罗兰·巴特、福柯、保尔·德曼等欧美著名理论家相互呼应的解构主义思潮。他们一方面将主要批判方向确定为现代哲学最顽固的堡垒，即结构主义，另一方面又将批判的锋芒指向解释—接受理论的不彻底性，从而完成了对西方形而上学传统的彻底的瓦解。[1]在德里达他们看来，自柏拉图以来至结构主义的诸多哲学观念都存在形而上学的二元对立问题。对中心、本源和在场的追求，贯穿了整个西方哲学史和思想史，而今这一认识论上的束缚，必须彻底打破并加以解构。结构主义是目的论或等级观控制结构中各个因素所形成的自足的整体性，各个因素之间的差异受同一性中心原则支配并共时态地展开于一个层面，成为一个不与外部发生任何联系的封闭自足体系。拆除这种具有指涉结构的整体性、同一性也就成为解构的目标。德里达等从拆除在场和颠覆秩序入手，瓦解形而上学的基础，从而打乱逻各斯中心主义和语言中心主义根深蒂固的传统。德里达还提出了他独创的分延、播撒、踪迹、替补等关键性的解构策略。这种解构最直接的后果就是：一方面，传统理性二元对立的文化结构被解构这种一元结构所取代；另一方面，整个文化在解构的利刃下又处于一种片断的破碎的无中心状态，世界呈现出零碎的散片姿态。[2]一种破碎的片断的无中心的文化形态成为其主要文化形态。生活在后现代的主体,始终被一种片断感所笼罩,这正像英国社会学家鲍曼一部著作的标题所标示的那样:"生活在碎片之中"。

正是解构主义这种破碎的片断的无中心的文化形态,使后现代的最大特征拼贴成为可能。拼贴,既生动地显示了当今后现代文化秩序的可解构性,又道出了现代文化发展的可建构性。透过由片断到拼贴这一后现代的现象症状和构成方式,就可以发现,在现代文化中作为一切知识话语根据的元叙事已经消解,呈现出完全不同于现代的景观。解放的叙事或启蒙的叙事等宏大叙事不再是知识话语的合法化根据。文化研究同样具有相当的可解构性,同样呈现出片断的破碎的状态,也同样面临着拼贴的无限可能性和建构性。恰恰在这方面,我们寻到了钱锺书与解构主义的共同之处。钱锺书著作所呈现的正是对中西文化宏大叙事的颠覆和对系统性、中心性的拆解,他的主要著作都体现出破碎的片断的文本形态,具有鲜明的解构性与建构性。当然,由于历史的误置,钱锺书及其著作所产生、生存的中国社会到目前为止尚不可能产生真正意义上的解构主义。我们也没有充分的证据说明钱锺书曾系统研读过西方解构主义经典,曾经有意识地运用解构主义理论来解构中国传统文化。而且从根本上说,后现代主义(包括解构主义)"是不能摹仿的,它属于一个特殊的、复杂的传统"[3]。我们所寻到的钱锺书与西方解构主义的共同之处，他的著作中所体现出来的强烈的解构性特征，基本上来自他作为当今中国的文化批评大师所独具的对人类文化的超人感悟和先见卓识，来自他在各人文学科、知识话语之间的自由穿梭，觑巧通变。"东海西海，心理攸同；南学北学，道术未裂"，中西各个知识领域彼此之间的可通约性既是解构的基础，也是解构的目的。尽管钱锺书所研读的基本上是中国文化的经典文本，但他所解构的却是作为一个整体的中西文化传统。从这个角度看，我们也不妨说钱锺书的著作同样具有后现代性。

虽然我们基本上是平行地看待西方解构主义与钱锺书著作的解构性特征在精神上的高度一致性，但是不等于说钱锺书对解构主义不甚了然。相对于结构主义来说，钱锺书对解构主义还是颇为看重的，他对解构主义的评论主要集中在《谈艺录》补订本中，大概在二十世纪七十年代末、八十年代初，这在当时的国内学界不啻空谷足音。这也再次证明了钱锺书对当代西方显学的深刻了解。钱锺书对结构主义似乎不太感兴趣，[4] 却对解构主义的发展脉络有相当的了解，对它的精义也颇多兴会。四十年前，钱锺书曾为他打算写而未能写成的第二部长篇取名为《百合心》，而四十年后，他竟然发现与"百合心"之喻几乎完全一样的"洋葱头"之喻成了解构主义的典型比喻，而且其见解恰恰与自己不无相通之处，这使钱锺书顿生亲切之感。罗兰·巴特在一篇题为《风格与意象》的文章中，提出与其说文本是有核的杏子，倒不如说它是一个"洋葱头"，是一种无中心结构，"它是一种多层（或等级、系统）的构造，它的体内没有中心，没有果核，没有秘密，没有不可简化的原则。除去它自身包含的无限性外，一无所有。而这一层层的包裹除了构成洋葱本身的外观外，也不包含任何其他内容"。[5] 钱锺书在引述了罗兰·巴特的这番高论后，进一步提出"窃谓倘'有寄托'之'诗无通故达诂'，可取譬于苹果之有核，则'无寄托'之'诗无通故达诂'，不妨喻为洋葱之无心矣"[6]。在谈及以禅喻诗时，钱锺书不止一次地将解构主义捉置一处：

当世西方谈士有径比马拉美及时流篇什于禅家"公案"或"文字瑜珈"者；有称里尔克晚作与禅宗方法宗旨可相拍合者；有谓法国新结构主义（按：即解构主义）文评巨子潜合佛说，知文字之为空相，"破指事状物之轮回"，得"大解脱"者。余四十年前，仅窥象征派冥契沧浪之说诗，孰意彼土比来竟进而冥契沧浪之以禅通诗哉。[7]

法国新文评派宗师（按：即罗兰·巴特）言诵诗读书不可死在句下，执着"本文"；所谓"本文"，原是"本无"，犹玉葱层层剥揭，内蕴核心，了不可觅。即六祖所谓："心迷《法华》转，心悟转《法华》"；其破"本文"亦犹释宗密《原人论》之证人乃"五阴和合",初无自体。此又当世西方谈艺中禅机一例。祖师禅欤,野狐禅欤,抑冬瓜印子虾蟆禅欤,姑置勿论可也。[8]

解构主义对恒定结构和终极意义的否定,可以说是西方文化中自由意志精神最为极端的表现,而佛家禅宗则是东方文化传统中对内在精神绝对自由境界的追求。佛家的扫相之说,其根本目的乃在证明"初无自体",否定一切实有的逻辑依据,在虚无中获得自由。有论者认为,德里达发明的"Differance"一词,其真义恐怕正与扫相相类。[9]这是不无道理的。他所要扫的,即逻各斯中心主义、语言中心主义等阻碍实现绝对自由的西方形而上学体系。这种扫相在罗兰·巴特那里则是通过对本文的颠覆来实现的。在此意义上,本文即是本无。一旦获得精神的绝对自由,也就达到了佛说的大解脱之境。这也就是钱锺书所谓"潜合佛说"。当然,无论是扫相,还是"Differance",还是本无,仍都属于"颠覆"、"捣蛋",所以或许还不能称之为"祖师禅",只能称之为"野狐禅"或"冬瓜印子虾蟆禅"。可这并不重要,钱锺书看重的是它们的扫相与解构,其他姑置勿论可也。

钱锺书对解构主义的看法,是有其一贯的思想发展脉络的。这与他对西方现象学、阐释学的重视一脉相承。伽达默尔的现代阐释学是钱锺书的重要思想渊源之一。循环阐释与解构思维一样,是钱锺书学术系统的重要特征。而西方解构主义的批判方向一方面是结构主义,意欲破除它的系统性、同一性;另一方面就是现代阐释学,意欲批判其理论的不彻底性。因此,钱锺书之由阐释学到解构主义,也就有了一脉相承的内在逻辑性。他在论及"诗无达诂"与西方"托寓"释诗时曾指出:

盖谓"义"不显露而亦可游移,"诂"不"通""达"而亦无定准,如舍利珠之随人见色,如庐山之"横看成岭侧成峰"。……诺瓦利斯尝言:"书中缓急轻重,悉凭读者之意而定。读者于书,随心施为。所谓公认准确之读法,初无其事。读书乃自由操业。无人能命我当何所读或如何读也。"瓦勒利现身说法,曰:"诗中章句并无正解真旨。作者本人亦无权定夺";又曰:"吾诗中之意,惟人所寓。吾所寓意,只为我设,他人异解,并行不倍"。足相比勘。其于当世西方显学所谓"接受美学","读者与作者眼界溶化"、"拆散结构主义",亦如椎轮之于大辂焉。[10]

阐释学的根本目标是对现代精神中心性、整体性和客观确定性的反拨。他们提出的视界融合(即"读者与作者眼界溶化"),就是从创作主体与接受客体之间双向交流的角度,提出了对作品、对世界的把握方式。对对象的理解就是对自我的理解，对本质的直观就是对自己存在深度的测定，对此在的理解就是人与人的对话，并在对话中打破一元中心论的客观解释模式，而走向"阐释之循环"和意义的不确定性。它通过对本文的阐释而寻求意义，进而成为对人类全部意识形态的一种哲学反思，成为一种解释世界本体的世界观。而雅克·德里达、罗兰·巴特、福柯、保尔·德曼等解构主义（钱译为"拆散结构主义"）大师则在此基础上，针对阐释学理论上的不彻底性，进一步消解中心和本源，拆散经典话语的统一性和确定性，突出差异性和不确定，从而完成对西方形而上学传统的彻底瓦解，思想反叛的倾向趋于极致。由此可见，钱锺书将接受美学、阐释学和解构主义捉置一处，恰恰说明了他对解构主义的发展脉络和精义是有相当的了解的。

显然，我们所关心的不仅仅是钱锺书对解构主义的评论，虽然这些评论是极有意味的，也是重要的思想史文献。如前所述，我们更多地关心的是钱锺书著作中所体现出来的鲜明的解构性特征与西方解构主义在精神上的高度一致性。钱锺书的著作自成系统，具有内在的联系，纵横交错，彼此相融，形成充满张力的开放的话语空间。如果我们将他的著作视为一个有机的整体，那就不难发现，虽然钱锺书对西方解构主义的接受主要出现在后期，尤其是在写作《谈艺录》补订本的时期，但是他主要的文学作品《写在人生边上》、

《人·兽·鬼》、《围城》和学术著作，尤其是《谈艺录》、《管锥编》中，都体现出强烈的解构性特征。从某种意义上说，解构已成为钱锺书基本的思维特征与文本特征。这就使我们有可能借助西方解构主义话语，对钱锺书著作进行一番梳理，从而对其深刻性、超前性与解构性产生新的认识。

二、以言消言的立场

众所周知，现代西方哲学最显著的特征也是最核心的问题便是语言学转向，语言问题从来没有受到如此的重视，也从来没有获得这样高的地位。话语理论几乎成为当今西方学术界显学中的显学。几乎所有的学术大师都曾对话语问题作过大量的分析演绎，并道出了各自的警句："语言乃存在之家，人则居住在其深处"（海德格尔）；"人从自身的存在中编织出语言，又将自己置于语言的陷阱之中"（卡西尔）；"语言是一座遍布歧路的迷宫"（维特根斯坦）；"语言交流方式受到权力的扭曲，便构成了意识形态网络"（哈贝马斯）；"你以为你在说话，其实是话在说你"（福柯）。钱锺书对话语问题，尤其是话语的威力，似乎也尤为重视，且看他对"口戕口"的说法所作的有趣的评注。"口戕口"语出武王《机铭》："皇皇唯敬，口生垢，口戕口。"钱氏认为这可与武王《笔书》中的"陷水可脱，陷文不活"相印证，

"前'口'乃口舌之口,谓言语,后'口'则丁口之口,谓生人。以口兴戎,害人杀身,皆'口戕口',罗隐《言》诗所谓'须信祸胎生利口',古语双关之例也"。[11]《全唐文》中的《口兵诫》也道:"我诫于口,惟心之门……可以多食,勿以多言。"钱氏认为,"诸如此类,皆斤斤严口舌之戒而弛口腹之防"。[12]中国人之所以如此警惕"祸从口出",大抵是因为自古"文网语阱深密乃尔"[13],寥寥数字,简明透彻,已直抵西方大师长篇话语理论的核心。但是,钱锺书没有如西方哲学大师那样循此对语言作形而上的追索,而是以其一贯的解构性思维,揭示了中国语言的多义性特质,阐明了他以言消言的解构立场。

在语言学转向中,现代西方人文哲学也从逻辑性思维转向了隐喻性思维。他们认为,"人类的全部知识和全部文化从根本上说并不是建立在逻辑概念和逻辑思维的基础之上,而是建立在隐喻思维这种'先于逻辑的概念和表达方式'之上",文化研究、哲学研究日益转向所谓"先于逻辑的东西"、"逻辑背后的东西",把逻辑的思维悬搁起来,成为现代,尤其是后现代西方哲学的灵魂。他们的切入点便是从语言入手,竭力弱化、淡化以至拆解、消除语言的逻辑功能,把语词从逻辑定义的规定性中解放出来,把语言从逻辑法则的压迫下解放出来,从而将语词的多义性、表达的隐喻性和意义的可增生性推向极致。[14]上述海德格尔、卡西尔、维特根斯坦、哈贝马斯、福柯等大师关于话语的警句，其实都围绕着一个中心，即强调语言的本质绝不在于逻辑，语言并不是逻辑的家园，关于终极真理的语言表述只能永远指向隐而不显的根源的踪迹。这种打破逻各斯中心主义和语言中心主义的宗旨，恰恰正是解构主义的手段与目的。德里达甚至通过颠倒说话与书写的次序，移动中心和边缘的位置来消解在场的形而上学。他认为，逻各斯中心主义以同样的秩序控制着文字观，而形成语言中心主义。那种认为言语（说话）优于书写、书写是第二级能指的二元论语言观，是逻各斯中心主义所体现出来的"暴力语言观"。言语并不本然地具有纯洁性和确定性，说话也可以在说者与听者不在场的情况下，在完全不同的语境中重复。因此，说话（言语）与写作（书写）具有相同的本性，其中任何一个都不贴近说话人的思想，谁也不能保证它们是解读者意识的直接显示。它们二者不存在任何中心和从属关系，而是一种平等的互补关系。[15] 德里达通过对说话与书写关系的拆解，进而将此解构策略扩展到了对整个形而上学大厦的拆解，对语言的确切性和意义的可靠性加以怀疑，对一切重设中心整体性、同一性原则的企图给予摧毁。[16]

其实，中国传统文化也早就意识到了语言话语的局限性。语言文字事实上总是与逻辑的东西紧密结合，说出的、写出的必然是某种逻辑性的东西。也就是说，语言只能表达逻辑的东西，并不能表达逻辑背后的东西。《老子》开篇即云"道可道，非常道；名可名，非常名"，《庄子·知北游》则谓"辩不如默，道不可闻。……道不可见，见而非也；道不可言，言而非也"，释典反复申说"才涉唇吻，便落意思，尽是死门，终非活路"（《五灯会元》卷十二），"心行处灭，言语道断"（《维摩诘所说经·弟子品》）。它们都道出了语言文字的局限性，以及某些终极观念的不可言说性。[17]但是，中国传统语言观并不存在说话与书写孰优孰劣的二元对立，说话与书写似乎是二者合一的，所以也没有颠倒二者秩序的必要。仅仅在这个意义上，德里达说"中国文化是'超乎于一切逻各斯中心主义之外'的"[18]或许不无道理。然而，问题的复杂性正在于，中国文化一方面认可语言只能表达逻辑的东西，语言总是与逻辑密不可分，另一方面中国传统文化恰恰是一种不讲究逻辑推理和逻辑思辨的文化。它最基本的特征就是从来不注重发展语言的逻辑功能和形式化特征，反而有意无意地淡化它、弱化它，因此，它与现代西方哲学、解构主义所追求的打破和摆脱逻辑性和语法束缚，张扬语词的多义性、表达的隐喻性和意义的增生性，以及理解和阐释的多重可能性的目的，也就具有了先天的一致性。钱锺书《管锥编》以"论易之三名"开篇，正是抓住了中国语言一字多义且可同时并用的基本特征，极其深刻地道出了中国文化的隐喻性特征。钱锺书将中国语言一字多义的现象归纳为两类："一曰并行分训，如《论语·子罕》：'空空如也'，'空'可训虚无，亦可训诚悫，两义不同而亦不倍。二曰背出或歧出分训，如'乱'兼训'治'，'废'兼训'置'，《墨子·经》上早曰：'已：成，亡'；古人所谓'反训'，两义相违而亦相仇。"钱锺书指出，"'变易'与'不易'、'简易'，背出分训也；'不易'与'简易'，并行分训也。'易一名而含三义'者，兼背出与并行之分训而同时合训也。《系辞》下云：'为道也屡迁，变动不居，……不可为典要，唯变所适'，变易之谓也；又云：'初率其辞，而揆其方，既有典常'，不易与简易之谓也。足征三义之骖靳而非背驰矣"。[19] 钱锺书在此触及了中国古代语言多义性和中国文化隐喻性特质的哲学根源，来自中国哲学传统对于世界本质的辩证把握和辩证思维。"使不倍者交协、相反者互成"是一切辩证思维最基本的特征，也是它把握世界的真义之所在。恰恰是中国传统文化中的辩证思维模式，带来了语言形式中一字多义的用法。因此，我们也就不难理解，为什么中国语言一方面认可语言只能表达逻辑的东西，另一方面自身又是最不讲逻辑的。中国传统语言文字的一字多义现象赋予了中国语言隐喻性、多义性的特质，而这种一字多义性却又来自中国传统哲学对世界的辩证把握。这正是钱锺书从语言入手解构中国传统文化的基本前提。解构主义是将语言问题作为解构形而上学中心性、同一性的切入点，我们也可以说，语言问题也成为钱锺书考察重审中国文化的切入点。

正是由于钱锺书对中国语言特质的这种把握，所以在他对中国文化的解读中，提出了以言消言的解构立场。首先，钱锺书清醒地意识到并充分地肯定了语言的作用。德里达在摧毁中心的同一性、整体性的同时，也放逐了一切语言的意义，自以为在语言的游戏中可以把握世界的本质和命运，"语言之外，一无所有"（德里达语），但他却没充分意识到放弃逻各斯中心主义最终会导致符号的随意性和话语的无意义。这也就是杰弗里·哈特曼所说的一个悖论："我们费力地去了解某个事物，而当我们了解并且用名称表达出来时，这个事物又似乎是不言而喻的。"[20] 在这方面，钱锺书与德里达他们截然不同，他说："语言文字为人生日用之所必须，著书立说尤寓托焉而不得须臾或离者也。"[21] "人生大本，言语其一，苟无语言道说，则并无所谓'不尽言'、'不可说'、'非常道'"，即使是缄默，也"正复言语中事，亦即言语之一端，犹画图上之空白、音乐中之静止也。毛德纳尝以言语与行走、呼吸等视。窃谓人非呼吸眠食不生活，语言仅次之，公私百事，胥赖成办"。[22] "若诗自是文字之妙，非言无以寓言外之意；水月镜花，固可见而不可捉，然必有此水而后月可印潭，有此镜而后花能映影"[23]，此水此境，乃言语文字，是一切文化的载体，也是重构价值系统的基础。"苟有实而尚'未名',则虽有而'若无';因无名号则不落言说,不落言说则难入思维,名言未得,心知莫施"[24],抽去了这个基础,也就落入了自我解构的怪圈,陷入虚无的深渊。钱锺书认为,"《易·系辞》上曰:'书不尽言,言不尽意',最切事入情",如果"以书与言之不能尽,乃欲并书与言而俱废之,似斩首以疗头风矣"。[25]

其次,钱锺书又指出了中国语言与思维形式的隐喻性特征所具有的不确定性和任意性在不同范畴中的作用。钱锺书引入了"象"这一概念来概括中国语言的隐喻性特征,并对其内涵作了充分揭示:

理赜义玄,说理陈义者取譬于近,假象于实,以为研几探微之津逮,释氏所谓权宜方便也。……《易》之有象,取譬明理也,"所以喻道,而非道也"(语本《淮南子·说山训》)。求道之能喻而理之能明,初不拘泥于某象,变其象也可;及道之既喻而理之既明,亦不恋着于象,舍象也可。[26]

正因为我们对世界自然的本体论探究难以用逻辑思辨彻底完成,所以只能假象于实,托隐喻类比为研几探微的途径;也正因为"象"在本质上是一种隐喻性思维,所以可以用不同的"象"("多名")来喻指同一现象,所谓"变其象也可"。这就明确道出了隐喻式语言和思维的不确定性、能指隐喻("象")与所指对象之间不可能完全弥合的差异性以及意义的可增生性与阐释的多重可能性。"无名"而复"多名","不可名故无定名,无定名故非一名"。[27]不仅如此,钱锺书还进一步指出这种隐喻性语言与思维在理性思辨与审美活动中的不同作用:"词章之拟象比喻则异乎是。诗也者,有象之言,依象以成言;舍象忘言,是无诗矣,变象易言,是别为一诗甚且非诗矣。故《易》之拟象不即,指示意义之符也;《诗》之比喻不离,体示意义之迹也。不即者可以取代,不离者勿容更张。"[28]就认识论意义而言,隐喻思维和隐喻语言,由于拟象不即的任意性及类推性,难以达到逻辑思辨的严密;但在审美活动中,它又代表着诗的逻辑,是诗的最佳体现形式,因此也就具有勿容更张的内在一致性。这也就是海德格尔所说的"诗的思"。

再次,在肯定话语作用和辨析隐喻性语言的不确定性的同时,钱锺书借鉴禅宗的说法,提出了以言消言的解构立场。他说"禅宗于文字,以胶盆粘着为大忌;法执理障,则药语尽成病语",即"西洋哲学术语所谓,莫将言语之方便权设当作真实也"。[29]钱锺书所欣赏的是"禅于文字语言无所执着爱惜,为接引方便而拈弄,亦当机煞活而抛弃。故'以言消言'。……登岸则舍筏,病除则药赘也"[30]。"说理明道而一意数喻者,所以防读者之囿于一喻而生执着也。星繁则月失明，连林则独树不奇，应接多则心眼活；纷至沓来，争妍竞秀，见异斯迁，因物以付，庶几过而勿留，运而无所积，流行而不滞，通多方而不守一隅矣"，"古之哲人有鉴于词之足以害意也，或乃以言破言，即用文字消除文字之执，每下一语，辄反其语以破之"。[31]这也就是禅宗所谓"以言去言、随立随破是也"[32]。值得注意的是，禅宗破除文字执往往是要求返回到神秘的内心体验，亦即所谓"迷人向文字中求，悟人向心而觉"（《大珠禅师语录》），所谓"此法惟内所证，非文字语言所能表达，超越一切语言境界"（《除盖障菩萨所问经》卷十）。钱锺书吸收了老庄禅宗舍筏登岸、得意忘言的合理内核并加以发挥，而突出了以言消言的解构立场。以言消言，"若抉髓而究其理"[33]，则与现代西学尤其是解构主义达成了一致。一方面充分认识到语言文字的局限性，另一方面又坚信语言文字自己能克服这种局限性，"如服药以治病而更用药以解药焉"[34]。语言的牢笼只有语言自身才能打破，而且必然是被它自身所打破。我们所说、所写的确实只能是某种话语方式，但它又是可以被否定的，立一言即破一言，立一义即破一义，所谓"道不可言，言满天下而仍无言；道常无为，无所不为而仍无为"[35]。只要我们不囿于一言一义，不追求某种绝对的解诂，而是以话语方式破话语方式，"用文字消除文字之执"，那么语言文字就可以不为逻辑法则所拘，在德里达所说的分延网中自我消解，播撒踪迹，而达致一种多重意义的无限增生性和理解的无限可能性，为我们开放出一片无限广阔的自由天地。因此，钱锺书所谓以言消言，也就与维特根斯坦的"语言游戏"、伽达默尔的"阐释之循环"、保尔·利科所谓"话的隐喻"、德里达所谓"消解策略"等一样，其效果正是使语言文字进入不断的以言破言、消解与被消解的运动之中，尽力张大了语词的多义性、表达的隐喻性、意义的增生性和阐释的多重可能性，也为我们观照中国文化提供了一个崭新的视角。

三、解构与建构

在福柯看来，人类迄今为止所积累的知识，这一片"沉默无言、看上去纹丝不动的土地"，实际上又存在着无数的罅隙和缺陷。与其说它是一个不稳定的知识体系，毋宁说它是由无数的"知识断层"，或由一套一套各自独立的话语垒积而成的话语空间。传统的对知识所进行的考察，是将考察主体绝对地置于首位，考察主体被认为具有理性的、逻辑的思维能力，能将原本是断裂的话语片段连接在一起，将其裂缝抚平，使其呈现出某种统一性和连续性，看上去好似一个完整的整体。[36]而世革言殊，物移名变。那些知识话语、学科体系，在各自漫长的嬗变中，都不过是些意义弥散系统，其间充满断裂差异，纠结互动，几乎没有稳定组合规律。这就为解构被视为稳定系统的文化这种宏大叙事提供了可能。

正如德里达所指出的，"解构不是，也不应该仅仅是对话语、哲学陈述或概念以及语义学的分析；它必须向制度、向社会的和政治的结构、向最顽固的传统挑战"[37]。钱锺书并没有仅仅停留于以言消言的解构立场，对于中国传统文化的整体，尤其是其中落后闭守的那部分话语系统，钱锺书采取了尖锐的解构与批判立场。他对中西文化典籍，对人类现有的知识话语，对人们习以为常的认识范式甚至意识形态，都持有一种怀疑态度。莫守典要，唯变是适。这种怀疑，不是虚无主义地否定一切，而是对它们进行重新审视、重新思考。将传统文化的整体和传统知识话语的统一性、连续性重新拆解，使之还原为断裂弥散的知识话语片段，从而发现其中的罅隙和缺陷并加以批判，向最顽固的传统展开挑战。长期以来被人们顶礼膜拜、奉为圭臬的圣贤之书、经典话语、认识范式，尽管威名赫赫，世代鼎立，容不得半点亵渎，然而在钱氏的笔下，却都成了恣意解构的对象。即使是中国古典文化最具结构主义意味的《周易》，亦莫能外。《周易》以玄奥神秘的六十四象，构成了一个可以诠释大千世界繁富表象的超稳定的结构系统，数千年来被视为中国传统文化的根本之所在。钱锺书《管锥编》以"论易之三名"开篇，不仅抓住了中国语言的特质，而且说明了他对《周易》在中国文化史上的独特地位的认同。开篇伊始，就将解构的利刃直指《周易》，也正昭示了钱锺书从语言入手解构中国传统权威经典的宏大气魄。在他犀利的解构下，《周易》神秘的超稳定结构轰然崩塌，六十四象都消解播撒为让人会心一笑的幽默调侃、小品漫画。如论"大过"时指出"于老夫则奖之，于老妇则责之"，"皆乖平等之道，假典常以逞男子之私便，古谑语所谓：'使撰诗、制礼、定律者为周姥而非周公，当不如是'"，并以《二刻拍案惊奇》，李渔《一家言》、《儿女英雄传》，杨景贤《刘行首》及《西游记》等小说戏剧加以附会，申说"男女嫁娶之道不公失允"，[38]颇有点女权主义的意味。再如论"姤"："按盖以豕之象拟示淫欲也"，"寒山诗曰：'世有一等愚，……贪淫状若猪'"，《太平广记》也引用了"准相书：猪视者淫"之说，"古希腊、罗马亦以壮豕、羸豕等词为亵语"，"近世西语称淫秽之事曰'豕行'。顾豕不仅象征色欲，亦复象征食欲"，"是故《西游记》中猪八戒，'食肠'如壑，'色胆如天'，乃古来两说之综合，一身而二任者"。[39]这些都已接近解构主义的涂抹运动。这种涂抹弃绝思辨，张扬差异，拒认不变真理，注重对个案的细察深描，偏向研究反常与背逆。通过对经典文本的解构、嬉戏、涂抹，钱锺书出奇制胜，不断导致传统观念的崩塌，变历史经典文本的系统平整为错乱断裂，开辟出自由创造的无限可能性，关于《周易正义》的二十七则也就成为钱锺书著作中颇具代表性的解构主义文本。

　　细读钱锺书著作，不难发现他的恣意解构、尽情嬉戏中又时时闪烁着理性的反思和文化的批判。解构的过程其实也就是权威崩解的过程。许多被公认为万古不易之论的经典学说、知识话语，都在其特有的嘲讽与调侃下，轰然瓦解。比如自古以来天颜难睹，神秘莫测，成为传统君主统治臣民的一种政治权术与愚民手段。而钱锺书列举中外典籍，从周末专制思想的发端开始，到大一统封建政体的典范秦政，再到汉以下历代之承秦之政，逐一解构清算，深微阴忍如申、韩之术，高度隐秘如愚民之术，皆被彻底瓦解，从根本上揭露和解构了传统的封建权术政治。[40] 在中国文化漫长的发展历程中，产生的无数学说义理，一套套的知识话语，在钱锺书看来，更有着各自的盲点和罅隙，根本经不起解构的利刃的剖析，"在历史过程里，事物的发生和发展往往跟我们闹别扭，恶作剧，推翻了我们定下的铁案，涂抹我们画出的蓝图，给我们的不透风、不漏水的严密理论系统捅上大大小小的窟窿"[41]，所以他从来就拒绝建立什么理论体系。对学术杀人现象的揭示就鲜明地体现了钱锺书对学说体系的看法。悠悠古史，学说滋生。孔孟的"仁义"，老庄的"无为"，杨朱的"为我"，墨翟的"兼爱"，莫不是义理、学说。一切义理，如果无补于人心，无利于摄生治世，而又发为高文讲章，振振有词，其为害有甚于洪水猛兽，不啻以"以学术杀天下后世"[42]。比如钱锺书对老子"无言"、"无为"的解构："'无言'而可以重言、寓言、卮言、荒唐之言矣；'无身'而可以脂韦滑稽、与世推移、全躯保命、长生久视矣；'无为'而可以无不为、无所不为矣；黄老清静，见之施行而为申韩谿刻矣。"[43]这就深刻揭示了老子高论玄言伤生害世的一面。在论范宁《王弼何晏论》时，钱锺书更是将学术杀人的本质揭露无余。范宁认为那些言伪而辩、行僻而坚的游词浮说之徒，其罪大于桀纣，因为桀纣之罪是一世之罪，只是祸及当时，而王弼、何晏"邪说淫辞"之罪则是"历代之罪重"，祸及后世子孙。钱锺书列举了大量范宁之后人们对各种学说义理的批判，昭示了"一物之误，犹不及其余；道术一误，则无复孑遗"、后儒以理杀人的触目惊心的本质，"人欲、私欲可以杀身杀人，统纪而弘阐之，以为'天理'、'公理'，准四海而垂百世，则可以杀天下后世矣。……大欲所存，大道生焉；义理之悦，刍豢寓焉。声色、货利之耽，游惰、凶杀之癖，莫不可究厥道源，纳诸理窟，缘饰之以学说，振振有词"，因此，"义理学说，视若虚远而阔于事情，实足以祸天下后世，为害甚于暴君苛政，范所谓'罪深桀纣'、'历代之罪重'也"。[44]

德里达指出，解构"是对于存在的一种思考，是对于形而上学的一种思考，因而表现为一种对存在的权威、或本质的权威的讨论,而这样一种讨论或解释不可能简单地是一种否定性的破坏"[45]。因此,解构主义者一方面认为到处"存在着解构,到处都有解构"[46],另一方面又不愿意将我们这个时代称作"解构的时代",反而一再强调"任何一种解构同时又是建构性的、肯定性的"[47]。事实上,在钱锺书对"存在的权威"、"本质的权威"的解构中,恰恰生动地体现了解构即是建构的原则,他所企图解构的是中国历史文化话语中以尚同为宗旨的封建大一统文化的意识形态与权力话语,而他企图建构的则是会通中西的和而不同的文化话语。

钱锺书坚信,"东海西海,心理攸同;南学北学,道术未裂",散为万殊,聚则一贯,中西文化虽然思想方法、话语模式不尽相同,但决定事物的"理"则基本一致。此"心"之能"同",同于此"理";此"理"之能"同",同于此"物";"心同理同,正缘物同理同;水性如一,故治水者之心思亦若合符契。……思辩之当然,出于事物之必然,物格知至,斯所以百虑一致、殊途同归耳"[48]。所以,钱锺书始终面对的是中国文化与世界文化,在解构中国传统文化典籍的同时,也对西方文化进行了解构。他在对中西文化的解构中探源溯流,洞幽烛隐,破解话语,贯通衔接,抉发中西共同的诗心文心,希求别创一种和而不同的文化生面。在论述《左传正义》时,钱锺书专门论析了"和"与"同"的关系。[49]这种和而不同的文化生面是解构剔除了腐朽落后的文化因子，吸收了中外有益生动的文化精义，融汇中西，打通古今的崭新境界，充分体现了钱锺书卓越的文化史识。它也再一次证明，解构不是简单地对结构的分解，对体系的破坏，并不仅仅意味着击垮系统，而且意味着"敞开了排列或集合的可能性，如果你喜欢也可以说成是凝聚起来的可能性，这不一定是系统化的"[50]。这种开放性的和而不同的文化观念，其实已经涉及了多元文化语境中的文化认同问题，为我们在全球化语境下思考文化认同提供了有益的尺度。借用后殖民主义文化批评的一个术语，我们也可以说，钱锺书所关注的正是异质文化之间的商讨和杂交性。这种异质文化之间的商讨不是绝对的对某一方的否弃，而是将对立或矛盾或统一的成分予以会通。它使人们更加意识到，异质文化之间的碰撞是势所必然的，这种碰撞无论是敌对性的还是互补性的，都是一种话语实践。它们在表征层面上所反映出来的文化差异，决不能被认为是一成不变的传统中的既定的种族属性和文化属性，因为文化差异的社会表现是一个非常复杂而且持续不断的商讨行为。[51] 我们应该放弃普遍化的认同，而寻求多元文化语境中的相对认同；不一定要扭曲自我的文化，一味地去求得全球化的虚假的认同，"在某一意义上，一切事物都是可以引合而相与比较的；在另一意义上，每一事物都是个别而无可比拟的"[52]。和而不同，应该是多元文化时代中我们应有的文化认同策略。

我以为尤其值得注意的是，解构思潮的出现是当代社会日益深化的认识危机的一种表现。在剧烈的社会动荡的大环境中，思想认识和价值观的混乱给人以莫衷一是的感觉，"究竟如何把握当下资本主义社会的根本矛盾：经济的、社会体制上的矛盾；反映到政治和文化层面上的矛盾；乃至在哲学认识论的层面，究竟用什么样的认知范式才能正确有效地认识和把握这些矛盾；等等，在这一系列的问题上，西方理论界表现出极大的困惑和思想混乱"[53]，西方解构主义思潮正是这种认识危机的突出表现。他们以为一旦掌握了解构方法，即能有效地"破坏西方形而上学机制"，展现一个拆卸父亲手表的"坏儿子的才能"（J. 希利斯·米勒语）。而钱锺书的主要著作，尤其是《管锥编》，都诞生于中国社会政治、经济、文化价值观十分混乱的年代。究竟如何对待中国传统文化，如何解读中国传统典籍，如何观照混乱的社会现实，并没有任何认识范式可资利用。钱锺书和广大知识分子一样感觉到的只有迷惘和困惑，同样面临着一种认识危机。尽管这种认识危机与西方后现代社会的认识危机根本不是处在一个层面，尽管当时钱锺书也许还没有接触到解构主义，但我以为，在思维途径上，两者还是有相通之处的。也就是说，钱锺书是在一种社会普遍的认识危机中，开始了对中国传统文化的解构，希望在解构中，找出中国文化的合理碎片，来重新建构中国社会和而不同的文化价值标准，来疗治让人无所适从的社会现实,这充分体现了一个知识分子的社会良心和道德文章。

四、不同话语的自由穿梭

细读钱锺书的全部著作,从《谈艺录》、《宋诗选注》、《管锥编》、《七缀集》,到《写在人生边上》、《人·兽·鬼》、《围城》,都典型地体现了解构主义批评的境界:在话语穿梭中自由嬉戏。我们很难描画出构成钱锺书思想空间的知识边界。他总是不断地变更主题,变更对话角度,在各种不同文化、不同类型、不同时代的知识话语中自由穿梭,尽情嬉戏,表现出一种常人所无法达到的游戏境界。即使以严格的解构文本的标准来衡量,《管锥编》(或许还包括《谈艺录》)也可说是典型的解构主义文本,甚至钱锺书所使用的典雅的文言,也符合解构主义大师德里达所谓"economy"(经济)的原则,即在文本或话语领域中,以最少的投入,产出最大效应的有效运作。它们由一则则典雅、经济,看似毫不相干、互不关联的读书札记片段组成,这些片断论艺、衡文、评史、说人,"解难如斧破竹,析义如锯攻木"[54],精思明辨,无所不包。严格说来,这些拆散下来的无数文本话语片段并不能独立地产生意义,然而细读之下,作者分明又让你感悟到了什么,在钱锺书的解构文本中，它们又生成出崭新的意义。我们确实无法把《管锥编》的所有片段完全逻辑地连接拼凑起来，把同一片段的多种思绪脉络清晰地梳理出来，但是如果我们找出这些零碎部件各自的关节点（比如前述的语言观、学术杀人观以及大量的论比喻之多边、论通感、论神韵、论为人与为文等观点），就会发现他在解构中其实向人们提示了一些可能，即逐步形成一种包含文学、哲学、科学、社会科学的大文化研究范式。我以为，钱锺书著作在各种知识话语学科体系中的自由穿梭，也就是德里达所说的"人文科学话语中的嬉戏"[55]，它们所达致的境界有点类似于罗兰·巴特所说的狂喜境界，在凌驾一切的解构意志面前，所有文本中的符号能指都获得了空前的解放，生发出无限的文本意义。

解构主义有一著名的概念即互文性，它将每一文本视为其他文本的镜子，它们在永无止境的符号示意的推延过程中相互参照，彼此牵连，构成了知识话语过去、现在和将来的巨大开放体系。福柯认为，"一本书本身并没有截然分明的边界，它深深陷入一个与其他书籍、其他文本、其他句子相互参照的系统之中。它是这网状系统的一个突出物……它不能被限定在小小的装订本里。仅仅是在一个复杂话语场的基础上，它才得以凸现并构筑自身"[56]。这种互文性成为钱锺书著作在知识话语中自由穿梭的根本前提。钱锺书没有使用互文性这个词，但他用自己的语言准确道出了互文性概念的内涵，可谓与解构主义冥契相通。他说在这个多元的世界上，"人文科学的各个对象彼此系连，交互映发，不但跨越国界，衔接时代，而且贯串着不同的学科"[57]。各种知识话语、人情世事"或隐或显，相克相生，互为函系，故非仅果异，实由因殊，特微茫繁赜，史家无以尽识其貌同心异之处耳"[58]。因此他的著作往往超越抽象的逻辑演绎，而回复到具体的知识文本，"以中国文学与外国文学打通，以中国诗文词曲与小说打通"[59]，"穷气尽力，欲使小说、诗歌、戏剧，与哲学、历史、社会学等为一家。参禅贵活，为学知止，要能舍筏登岸，毋如抱梁溺水也"[60]。比如，钱锺书对《九歌·湘君》中"采薜荔兮水中，搴芙蓉兮木末"之句的解读，就相当典型地体现了他自由穿梭、尽情嬉戏的游戏精神。他通过大量文本材料展示出"世事反经失常"、"错乱颠倒之象"，不仅体现在西方感叹时事大非、世界颠倒的一些诗歌作品中，而且成为屈子、贾生等志士寄寓悲愤的方式，更成为情人之间的盟誓套语，"每以不可能之事示心志之坚挚"，甚至《史记·刺客列传》中的秦王也运用了这种话语句式，"枭忍之心与旖旎之情，阳刚阴柔虽殊，而专固之致则一"，可是这种世界颠倒之象，"笑林却用为解颐捧腹之资"。由此他又"触类而观其汇通"，疏凿勾连，列举元曲《渔樵记》、《太平广记》、《北宫词纪外集》，以至江南儿歌、禅宗公案，伐材利用，忽庄忽谐，或嬉笑，或怒骂，最后才指出"此皆事物之不可能，与实相乖，荒唐悠谬也"，有的更"进而兼名理之不可能，自语不贯，龃龉矛盾矣。前者发为文章，法语戏言，无施不可，所引《九章》以下，各有其例"，后者"只资诙谐"，如方以智《药地炮庄》卷七《徐无鬼》、《咄咄夫增补一夕话》卷六《未之有也》诗，以及所谓"爱尔兰无理语"与小儿"纠绕语"，"启颜捧腹，斯焉取斯"。[61]在这里，逻辑演绎结构已经消解，小说、诗文、词曲以至民间俗语交融一起，还原为鲜活灵动、本然零碎的文化现象，它囊括中西、穿越学科，"萌一绪而千变，兆片机而万触"（韦承庆《灵台赋》）；它"不耻支离事业"，"拾穗靡遗，扫叶都净，网罗理董，俾求全征献"，[62]呈现出破碎的片断的无中心的文本形态，构成了一个充满张力的巨大开放空间。

处于这种巨大开放空间中的《宋诗选注》也就与以往的任何选学经典截然不同，成为一个颇具解构特质的独特选本。著名的耶鲁怪杰、解构主义代表人物J.希利斯·米勒在《作为寄主的批评家》中认为："文学文本可能是异质共生的，这种假定比起断言一部文学作品必定是'有机的统一'，对于评论某部特定作品来说更灵活，更开放。后一种假定是拒绝承认在一部特定的作品中可能存在着自我颠覆的复杂含义的主要因素之一。"[63]因此，他提出了寄生与寄主的奇特关系。解构主义在它所阐释的文本中，总能够发现它所认定的诸如寄生物与寄主的关系这种双重对立格局。在每一个本文中，总是"隐居着一条寄生性存在的长长的连锁——先前文本的摹仿、借喻、来客、幽灵"[64]。在《宋诗选注》中，经过钱锺书别具只眼的抉剔，我们发现竟然有那么多的有名或无名的诗歌，都包含了大量寄生性的因素。这些因素，有的被肯定（如晏殊之于李商隐），有的被升华（如陆游"山重水复疑无路，柳暗花明又一村"之于王维、柳宗元、卢纶、耿沣等人的诗句），有的被引申（如王安石、黄庭坚、贺铸、唐庚等人之于庾信《愁赋》），有的被模仿（如叶绍翁著名的《游园不值》其实脱胎于陆游的《马上作》），有的甚至是偷窃（"在宋代诗人里，偷窃变成师徒公开传授的专门科学"[65]）。寻绎这些寄生性的因素，正是解构主义诗学的一项主要任务。先前的文本，既是新文本的基础，也是新文本必定要予以消灭的某种东西。新文本消灭它的方式是使它合并进来，将它化作幽灵似的非实在体，使之成为自身的基础。新文本既需要那些老文本，又必须消灭它们。它既寄生于它们，又贪婪地吞食它们的躯体。钱锺书的《宋诗选注》（其实在《谈艺录》、《管锥编》中也散落着大量的对寄生性因素的寻绎）恰恰在这方面作出了杰出的努力。这条连锁中的每一个先前的环节本身对其先行者来说，也都曾扮演过寄主兼寄生物的相同角色，"这一无情的法则既适用于批评文章所批评的文本，同样也适用于批评文章本身"。[66]也就是说，钱锺书的选学思想与具体注释，同样也可以被他自己的《谈艺录》、《管锥编》等所解构，这恰恰达成了交互往复、循环解构的"令人欣喜的智慧式的阐释"[67]景观。

如果说《谈艺录》、《宋诗选注》、《管锥编》等著作构成了钱锺书解构世界的半壁江山，那么《写在人生边上》、《人·兽·鬼》、《围城》等文学作品则代表了另一半解构江山。只是限于篇幅，我们不能对钱锺书文学作品的解构性特征作详尽的剖析。仅以《围城》而论，它就可称作为中国现代文学史上一部较为典型的解构主义文本。《围城》的解构性不仅体现在对现代西方资本主义文化和中国传统封闭型文化"涉笔成趣，以文为戏"[68]的恣意拆解解构上，还体现在他所独有的深具修辞机趣、文字游戏三昧的文本结构和小说话语上。无论是隐喻用典，还是人名掌故，抑或结构主题，都有着作者的解构用心。任何对小说主旨统一性的追问一旦置身于《围城》充满张力的解构空间，都必然遭遇到四处分解的离心力作用。通过一种无真谛的话语游戏，《围城》在解构他者的同时，也形成了自我解构的怪圈。对《围城》隐喻的无限解读，最终使之成为一座无解的语言之城。这恰恰应验了罗兰·巴特的名言："所谓'本文'，原是'本无'，犹玉葱层层剥揭，内蕴核心，了不可觅。"[69]百合花心，瓣剥殆尽。《围城》本从无中来，还还它无中去。[70]

注 释

1 Jonathan Culler, *On Deconstruction: Theory and Criticism after Structuralism*, Routledege & Kegan Paul, 1985.
2 王岳川:《后现代主义文化研究》,北京大学出版社,1992年,第69–70页。
3 佛克马:《中译本序》,载佛马克、伯顿斯编《走向后现代主义》,王宁等译,北京大学出版社,1991年,第2页。
4 张隆溪:《钱锺书谈比较文学与"文学比较"》,《读书》1981年第10期。
5 钱锺书:《谈艺录》,第600–601页。
6 钱锺书:《谈艺录》,第611页。
7 钱锺书:《谈艺录》,第596页。
8 钱锺书:《谈艺录》,第600–601页。
9 胡河清:《真精神与旧途径:钱锺书的人文思想》,河北教育出版社,1995年,第73页。
10 钱锺书:《谈艺录》,第610–611页。
11 钱锺书:《管锥编》,第855–856页。
12 钱锺书:《管锥编》,第23–24页。
13 钱锺书:《管锥编》,第972页。
14 甘阳:《从"理性的批判"到"文化的批判"(代序)》,载恩斯特·卡西尔著《语言与神话》,于晓等译,生活·读书·新知三联书店,1988年,第12–25页。
15 Jacques Derrida, *Writing and Difference*, Routledge & Kegan Paul , 1978, pp. 154–168.
16 王岳川:《后现代主义文化研究》,第82–87页。
17 参阅钱锺书《管锥编》第453–458页及《谈艺录》第98–102页。
18 甘阳:《从"理性的批判"到"文化的批判"(代序)》,第24页。
19 钱锺书:《管锥编》,第1–6页。
20 杰弗里·哈特曼:《阅读的产品》,载王逢振、盛宁、李自修编《最新西方文论选》,漓江出版社,1991年,第191页。

21 钱锺书:《管锥编》,第406页。

22 钱锺书:《谈艺录》,第413页。

23 钱锺书:《谈艺录》,第100页。

24 钱锺书:《管锥编》,第1218页。

25 钱锺书:《管锥编》,第458页。

26 钱锺书:《管锥编》,第11–12页。

27 钱锺书:《管锥编》,第41–42、410页。

28 钱锺书:《管锥编》,第12页。

29 钱锺书:《谈艺录》,第100页。

30 钱锺书:《谈艺录》,第412页。

31 钱锺书:《管锥编》,第13–14页。

32 钱锺书:《管锥编》,第457页。

33 钱锺书:《管锥编》,第464页。

34 钱锺书:《管锥编》,第457页。

35 钱锺书:《管锥编》,第465页。

36 盛宁:《人文困惑与反思:西方后现代主义思潮批判》,生活·读书·新知三联书店,1997年,第92页。

37 《一种疯狂守护着思想:德里达访谈录》,何佩群译,上海人民出版社,1997年,第21页。

38 钱锺书:《管锥编》,第24–26页。

39 钱锺书:《管锥编》,第27–28页。

40 钱锺书:《管锥编》,第234–235、264–267页。

41 钱锺书:《汉译第一首英语诗〈人生颂〉及有关二三事》,载氏著《七缀集》,第159页。

42 钱锺书:《管锥编》,第1133页。

43 钱锺书:《管锥编》,第413–414页。

44 钱锺书:《管锥编》,第1132–1134页。

45 《一种疯狂守护着思想:德里达访谈录》,第18页。

46 《一种疯狂守护着思想:德里达访谈录》,第46页。

47 J.希利斯·米勒:《作为寄主的批评家》,载王逢振、盛宁、李自修编

《最新西方文论选》,第184页。
48 钱锺书:《管锥编》,第50页。
49 参阅本书《绪论》。
50 《一种疯狂守护着思想:德里达访谈录》,第19页。
51 盛宁:《人文困惑与反思:西方后现代主义思潮批判》,第186页。
52 钱锺书:《中国比较文学年鉴寄语》,《中国比较文学年鉴(1986)》,北京大学出版社,1987年。
53 盛宁:《人文困惑与反思:西方后现代主义思潮批判》,第88页。
54 钱锺书:《管锥编》,第1421页。
55 雅克·德里达:《结构,符号,与人文科学话语中的嬉戏》,载王逢振、盛宁、李自修编《最新西方文论选》,第133页。
56 赵一凡:《欧美新学赏析》,中央编译出版社,1996年,第111页。
57 钱锺书:《诗可以怨》,第133页。
58 钱锺书:《中国文学小史序论》,《国风》半月刊1933年第3卷第8期。
59 郑朝宗:《〈管锥编〉作者的自白》,第124页。
60 钱锺书:《谈艺录》,第352页。
61 钱锺书:《管锥编》,第600–606页。
62 钱锺书:《管锥编》,第854页。
63 J.希利斯·米勒:《作为寄主的批评家》,第185页。
64 J.希利斯·米勒:《作为寄主的批评家》,第163页。
65 钱锺书:《序》,载钱锺书选注《宋诗选注》,第18页。
66 J.希利斯·米勒:《作为寄主的批评家》,第163页。
67 J.希利斯·米勒:《作为寄主的批评家》,第167页。
68 钱锺书:《管锥编》,第459页。
69 钱锺书:《谈艺录》,第600页。
70 赵一凡:《〈围城〉的隐喻及主题》,第278页。

第三章　文本·形式·细读：钱锺书与形式批评

一、从俄国形式派到新批评

二十世纪西方的形式主义批评经历了三个发展阶段。第一个阶段是二十年代中期兴起于俄国的俄国形式主义；第二个阶段是二三十年代形成于英美的新批评派，五十年代后一度称雄美国批评界，并产生广泛的世界性影响；第三个阶段是六十年代法国结构主义的兴起直到八十年代后结构主义的出现。这三个阶段清楚地显示了二十世纪西方文论的一条发展线索，就是由作者研究走向文本研究，由外在研究转向内在研究。对于形式主义批评来说，过去致力于作家个性、社会环境、心理素质、时代精神、历史背景等外在因素的研究，并没有能够恰当地分析、描述和评价一部文学作品，因此必须提倡对文学作品本身结构的研究,也就是所谓"内在的"或"文学的内部"研究,由传统的外在因素的研究转向解释和分析文本自身。由于结构主义与后结构主义的特殊性,我们这里所使用的"形式批评"概念,主要是指前两个阶段,即俄国形式主义与新批评的形式主义批评,而这也是钱锺书颇为熟稔、多有涉及的内容。

一九一四年,什克洛夫斯基发表被誉为俄国形式派纲领性宣言的《词语的复活》,这标志着俄国形式派的正式诞生。早期的形式主义者主要是针对俄国学院派文艺学与象征派提出了一系列自己的鲜明主张。一方面反对象征派对文学作品的主观解释,坚持文学研究的客观具体性;另一方面又不满学院派的实证主义文学研究,坚持文艺研究的独立科学性,把捍卫文学科学的独立性作为其义不容辞的首要任务。正是在激烈的理论争辩中,俄国形式派迅速发展壮大,成为俄国文坛的生力军。在形式派内部也形成几种不同的倾向,什克洛夫斯基等人坚决主张文艺的自主性,强烈反对从政治、历史、文化等方面来说明文学的演变,坚持从文学本身的规律、从文学形式的演变来说明;勃里克等人则不排斥把形式方法理论与艺术内容的关心相结合的可能性,宣称要建立一门以形式派原则为核心的新美学;而日尔蒙斯基等则赋予形式派在处理问题和提出重要理论原则上以灵活性。这些不同的倾向显示了形式派极大的包容性。一九三〇年初,什克洛夫斯基发表《学术错误志》，正式宣告："对我来说，形式主义是一条已经走过的路。"这标志着俄国形式派活动的结束。[1]

俄国形式主义的基本主张就是文学的自主观、文学的形式观和文学的语言观。他们认为，文学是一个独立的自足系统，是独立于主体和社会的客体存在。研究文学必须从文学本身去寻找构成文学的内在依据，只有文艺的特有规律才能说明艺术的形式和结构，决定文艺作品成为审美对象的文学性才是诗学研究的主要对象和核心。他们把文学与现代语言学紧密地结合起来，强调诗学语言的特殊性。他们不同意所谓内容与形式的二元论，力图用形式来融合传统的形式与内容，从而把作品中的一切都视为形式，并以此来说明文学艺术作品的构成与演变。文艺作品的一切构成要素，包括程序、风格、体裁，甚至主题、意义等被视为内容的因素，都被纳入"形式"概念。对于俄国形式派来说，形式是能动自足没有任何相关物的某种完整的东西。形式既指其所包孕的内容，又指其由一系列手法、技巧所构成的自身。因此，形式就成了作为审美观照对象的文学作品的目的之所在，也成为文学研究的必由之路。

新批评派二十世纪二十年代起源于英国，三十年代在美国最终形成，到五六十年代在美国文论界占据了统治地位，直到六十年代后才渐渐衰亡。新批评理论的直接开拓者是T.

S. 艾略特和 I. A. 瑞恰慈。艾略特《圣林》(一九一七年) 中的一系列论文为新批评奠定了基础,他提出的客观对应物理论、诗的非个性化、对文学史中的感觉性解体现象的检讨以及他对英国十七世纪玄学派诗的尊崇,提出了新批评文学本质理论的基本要点;瑞恰慈则致力于把语义学和心理学引入文学研究,他的心理学方法被新批评派所抛弃,而语义学方法所造成的科学式批评和文本中心批评则成为新批评派方法论的主要基石。应当说,新批评正是早期艾略特与瑞恰慈结合的产物:前者提供了思想倾向,后者提供了基本方法论。二十年代以后,新批评派的真正核心是美国的约翰·兰色姆、艾伦·退特、布鲁克斯、罗伯特·潘·沃伦等。兰色姆提出了本体论,把新批评建立于明确的文本中心论上。由于诗的意义与形式在诗中融合在一起,所以应对诗进行全面的综合的研究。艾伦·退特提出了著名的张力论,"我所说的诗的意义就是指它的张力,即我们在诗中所能发现的全部外展和内包的有机整体"[2],张力是诗的整体效果,是意义构造的产物。沃伦提出,诗必须不纯,它可以包括抽象的理性思维以及各种复杂的相互矛盾的因素。布鲁克斯一九四二年出版的《精致的瓮》则成为新批评派细读式批评和理论阐述的名著。到了五十年代初,美国文论界新批评一统天下,一些重要文论家,如威廉·维姆萨特、勒内·韦勒克等人的加盟,使新批评派达到其成就和影响的顶峰。韦勒克与奥斯汀·沃伦合著的《文学理论》和维姆萨特与布鲁克斯合著的《文论简史》一纵一横、一经一纬，把整个新批评的理论推向了高峰，"如果说他们以前的新批评还是一种有理论的文学批评的话，那么，他们则把理论的批评与批评的理论结合起来，从而使该理论体系化了"[3]。

新批评理论的出发点是寻找文学的特异性，其首先表现为文学的语言特征。对于新批评派来说，文学语言不同于一般的艺术媒介物，它深深植根于自己的历史结构和特定的文化传统中，因而具有多歧义性、暗示性，富于高度的内涵和含蕴。它还强调文字符号本身的意义，强调语词的声音象征（如格律、韵脚、声音模式等），特别强调情感态度的表达，诗的语言对人们的影响不是直接指示的，而是非常微妙的。其所以微妙，在于它的审美作用。因此，韦勒克和沃伦说"一部文学作品，不是一件简单的东西，而是交织着多层意义和关系的一个极其复杂的组合体"[4]，韦勒克将其定义为"一个符号和意义的多层结构"[5]。显然，语言特征并不是决定性的，最重要的是文学作品提供了一种有别于科学真理的诗歌真理。他们认为文学文本的结构是有机的，所谓不纯诗论、张力论等都是为了强调诗中感性与理性的融合，是诗的兼蓄冲突经验的能力。新批评派影响最大的是他们所谓科学化批评，即以文本为中心的客观主义批评。他们强调文本是自足的批评对象，在批评时必须以文本为中心，所谓意图谬见和感受谬见正是这一文本中心立场的体现。[6]事实上，对文学语言与形式技巧的研究也正是新批评派对现代文论最重要的贡献。

无论是俄国形式派还是新批评派，形式主义诗学首先是从诗歌开展研究的。他们认为，诗是对普通语言的一种"强制"和"偏离"，提出了诗的语言和普通（或实用）语言的二元对立的命题。从某种意义上说，诗的语言是对普通语言的陌生化。同时，诗的诸如头韵之类的语音手段，也不是诗的意义的附属品，绝不仅仅是构成音乐性的因素，相反，它们本身就具备独立的意义。对于叙事文本的研究，他们也移植了诗歌研究的方法和成果，提出了故事—情节的二分法或二元对立。故事指动作本身，是叙事文本要讲述的事件，情节则是实际上所讲述的故事，也是使故事参与文学作品、使之美学效应化了的艺术技巧。可以说，情节是叙事艺术独有的特质或表征，是故事的陌生化。形式批评所关心的正是陌生化的过程的艺术手法和叙事技巧，是意象、象征、隐喻、神话、原型和符号体系等。总之，形式批评倡导以文学作品为主体的本体论批评，借助语言学方法对文学文本的构成因素与构成方式作了极为细致的分析与研究，对二十世纪西方文论的发展起到巨大的推动作用。

资料表明，钱锺书对形式批评是有着相当精深的了解的。钱锺书当年游学英法之际，正是形式批评在欧美颇为盛行之时，以钱锺书追踪世界文论新潮的热情，不可能未读到相关的论著。更为重要和直接的证据是，钱锺书著作中直接引述或涉猎了大量形式批评方面的大师名著，如瑞恰慈的《意义的意义》、艾略特的《文选》、维姆萨特和布鲁克斯的《文论简史》、韦勒克和沃伦的《文学理论》等。比如艾略特在《玄学派诗人》一文中将英国玄学派诗视为诗歌充满张力的创作范例，提出了所谓感性脱节论，认为对玄学派来说"一种思想是一种经验"，他们能"象闻到一朵玫瑰的芳香似地感到他们的思想"。[7] 对此，钱锺书就敏锐地指出"今人爱略脱论英国十七世纪玄学诗派，谓能以官感领会义理，实即黑格尔说之绪余"[8]。这些都充分表明了钱锺书对形式批评的深切理解。当然，出于钱锺书本人的批评趣味，他对形式批评的接受也存在某些误读。比如瑞恰慈曾将心理学和语义学引入新批评，但最终被新批评接纳的只有语义学，可以说新批评就是在与心理批评的论争中成熟起来的。而钱锺书始终对作者的创作心理、读者接受心理及其文学作品所表现的心理现象有着浓厚的兴趣，因此钱锺书对瑞恰慈的肯定也主要集中于心理学方面："老式的批评家只注重形式的或演绎的科学，而忽视实验的或归纳的科学；他们只注意科学的训练而并不能利用科学的发现。他们对于实验科学的发达，多少终有点'歧视'（不要说是'仇视'），还没有摆脱安诺德《文学与科学》演讲中的态度。这样看来，瑞恰慈先生的

《文学批评原理》确是在英美批评界中一本破天荒的书。它至少教我们知道,假使文学批评要有准确性的话,那末,决不是吟啸于书斋之中,一味'泛览乎诗书之典籍'可以了事的。我们在钻研故纸之余,对于日新又新的科学——尤其是心理学和生物学,应当有所借重。换句话讲,文学批评家以后宜少在图书馆里埋头,而多在实验室中动手。麦克斯伊斯脱曼先生称瑞恰慈为'旷古一遇的人——教文学的心理学家',诚非过当。"[9]这与其说是钱锺书的误读,不如说是钱锺书的选择。当然,我们现在不是论究钱锺书对形式批评本身的研究,而是考察钱锺书对形式批评的借鉴运用,尤其是钱锺书在沟通中国批评传统与形式批评方面的出色实践。这种沟通实践可以使我们在消化理解西方批评理论方面得到有益的启示。

二、陌生化原则

形式批评认为,形式主义的理论不是美学也不是方法论,而是一门独立存在的科学。对于他们来说,首要的任务不是怎样研究文学,而是文学研究的课题是什么。文学研究的对象不是统而言之的作为文献的文学,而应该是文学性,即使文学所以成为文学的那种东西。俄国形式派的奠基人什克洛夫斯基提出了陌生化这一中心概念,以此剖析文学的本质，认为陌生化手段是文学的文学性赖以产生的契机。什克洛夫斯基认为，在日常生活中，当事物经过人们反复感受之后，它就会越过人的感受而直接进入认知，或在人的经验中成为无意识的东西，从而使我们对自身、对周围的世界、对事物的具体性失去应有的感受能力，这也就是所谓习焉不察。而陌生化正是一种重新唤起人们对周围世界的兴趣和对事物的审美感受，充分发展人的诗意的丰富感觉的方法。什克洛夫斯基指出：

> 那种被称为艺术的东西的存在，正是为了唤回人对生活的感受，使人感受到事物，使石头更成其为石头。艺术的目的是使你对事物的感觉如同你所见的视象那样，而不是如同你所认知的那样；艺术的手法是事物的"反常化"手法，是复杂化形式的手法，它增加了感受的难度和时延，既然艺术中的领悟过程是以自身为目的的，它就理应延长；艺术是一种体验事物之创造的方式，而被创造物在艺术中已无足轻重。[10]

这种陌生化就是作品文学性的真正源泉。作为一个作者，他应该善于感受普通事物的特殊性，发现可能具有审美效果的艺术材料，并对它们进行选择和加工，使其由现实材料变形为真正的艺术成分，从而通过艺术成分的组合安排与布局配置，使之构成为艺术作品。作品全新的艺术构成可以使读者摆脱原有的感知定式，唤起全新的审美感受，从而获得真正的艺术享受。[11]

什克洛夫斯基的陌生化原则受到钱锺书的高度重视，他对诗学话语建构的陌生化原则产生了特别的兴趣。在论及梅圣俞的"以故为新，以俗为雅"（陈师道《后山诗话》）时，钱锺书就直接将它与俄国形式主义理论相阐发。人们对梅圣俞论诗所谓"状难写之境，含不尽之意"（欧阳修《六一诗话》）已耳熟能详，而对他所说的"以故为新，以俗为雅"长期以来却乏知音。唯独钱锺书把它与陌生化原则相比照，显示出它的独特价值：

> 近世俄国形式主义文评家希克洛夫斯基等以为文词最易袭故蹈常，落套刻板，故作者手眼须使熟者生，或亦曰使文者野。窃谓圣俞二语，凤悟先觉。夫以故为新，即使熟者生也；而使文者野，亦可谓之使野者文，驱使野言，俾入文语，纳俗于雅尔。……抑不独修词为然，选材取境，亦复如是。歌德、诺瓦利斯、华兹华斯、柯尔律治、雪莱、狄更斯、福楼拜、尼采、巴斯可里等皆言观事体物，当以故为新，即熟见生。聊举数家，山谷《奉答圣恩》所谓"观海诸君知浩渺"也。且明此谛非徒为练字属词设耳。[12]

通过这种比照与阐发不难发现,"以故为新,以俗为雅"原则或陌生化原则的价值就在于它们的普遍概括性,"不独修词为然,选材取境,亦复如是",文学创作中往往反常的程度越高,就越具美学价值。我们可以把它们作为解释文学创作诸多现象的一个基本原则。事实上,钱锺书在《谈艺录》、《管锥编》等著作中,已经运用陌生化原则生动地解说和剖析了从修词练句到材料裁选以至文学鉴赏等诸多现象,或者说从诸多现象中反复印证了陌生化原则的普遍性。

首先,陌生化是"古今修词同条共贯之理"[13]。从修词律例的角度看,"盖明知事之不然,而反词质诘,以证其然,此正诗人妙用。夸饰以不可能为能,譬喻以不同类为类,理无二致。……诗之情味每与敷藻立喻之合乎事理成反比例"[14]。在《毛诗正义·雨无正》一则中钱锺书进一步论述了"文字之本"与"语法程度"的问题,指出韵文局囿于字数、拘牵于声律,往往"困羁绊而难纵放,苦绳检而乏回旋,命笔时每恨意溢于句,字出乎韵,即非同狱囚之锒铛,亦类旅人收拾行縢,物多箧小,安纳孔艰。无已,'上字而抑下,中词而出外'(《文心雕龙·定势》),譬诸置履加冠,削足适屦。曲尚容衬字,李元玉《人天乐》冠以《制曲枝语》,谓'曲有三易',以'可用衬字、衬语'为'第一易';诗、词无此方便,必于窘迫中矫揉料理。故歇后、倒装，科以'文字之本'，不通欠顺，而在诗词中熟见习闻，安焉若素。此无他，笔、舌、韵、散之'语法程度'，各自不同，韵文视散文得以宽限减等尔"，对于诗词中由此而来的险仄尖新之句，那些不了解词章之学的传统经生往往墨守"文字之本"，大加贬斥。[15] 其实，从陌生化原则来看，突破"文字之本"恰恰正是创造全新审美效果的有效方式，普通语言中不通欠顺之处，往往正是诗文奇妙妥适之处。钱锺书对此曾作过深入的阐发：

捷克形式主义论师谓"诗歌语言"必有突出处，不惜乖违习用"标准语言"之文法词律，刻意破常示异；故科以"标准语言"之惯规，"诗歌语言"每不通不顺。实则瓦勒利反复申说诗歌乃"反常之语言"，于"语言中自成语言"。西班牙一论师自言开径独行，亦晓会诗歌为"常规语言"之变易，诗歌之字妥句适即"常规语言"中之不妥不适。当世谈艺，多奉斯说。余观李氏《贞一斋诗说》中一则云："诗求文理能通者，为初学言之也。论山水奇妙曰：'径路绝而风云通。'径路绝、人之所不能通也，如是而风云又通，其为通也至矣。古文亦必如此，何况于诗。"意谓在常语为"文理"欠"通"或"不妥不适"者，在诗文则为"奇妙"而"通"或"妥适"之至；"径路"与"风云"，犹夫"背衬"与"突出处"也。已具先觉矣。[16]

其次，陌生化原则作为一种艺术辩证法也推动了文学的发展。文学性和陌生化的相互运动，促进了文学形式和布局的变化，使文学史长期保持在不断自我革新、自我改造、自我生产的状态中。钱锺书明确指出，"文章之革故鼎新，道无它，曰以不文为文，以文为诗而已。向所谓不入文之事物，今则取为文料；向所谓不雅之字句，今则组织而斐然成章。谓为诗文境域之扩充，可也；谓为不入诗文名物之侵入，亦可也"[17]。这正是文学演变之源，所谓汉赋、唐诗、宋词、元曲之说，所谓"稗史传奇随世降而体渐升，'底下书'累上而成高文"[18]，都是文章革故鼎新的必然结果。某种意义上说，文学史的演变过程就是什克洛夫斯基所说的"次等的亚文学类型的经典化"[19]过程。不仅中国文学如此，西方文学亦如此。以诗歌而论，华兹华斯"力排词藻"，"即欲以向不入诗之字句，运用入诗也。雨果言'一切皆可作题目'，希来格尔谓诗集诸学之大成，即欲以向不入诗之事物，采取入诗也。此皆当时浪漫文学之所以自异于古典文学者。后来写实文学之立异标新，复有别于浪漫文学，亦不过本斯意而推广加厉，实无他道。俄国形式论宗许克洛夫斯基论文谓：百凡新体，只是向来卑不足道之体忽然列品入流。诚哉斯言，不可复易。窃谓执此类推，虽百世以下，可揣而知"。[20]正是秉持这种原则，钱锺书才可能对一些"新体"（新话语、新理论、新文体等）给予充分的关注与高度的评价。在《管锥编》、《谈艺录》等著作中,不仅有对精神分析、现象学、解构主义、阐释学、形式主义等新理论的精道评述,而且还有对普鲁斯特、伍尔芙、卡夫卡等现代主义作家作品的高度评价,而这些理论与作品在当时显然都是典型的"新体",远没有获得今天这样的经典地位。钱锺书之所以能"识英雄于风尘草泽之中,相骐骥于牝牡骊黄以外","衡文具眼,迈辈流之上,得风会之先","俟诸后世,其论不刊",[21]恐怕与其所秉持的陌生化原则有着密切的关系。有论者认为,钱锺书《围城》在语言创造与文体创新上也体现了陌生化原则,一方面大量比喻的使用,既体现了母语文化的深厚传统,又充满着经过现代意识过滤后的反讽性意味,大破中国文学袭常蹈故之陋习,而开标新立异之新花;另一方面以"围城"为中心的象征主义话语系统的建构,突破了中国传统讽刺小说现实主义话语机制。这与钱锺书称许什克洛夫斯基所谓"使熟者生"、"使文者野"的观点不谋而合。[22]这是不无道理的,即使钱锺书不是有意为之,《围城》事实上已获得了全新的审美效果。

再次,陌生化在审美鉴赏方面也是强化审美效果的有效手段。在文学史上,当文学性出现停滞不前的状况时,文学的陌生化原则会自动发挥作用,出现对传统形式的反叛和否定,再次使文学陌生化,让人们在一种新的审美感受和清新形式中展开阅读。对陌生化的文学文本,势必会产生两种截然不同的审美态度：一是拒斥，二是宽容。我们只有秉持陌生化的审美原则，才有可能对每一种陌生的文本产生认同、宽容，进而完成审美、鉴赏。钱锺书首先论述了文学创作出于规矩又不背于规矩的辩证规律，指出学诗当识"活法"，即"规矩备具，而出于规矩之外；变化不测，而不背于规矩"，"前语谓越规矩而有冲天破壁之奇，后句谓守规矩而无束手缚脚之窘；要之非抹杀规矩而能神明乎规矩，能适合规矩而非拘挛乎规矩"。[23]这是文学创作中自由与束缚、文学性与陌生化的互动关系。理解这一点，我们才能较为顺利地理解和欣赏文学文本中大量的陌生化努力。钱锺书进而论述了诗歌创作中字法句法陌生化实践，指出"律体之有对仗，乃撮合语言，配成眷属。愈能使不类为类，愈见诗人心手之妙"，所以作者总是竭力立异出奇，自别时流，甚至"曲折其句法以自困，密叠其字眼以自缚，而终之因难见巧，由险出奇，牵合以成的对"，正是在此意义上，钱锺书高度肯定了钱萚石"律诗中对格之新、古诗中章法句法之奇，其有志开拓诗界可见"。[24]我们只有在审美接受过程中对这些陌生化实践与努力给予充分的肯定性的评价，才有可能推动文学样式的不断更新与发展。也只有这样，我们才能真正认识和欣赏文学创作中的某些特殊现象，如钱锺书深入阐发过的通感。所谓通感，是一种感觉挪移，它破除了人类感觉器官的分类界限，将视觉、听觉、触觉、味觉等彼此打通,这在经验主义话语系统中几近荒诞,然而一旦进入诗歌领域,却极大地丰富了审美意象的构筑手段,成为激活诗人创造性想象的有效手段。正是因为诗人对事物"往往突破了一般经验的感受,有深细的体会",所以才推敲出新奇的诗句,"风吹梅蕊闹,雨细杏花香"(晏几道《临江仙》)、"歌声春草露,门掩杏花丛"(李贺《恼公》)、"古刀幽磬初相触,千珠贯断落寒玉"(韦应物《五弦行》)等诗句在陌生化的各种经验感觉的转换挪移中,也给予读者强烈而全新的审美享受。[25]

三、语境与含混

二十世纪以来,现代西方学术思想经历了重大的语言学转向,各种思潮流派都在不同程度上与语言学联姻,语言学的分析方式成为现代西方人文科学和社会科学研究的基本模式。新批评派尤其着力于文学的语言研究,认为只有语义学才是文学研究唯一科学的方法。瑞恰慈鲜明地提倡以一种文学语义学取代传统的旧修辞学,对文学文本中词语的功能作出充分的探索。瑞恰慈称自己的语义学为新修辞学,这门"新兴的修辞学,或者说一门研究词语理解正误的学科,必须承担起探索意义的任务。这种探索不但要像旧修辞学那样在宏观的范围里讨论文体的大量要素采取不同的处理方法时所产生的不同效果，而且还要在微观的范围里利用关于意义的基本推测单位结构的原理，以及这些原理及其相互联系得以产生的条件"[26]。瑞恰慈认为，意义从其产生起就具有一种原生的一般性和抽象性，而词语的意义更为复杂，它往往是通过语境来体现的，所以他提出了语境理论用以说明词语的复杂含义。对于瑞恰慈来说，语境不仅是一个词的上下文，而且可以扩大到与这个词有关的事物：

"语境"这种熟悉的意义可以进一步扩大到包括任何写出的或说出的话所处的环境；还可以进一步扩大到包括该单词用来描述那个时期的为人们所知的其他用法，例如莎士比亚剧本中的词；最后还可以扩大到包括那个时期有关的一切事情，或者与我们诠释这个词有关的一切事情。……最一般地说，"语境"是用来表示一组同时再现的事件的名称，这组事件包括我们可以选择作为原因和结果的任何事件以及那些所需要的条件。[27]

显然，瑞恰慈已经把语境的范围从传统的上下文的意义扩展到最大限度，不仅是共时性的"与我们诠释这个词有关的一切事情"，而且是历时性的"一组同时再现的事件"。尽管语境理论否定了一个词只有一种意义的说法，但它仍然只是允许某些合法词义的存在，而排斥了另一些不合法词义。它也使我们感到每个词义的多义性，因为每个词义都是以整个文明史为其支撑的，一个词义的获得犹似牵一发而动全身，是共时与历时多种语境交互作用的产物。[28]因此，"意义的语境理论将使我们有充分的思想准备在最大的范围里遇到复义现象"[29]。这种语境理论不仅是瑞恰慈语义学研究的核心，它对新批评的发展也起到了重要作用，正是在语境理论的基础上，新批评派发展了他们的细读、含混、悖论等一系列理论，甚至有人就把新批评派称为"语境主义"。

尽管钱锺书没有直接评述过瑞恰慈的语境理论，但他曾经清楚地表述过与语境理论相类似的观点，甚至就把"语境"一词翻译成了"终始"。钱锺书在论述《左传》中"不义不暱"这样的句式时，指出此类句法虽格有定式，而意难一准，或为因果句，或为两端句，所以"只据句型，末由辨察；所赖以区断者，上下文以至全篇、全书之指归也"。从这个意义上来讲，钱锺书认为王安石所谓"考其辞之终始，其文虽同，不害其意异也"乃明通之论，它与《孟子·万章》"不以文害词，不以词害志"，《庄子·天道》"语之所贵者，意也，意有所随"，可谓造车合辙。据此，钱锺书提出了自己的语境观："'文同不害意异'，不可以'一字一之'，而观'辞'（text）必究其'终始'（context）耳。论姑卑之，识其小者。两文俪属，即每不可以单文孑立之义释之。寻常笔舌所道，字义同而不害词意异，字义异而复不害

164

词意同，比比都是，皆不容'以一说蔽一字'。乾嘉'朴学'教人，必知字之诂，而后识句之意，识句之意，而后通全篇之义，进而窥全书之指。虽然，是特一边耳，亦只初桄耳。复须解全篇之义乃至全书之指（'志'），庶得以定某句之意（'词'），解全句之意，庶得以定某字之诂（'文'）；或并须晓会作者立言之宗尚、当时流行之文风，以及修词异宜之著述体裁，方概知全篇或全书之指归。积小以明大，而又举大以贯小；推末以至本，而又探本以穷末；交互往复，庶几乎义解圆足而免于偏枯，所谓'阐释之循环'者是矣。"[30]

显然，钱锺书的语境观与瑞恰慈的语境理论有着高度的一致性，都主张突破一字一句的辨析，在更大文本语境或"辞"中考察语词的复义性，从而对文本获得更为真切的解读。所不同的是，瑞恰慈一方面无限扩大语境的含义，另一方面却又始终局限于文本形式，无论他如何强调所谓共时性与历时性语境的交互作用，其最终目的还是为了说明所谓含混现象。他根本上还是一种语义学与修辞学的形式批评，他所有的考察都必然停留于形式的层面。从这个角度讲，钱锺书的语境理论显然已超越了瑞恰慈的语境理论。钱锺书一方面克服了乾嘉朴学的局限，坚持将语境规定于整个的文本或"辞"，另一方面又融合了现代阐释学的精义，注意到了文本语境与主体阐释的双向互动。瑞恰慈只是就文本论文本，就语词论语词，为了某种理论，不惜走向深刻的片面。而事实上，文学接受与审美活动的完成，有赖于文本与读者的双向互动，它们如"鸟之两翼、剪之双刃，缺一孤行，未见其可"[31]。因此，钱锺书从传统文本出发，既注重作品本体语境的自足性，又重视文本意义的开放性，引入积极的主体实践功能，强调"不宜枯蜗粘壁，胶执字训，而须究'词之终始'也"[32]，同时又须"触类旁通，无施勿可，初不拘泥于《诗》之本事本旨"[33]。只有在作者与读者双向互动、语词与语境循环阐释的过程中，才能最终完成对文本的解读。

一九三〇年，瑞恰慈的学生燕卜荪把瑞恰慈的语义学和语境理论具体运用于文学批评，完成了《含混七型》一书，产生了广泛影响，从此含混成为新批评派的核心概念之一。燕卜荪在该书中以大量例证说明复杂意义是诗歌一种强有力的表现手段，是诗歌语言特殊魅力之所在，并将这种现象称为含混，认为含混对诗歌语言本质提出了一种全新看法。所谓含混，"指的是读者感到二种解读都成立，而又多少可以被一种二者结合的意义所取代，这两者被用来构成一个明确的结构"[34]。燕卜荪把含混分成七种类型，第一型指一物与另一物相似，却又有几种不同性质的相似；第二型指上下文引起数义并存，又称语法性复义；第三型指一词在上下文中具有两层意思，如双关语；第四型指一个陈述语的两个或更多的意义互不一致，但能结合起来反映作者的思想状态；第五型指作者一边写一边才发现自己的真意所在，造成一词在上文是一个意思，在下文又是另一个意思；第六型指陈述语字面意义累赘矛盾，迫使读者找出多种互相冲突的解释；第七型指一词的两义正是上下文所规定的恰好相反的意义。有论者对燕卜荪的含混理论作出了精辟的概括：一是"同一陈述被语境选择出几个同时并存的意义，这些意义不是分立的歧解，而是能互相补充互相复合，组成一个意义复杂而丰富的整体"；二是"这种复义应是同一民族经过一般阅读诗歌训练的大多数读者都能领会的，不包括只涉及个人经验的联想，也不包括只有专家才能体会到的语源或僻典暗指"；三是"诗歌中，尤其现代诗歌中，充塞着大量'无能含混'"，这不是真正的复义，"彻底研究复义，必然要进入文学作品的总体性研究，包括历史的社会的背景研究"。[35]

如果说钱锺书对语境理论还有所保留的话，那么对含混则给予了充分的肯定。钱锺书不仅把含混与厄尔曼《语义学》中"作为风格策略的含混"、诺沃提尼《诗人语言》中的"含混与'含混'"以及弗莱《批评的剖析》中"多重意义原则"（弗莱指出，一部文学作品总是蕴含着多种多样的或一连串的意义，所谓"多重意义原则"已成为公认的事实[36]）相沟通，以说明含混作为一种修辞手段的普遍性，而且以《离骚》为例具体说明了含混的美学效用，并提出了含混概念的中国式表述，即"句法以两解为更入三昧"、"诗以虚涵两意见妙"：" '謇吾法夫前修兮，非世俗之所服'；

《注》:'言我忠信謇謇者,乃上法前世远贤,固非今时俗人之所服行也;一云"謇"、难也,言已服饰虽为难法,我仿前贤以自修洁,非本今世俗人之所服佩。'按王说是矣而一间未达,盖不悟二意之须合,即所谓'句法以两解为更入三昧'、'诗以虚涵两意见妙'(李光地《榕村语录》正编卷三〇、王应奎《柳南随笔》卷五),亦即西方为'美学'定名立科者所谓'混含'是也。此乃修词一法,《离骚》可供隅反。'修'字指'远贤'而并指'修洁','服'字谓'服饰'而兼谓'服行'。一字两意,错综贯串,此二句承上启下。上云:'揽木根以结茝兮,贯薜荔之落蕊,矫菌桂以纫蕙兮,索胡绳之纚纚',是修饰衣服,'法前修'如言'古衣冠';下云:'虽不周于今之人兮,愿依彭咸之遗则','今之人'即'世俗','依遗则'即'法前修',是服行以前贤为法。承者修洁衣服,而启者服法前贤,正见二诠一遮一表,亦离亦即。……'修'与'服'或作直指之词,或作曲喻之词,而两意均虚涵于'謇吾'二句之中。"[37]

应该说,钱锺书这里所阐述的《离骚》中的含混运用,是比较严格意义上的含混概念。如果我们根据燕卜荪七种含混类型的界定来看,钱锺书曾多次论述的双关、曲喻、比喻之多边等显然也属于含混的题中应有之义。中国语言本身就有含糊浮泛的特征,这是由于情事的"晦昧杂糅","殊情有贯通之绪,故同字涵分歧之义",[38]加之"涉笔成趣,以文为戏,词人之所惯为",这就造成中国文本中同样存在大量生动的含混例证,比如"陶潜《止酒》诗以'止'字之归止、流连不去('居止'、'闲止')与制止、拒绝不亲('朝止'、'暮止')二义拈弄",这就是典型的一字而含双关、一字而兼指与旨也。[39]这是双关。

其次是比喻之两柄多边。钱锺书对比喻的论述十分集中而深入,其中最具理论意义的是他提出的比喻之两柄多边:"同此事物,援为比喻,或以褒,或以贬,或示喜,或示恶,词气迥异;修词之学,亟宜拈示。斯多噶派哲人尝曰:'万物各有二柄',人手当择所执。刺取其意,合采慎到、韩非'二柄'之称,聊明吾旨,命之'比喻之两柄'可也。"钱锺书明确指出,"比喻有两柄而复具多边。盖事物一而已,然非止一性一能,遂不限于一功一效。取譬者用心或别,着眼因殊,指同而旨则异;故一事物之象可以孑立应多,守常处变"。[40]同样一个喻体,却可能产生截然不同的效果,这种多边效应可能正是含混产生的绝好温床。文章狡狯,游戏三昧,"取"物一节而又可以并"从"其余,引喻"取分"而又不妨充类及他,这不正是另一种形态的含混吗?[41]

最后是曲喻。新批评派推崇英国玄学派诗人,认为玄学派诗充满张力。钱锺书则从玄学诗派的曲喻来说明诗人创作中比喻的运用,指出理论思辨与诗歌创作是不一样的,前者需要的是"慎思明辨",而"诗人修辞,奇情幻想,则雪山比象,不妨生长尾牙;满月同面,尽可妆成眉目"。钱锺书认为英国玄学诗派的曲喻就多属此例。中国最擅此法的是李商隐,"着墨无多,神韵特远。如《天涯》曰:'莺啼如有泪,为湿最高花',认真'啼'字,双关出'泪湿'也;《病中游曲江》曰:'相如未是真消渴,犹放沱江过锦城',坐实'渴'字,双关出沱江水竭也。《春光》曰:'几时心绪浑无事,得及游丝百尺长',执着'绪'字,双关出'百尺长'丝也"。[42]这些诗作中曲喻之运用,出奇见巧,显然也不妨视为含混之创造。钱锺书对双关、比喻、曲喻等内容的阐述与发明,无疑会大大丰富含混概念的理论内涵。

四、意图谬见·悖论·细读

新批评派认为,文学作品涉及三R原则,即作者(writer)、作品(writing)和读者(reader),研究的重心不同,就会产生不同的批评,关注作者创作作品的过程就是历史社会式批评,关注读者对作品的反应就是文艺社会学批评。而新批评派以作品为本体,研究作品自身所包括的全部价值和意义,这就是所谓客观主义批评,兰色姆称之为本体论批评。在新批评之前,没有一个批评派别提出过如此明确的只在作品中分析其意义的要求,但大部分新批评派坚持这种绝对的客观主义时更多的是出于策略上的考虑。[43]到了第二次世界大战后,威廉·维姆萨特和蒙罗·C.比尔兹利合写的《意图谬见》(一九四六年)和《感受谬见》(一九四八年)则试图给新批评的客观主义以理论的彻底性。他们明确指出:

> 意图谬见在于将诗和诗的产生过程相混淆,这是哲学家们称为"起源谬见"的一种特例,其始是从写诗的心理原因中推衍批评标准,其终则是传记式批评和相对主义。感受谬见则在于将诗和诗的结果相混淆,也就是诗是什么和它所产生的效果。这是认识论上怀疑主义的一种特例,虽然在提法上仿佛比各种形式的全面怀疑论有更充分的论据。其始是从诗的心理效果推衍出批评标准,其终则是印象主义和相对主义。不论是意图谬见还是感受谬见,这种似是而非的理论,结果都会使诗本身作为批评判断的具体对象趋于消失。[44]

维姆萨特和比尔兹利通过意图谬见与感受谬见说明文学研究只需研究作品即可,只与作品本身有关,而不必考虑作者与读者。他们举出大量例证,说明作品意义与作者的自觉不自觉是两回事,即使有作者明确宣称的意图,也不能作为批语的依据。同样,读者的感受也不可靠。如果考虑作者与读者，往往会产生心理谬见，以主观代替客观，从而放弃了客观的规范化的批评标准。真正科学的研究方式就是韦勒克与沃伦的《文学理论》所总结的那样，把作品视为一个由符号和意义组成的多层结构，把文学研究的出发点转向解释和分析文学作品与文学内在结构本身。[45]

对于新批评的这一理论，钱锺书是有所选择的。一方面他摒弃了新批评纯粹以文本结构为中心的客观主义批评，另一方面他阐述了文学创作中心手相乖的复杂关系，从一个侧面证明意图谬见与感受谬见的合理性。钱锺书在论述陆机《文赋》"恒患意不称物，文不逮意"中的"意"、"文"、"物"三者之关系时，曾引述新批评的理论："近世西人以表达意旨为三方联系，图解成三角形：'思想'或'提示'、'符号'、'所指示之事物'三事参互而成鼎足"，指出"思想"或"提示"就是所谓"意"，"符号"就是所谓"文"，而"所指示之事物"则是所谓"物"。钱锺书据此进一步分析了作文与达意之间的复杂关系："盖知文当如何作（而发为词章，一也；知文当如是作而著为科律，二也。始谓知作文、易，而行其所知以成文、难；继则进而谓不特行其所知、难，即言其所知以示周行，亦复大难。知而不能行，故曰'文不逮意'；知而不能言，故曰'难以辞达'、'轮扁所不得言'，正如《吕氏春秋·本味》伊尹曰：'鼎中之变，精妙微纤，口弗能言，志不能喻。'"[46]

可见，作者心中所想与文中所写往往并不能同一，心手相乖的矛盾是文学创作中的一个普遍现象。从这个角度看，意图谬见说是不无道理的。如果我们把钱锺书关于"得诸巧心而不克应以妍手"的论述视为意图谬见的话，那么钱锺书关于立意行文与立身行世之关系的论述则不妨视为感受谬见。人们常说"文如其人"，布封的"风格即人"更是广为流传。这种说法当然有它的合理性，但不具备普适性。钱锺书通过大量的举证，说明文章与人品、言语、行动往往并不能一致，如果我们只是一味地从作者为人来评价作品或从作品来推断作者为人，那都不可避免地陷入"感受谬见"。巨奸可以有忧国语，热中人能作冰雪文。"作者修词成章之为人"与"作者营生处世之为人"未宜混为一谈："立意行文与立身行世，通而不同，向背倚伏，乍即乍离，作者人人殊；一人所作，复随时地而殊；一时一地之篇章，复因体制而殊；一体之制复以称题当务而殊。若夫齐万殊为一切，就文章而武断，概以自出心裁为自陈身世，传奇、传纪，权实不分，睹纸上谈兵、空中现阁，亦如痴人闻梦、死句参禅，固学士所乐道优为，然而慎思明辩者勿敢附和也。……学者如醉人，不东倒则西欹，或视文章如罪犯直认之招状，取供定案，或视文章为间谍密递之暗号，射覆索隐；一以其为实言身事，乃一己之本行集经，一以其为曲传时事，乃一代之皮里阳秋。楚齐均失，臧谷两亡，妄言而姑妄听可矣。"[47]

钱锺书的这些论述完全可以视为关于意图谬见与感受谬见的精彩议论。不过,应该指出的是,虽然钱锺书的这些论述与新批评理论有着相当的一致性,但毕竟还有着根本性的区别。钱锺书认识到了意图谬见与感受谬见的合理性,但没有像新批评那样据此把文学研究局限于文本形式与内在结构,而是在此基础上进一步完善了他的阐释学理论,即文本的意义的实现,既离不开文本自身,也离不开作者的意图与读者的阐释。成功的作品不可凑泊,不仅读者不能完全认知作品的意蕴,而且作者自己也感叹"文章本天成,妙手偶得之"(陆游《文章》)。作者意图仅仅是作品的出发点,作品一旦完成就已经被赋予了更为丰富的含义与意图。阐释活动不是简单地对作者意图的图解,而应该是在文本基础上的全新阅读,某种程度上读者的介入才最终完成文本阐释的活动。因此,阐释也如参禅,参禅贵活,要能舍筏登岸,而不可像新批评那样执着本文,死在句下。[48]

如果说意图谬见、感受谬见代表了新批评文本中心式的客观主义理论,那么反讽、悖论则是新批评诗歌语言研究的重要概念。反讽和悖论是修辞学上的古老概念,经过布鲁克斯的改造则成为新批评理论的重要内容。所谓悖论,是指一种表面上荒谬实际上却真实的表述,亦即似非而是;或表面上真实,实际上却荒谬的表述,亦即似是而非;总之是指表述上的矛盾。布鲁克斯在《悖论语言》一文中详细阐述了这一概念,指出诗的语言就是悖论语言,"可以说,悖论正合诗歌的用途,并且是诗歌不可避免的语言。科学家的真理要求其语言清除悖论的一切痕迹;很明显,诗人要表达的真理只能用悖论语言"。[49]为了说明这一论点,布鲁克斯还在《精致的瓮》中具体分析了大量诗作,证明悖论就是诗歌语言的本质因素。所谓反讽,主要是指字面意义与未说出的实际意义相互对立,也就是"口非心是",它与悖论的共同性在于,无论是悖论还是反讽,它们都表现了一种矛盾的语义状态,采取的都是旁敲侧击、声东击西的表现手法。布鲁克斯把反讽视为诗歌的一种结构原则,是语词受到诗境压力而产生的对原义的修正。它存在于任何类型的诗歌中,甚至最简朴的抒情诗中。一个完全没有反讽可能性的陈述语,其意义是不受任何语境的影响的,而诗歌不可能是抽象的陈述语,诗中的任何陈述语都得承担语境的压力,其意义都受语境的修饰。因此,诗的语言就是反讽语言。显然,对于新批评派而言,反讽与悖论并没有多大的差别,它们都是一种语言技巧,同时也是作品整体的方法或策略。[50]

应该说,在新批评的概念中,反讽或悖论是与钱锺书关系较为密切的两种。一方面钱锺书论述了中国语言中的反讽悖论现象,另一方面他自己的文学创作中也较多运用了反讽悖论的技巧。钱锺书早在《评曹著落日颂》一文中就已提出:"每一种修词的技巧都有逻辑的根据(这也许因为我喜欢Logilc-chopping罢？）；一个诡论，照我看来，就是缩短的辩证法三阶段。"[51] 在《管锥编》中又由陶侃《答慕容廆书》"收屈卢必陷之矛，集鲛犀不入之盾"，谈到《韩非子》所谓"不可陷之盾与无不陷之矛，为名不可两立"，认为这就是名学之"两刀论法"，即悖论。[52] 在论述《老子》第七十八章时更集中论述了老子正言若反的语言策略，指出这种语言策略"即修词所谓'翻案语'与'冤亲词'"，其实就是一种最为典型的正话反说的反讽类型：

有两言于此，世人皆以为其意相同相合，例如"音"之与"声"或"形"之与"象"；翻案语中则同者异而合者背矣，故四一章云："大音希声，大象无形"。又有两言于此，世人皆以为其意相违相反，例如"成"之与"缺"或"直"之与"屈"；翻案语中则违者谐而反者合矣，故四五章云："大成若缺，大直若屈。"复有两言于此，一正一负，世人皆以为相仇相克，例如"上"与"下"，冤亲词乃和解而无间焉，故三八章云："上德不德"。此皆苏辙所谓"合道而反俗也"。然犹皮相其文词也，若抉髓而究其理，则否定之否定尔。反正为反，反反复正；"正言若反"之"正"，乃反反以成正之正，即六五章之"与物反矣，然后乃至大顺"。如七章云："以其不自生，故能长生。……非以其无私耶？故能成其私"。夫"自生"、正也，"不自生"、反也，

"故长生"、反之反而得正也;"私"、正也,"无私"、反也,"故成其私"、反之反而得正也。他若曲全枉直、善行无辙、祸兮福倚、欲歙固张等等,莫非反乃至顺之理,发为冤亲翻案之词。[53]

这种反讽悖论类型在中国诗文或语言中十分普遍,比如岑参《白雪歌送武判官归京》"忽如一夜春风来,千树万树梨花开"是夸大陈述式的反讽;柳永《八声甘州》"叹年来踪迹,何事苦淹留?"是一种否定式反讽;王翰《凉州词》"醉卧沙场君莫笑,古来征战几人回"是一种主题性反讽;杜甫《江亭》"寂寂春将晚,欣欣物自荣"则是典型的悖论。钱锺书指出,宋词、元曲以来,"可憎才"、"冤家"已成"词章中称所欢套语",类似于文艺复兴诗歌中的"甜蜜仇人"、"亲爱敌家"、"亲爱仇人"等。这些说法,"按之心行,则爱憎乃所谓'两端感情',文以宣心,正言若反,无假解说"。[54]钱锺书在注解王禹偁《村行》"数峰无语立斜阳"时则道出了这种反讽的美学机制:

按逻辑说来,"反"包含先有"正",否定命题总预先假设着肯定命题。王夫之《思问录·内篇》所谓:"言'无'者,激于言'有'而破除之也。"诗人常常运用这个道理。山峰本来是不能语而"无语"的,王禹偁说它们"无语",

或如龚自珍《己亥杂诗》说"送我摇鞭竟东去,此山不语看中原",并不违反事实;但是同时也仿佛表示它们原先能语、有语、欲语而此刻忽然"无语"。这样,"数峰无语"、"此山不语"才不是一句不消说得的废话。改用正面的说法,例如"数峰毕静",就减削了意味,除非那种正面字眼强烈暗示山峰也有生命或心灵,像李商隐《楚宫》:"暮雨自归山悄悄。"有人说,秦观《满庭芳》词:"凭栏久,疏烟淡日,寂寞下芜城"比不上张昇《离亭燕》词:"怅望倚层楼,寒日无言西下",也许正是这个缘故。[55]

钱锺书所分析和赞赏的正言若反的反讽悖论同样出现在他自己的文学作品中,正如有论者分析的那样,"蕴涵着真理的佯谬"成为他作品的一个突出特点。《魔鬼夜访钱锺书先生》中说:"你要知道一个人的自己,你得看他为别人做的传;你要知道别人,你倒该看他为自己做的传。自传就是别传。"《窗》中说:"学问的捷径,在乎书背后的引得,若从前面正文看起,反见得愈远了。""这些话或似是而非,或似非而是,或形同悖论,或正经话作荒唐语,充满了佯谬,又充满了真理","智慧就在于从矛盾中发现为人们所忽视或所误会或所掩盖的内在统一"。[56] "围城"意象则更是集中体现了"当境厌境,离境羡境"的永恒悖论,揭示了追求与失望的永恒矛盾。钱锺书作品中的这些反讽悖论既有语义上的，也有作品意义与文字风格上的，还有作品主题上的，往往寥寥数语或淡淡的叙述，表达了用别的方式很难表达的复杂感情，较为生动地体现了反讽悖论的丰富内涵，赋予作品以一种令人着迷的深度。

如前所述，无论是俄国形式派的文学自足论，还是新批评的本体论批评或文本批评，形式批评都立足于作品，对文本的构成因素与构成方式，尤其是文本的语义特征进行细致的分析与研究。他们所使用的最主要的批评方法就是所谓细读法，着重对具体的文学文本作细腻的解读。正是在细读的基础上，形式批评才提出了陌生化、语境、含混、张力、比喻、悖论反讽等一系列的理论概念。钱锺书几乎没有对细读法本身作过评述，但他宣称自己的兴趣在于"具体的文艺鉴赏和评判"，在批评的具体性和微观性上，钱锺书又与细读法不相上下。[57]对具体文本形式、文本内涵、现象话语的细读与赏析，贯穿于钱锺书著作的始终。从某种意义上说，钱锺书的细读与赏析也是一种典型的细读式批评，其中既有对各种创作现象修辞手法的归纳，也有对具体文本的鉴赏，还有对形式背后诗学问题的探析。

首先，在文本细读过程中，钱锺书特别属意于抉发归纳总结各种创作现象与修辞手法，比如比喻之两柄多边、丫叉句法、蟠尾章法、每况愈上法、鸟瞰势、替代字、正仿与反仿等。这些写作手法或修辞现象大量存在于中西诗文，但人们习焉不察，以至淹没无闻。钱锺书通过细读对它们细加抉发汇通，并从理论上加以提升。以替代字为例，钱锺书广泛考察了中外文本中替代字的运用与演变，指出"吾国作者于兹擅胜，规模宏远，花样繁多。骈文之外，诗词亦尚。用意无他，曰不'直说破'，俾耐寻味而已"[58]。钱锺书进而对替代字作了分类，一种"拟状事物之性态，以代替事物之名称"，如韩、孟《城南联句》以"红皱"、"黄团"代"枣"、"瓜"，长吉《吕将军歌》以"圆苍"代"天"，《雁门太守行》以"玉龙"代"剑"等；一种"征引事物之故实，以代事物之名称"，如以"雕虫"代"作赋"，以"烹鲤"代"寄书"，以"禁火"代"寒食"等。由此指出，这两种替代，"一就事物当身本性，一取事物先例成语，二者殊途同揆，均欲避直言说破，而隐曲其词耳"[59]。再比如钱锺书在论及宋玉《登徒子好色赋》时发现"天下之佳人，莫若楚国，楚国之丽者，莫若臣里，臣里之美者，莫若臣东家之子"中"佳"、"丽"、"美"三变其文，造句相同而选字各异，这种句法"如拾级增高，仿佛李商隐《楚望》之'山上离宫宫上楼'或唐彦谦《寄同人》之'高高山顶寺，更有最高人'"，钱锺书将它命名为每况愈上句法。西方词学命为阶进或造极语法。钱锺书认为，"斯法不仅限于数句，尚可以成章谋篇"，其中最成功的莫过于陆机《文赋》中的一节："含清唱而靡应。……故虽应而不和。……故虽和而不悲。……又虽悲而不雅。……固既雅而不艳","五层升进,一气贯串,章法紧密而姿致舒闲,读之猝不觉其累叠"。[60]经过钱锺书的抉发汇通,这些修词手法或创作现象也就获得了相应的理论价值。

其实,钱锺书对创作现象和修词手法的归纳与对具体文本的鉴赏往往是融合为一的,归纳来自对文本的大量细读鉴赏,而文本的细读鉴赏又为归纳提供了最生动的例证。钱锺书反复强调要"涵泳本文"[61],这其实也是一种细读,只不过钱锺书的细读不是纯粹文本形式的剖析,更多的是对具体文本的鉴赏。《谈艺录》、《管锥编》、《宋诗选注》中随处可见十分精彩的文本细读与鉴赏,并且在细读与鉴赏中纠正前人的误读、追溯文本渊源或点化某种现象,从而完成对文本的全新读解。比如前人指摘陶渊明《归去来兮辞》的谋篇之疵,本来是想象之事却写成了追录之语。钱锺书细读后却认为,"自'舟遥遥以轻飏'至'亦崎岖而经丘'一节,叙启程之初至抵家以后诸况,心先历历想而如身正一一经",这种写法早在《诗经·豳风·东山》中就已运用,"陶文与古为新,逐步而展,循序而进,迤逦陆续,随事即书,此过彼来,各自现前当景",陶文"非回忆追叙,而是悬想当场即兴,顺风光以流转,应人事而运行",前人的指摘其实是对陶文的误读,钱锺书进而指出,"夫诗之成章,洵在事后,境已迁而迹已陈,而诗之词气,则自若应机当面,脱口答响",这不妨视为文学创作的一个基本规律。[62]钱锺书由《史记·淮阴侯列传》中"信度:'何等已数言上,上不我用。'即亡"论及"一人独白而宛如两人对语"手法在《三国志》、《太平御览》以及白居易、韩愈、樊宗师等人的诗文中时时可见,而"后世小说家代述角色之隐衷,即传角色之心声,习用此法,蔚为巨观",如《水浒》、《红楼梦》、《西游记》中均屡见不鲜。虽然《史记》诸例比起这些长篇来,"似江海之于潢污",但钱锺书认为从追溯渊源的角度来看,《史记》的草创之功,不可不录焉。[63]钱锺书对王荆公《岁晚》("月映林塘静,风涵笑语凉。俯窥怜绿净,小立伫幽香。携幼寻新菂,扶衰坐野航。延缘久未已,岁晚惜流光。")的细读则点化了某种应引以为戒的创作弊端。钱锺书认为,"岁晚"当是"晚岁"之意,谓年老也,"因所赋不类凋年冬色。然既以'月'领起全篇,而诗中情景殊非夜间事;琢句虽工,谋篇未善"。即使是"明月转空为白昼"(王荆公《登宝公塔》),"池'塘'之'绿净'亦'映'而'窥'勿得见。此等破绽,皆缘写景状物时,以'心中所忆'搀糅入眼前所睹'"。不仅诗歌中如此,小说院本中每亦有之。这种"观物不切,体物不亲,其患在心腹者乎"。[64]

诚如钱锺书所指出的,"诗学亦须取资于修辞学耳"[65]。形式批评不能仅仅停留于形式,而应该由形式上升到对诗学问题的思考。因此,钱锺书对文本的细读鉴赏往往是为了说明更深层的诗学问题，如艺术风格的承传、作者的诗心文心或某些诗学规律，这正是钱锺书与西方形式批评的最大不同。钱锺书读元好问的五古、七律，每每发现其波澜意度，似得力简斋。但是他对于宋代诗人，只诵说东坡，而对江西宗派不屑一顾，更无只语道及简斋诗作。可是钱锺书通过对大量诗作的细读，指出了两者的惊人相似和师承关系，师承往往有两种情况，"古来作者于己之入手得力处，往往未肯探怀而示；或则夸而饰之，如蒋子潇之自言'初学三李'，或则默而存之，如定庵之勿道金寿门"，所谓"鸳鸯绣出从君看，不把金针度与人"（《五灯会元》卷十四）。[66]而遗山之于简斋恰恰就属于后者，钱锺书据此寻绎出遗山的艺术师承：

遗山与简斋为文字眷属，向来论诗，都不了此段。渠虽大言"北人不拾江西唾"（《自题中州集后》第二首），谈者苟执着此句，忘却渠亦言："莫把金针度与人"（《论诗》第三首），不识其于江西诗亦颇采柏盈掬，便"大是渠侬被眼谩"（《论诗三十首》之十四）矣。简斋五七古自山谷入，五律几未能从后山出，知诗者展卷可辨，纳之入江西派，未为枉屈。盖勤读诗话，广究文论，而于诗文乏真实解会，则评鉴终不免有以言白黑，无以知白黑尔。[67]

从以上论述可以看到，钱锺书之于形式批评既有一致，更有超越。如果说形式批评只是对文本的内在结构进行纯粹的语义分析，那么钱锺书则是从形式批评入手，从修辞学、叙事学、语言学等角度进行"具体的文艺鉴赏和评判"，并由形式批评层面深入到了对诗学问题的探析。钱锺书的形式批评，说到底还是为了达到鉴赏的目的，因此与其说是一种形式批评，不如说是一种鉴赏审美，形式批评与审美细读完美地融为了一体。也正是在此层面上，钱锺书实现了对西方形式批评的某种超越。

注 释

1 方珊：《形式主义文论》，山东教育出版社，1999年，第15–38页。
2 艾伦·退特：《论诗的张力》，载赵毅衡编选《"新批评"文集》，中国社会科学出版社，1988年，第117页。
3 张首映：《西方二十世纪文论史》，北京大学出版社，1999年，第148页。
4 韦勒克、沃伦：《文学理论》，刘象愚等译，生活·读书·新知三联书店，1984年，第16页。
5 韦勒克：《比较文学的危机》，载张隆溪选编《比较文学译文集》，北京大学出版社，1982年，第31页。
6 乐黛云等主编：《世界诗学大辞典》，第613–614页。
7 T. S. 艾略特：《玄学派诗人》，载赵毅衡编选《"新批评"文集》，第34页。
8 钱锺书：《谈艺录》，第232页。
9 钱锺书：《美的生理学》，《新月》1932年第4卷第5期。
10 什克洛夫斯基：《作为手法的艺术》，载维克托·什克洛夫斯基等著《俄国形式主义文论选》，方珊等译，生活·读书·新知三联书店，1989年，第6页。
11 方珊：《形式主义文论》，第56–62页。
12 钱锺书：《谈艺录》，第320–322页。
13 钱锺书：《管锥编》，第149页。
14 钱锺书：《管锥编》，第74页。
15 钱锺书：《管锥编》，第149–151页。
16 钱锺书：《谈艺录》，第532页。
17 钱锺书：《谈艺录》，第29–30页。
18 钱锺书：《管锥编》，第1420–1421页。
19 钱锺书：《管锥编》，第1421页注1。
20 钱锺书：《谈艺录》，第34–35页。
21 钱锺书：《管锥编》，第1446页。
22 胡河清：《真精神与旧途径：钱锺书的人文思想》，第69页。

23 钱锺书:《谈艺录》,第439页。
24 钱锺书:《谈艺录》,第185–192页。
25 钱锺书:《通感》,载氏著《七缀集》,第63–78页。
26 I. A. 瑞恰慈:《论述的目的和语境的种类》,载赵毅衡编选《"新批评"文集》,第288页。
27 I. A. 瑞恰慈:《论述的目的和语境的种类》,第295–296页。
28 方珊:《形式主义文论》,第165–170页。
29 I. A. 瑞恰慈:《论述的目的和语境的种类》,第301页。
30 钱锺书:《管锥编》,第168–171页。
31 钱锺书:《管锥编》,第171页。
32 钱锺书:《管锥编》,第324页。
33 钱锺书:《谈艺录》,第416页。
34 赵毅衡:《新批评:一种独特的形式主义文论》,中国社会科学出版社,1986年,第172页。
35 赵毅衡:《新批评:一种独特的形式主义文论》,第175–176页。
36 Northrop Frye, *Anatomy of Criticism*, Princeton University Press, 1957, pp. 72-73.
37 钱锺书:《管锥编》,第589–590页。
38 钱锺书:《管锥编》,第1056页。
39 钱锺书:《管锥编》,第459–460页。
40 钱锺书:《管锥编》,第37–41页。
41 钱锺书:《管锥编》第五册,第132–133页。
42 钱锺书:《谈艺录》,第22页。
43 赵毅衡:《新批评:一种独特的形式主义文论》,第77–79页。
44 威廉·K. 维姆萨特、蒙罗·C. 比尔兹利:《感受谬见》,载赵毅衡编选《"新批评"文集》,第228页。
45 方珊:《形式主义文论》,第137–138页。
46 钱锺书:《管锥编》,第1177–1180页。参阅《管锥编》第507–510页。
47 钱锺书:《管锥编》,第1388–1390页。参阅《谈艺录》第161–165、210–211页。

48 参阅本书第一章。

49 克林思·布鲁克斯:《悖论语言》,载赵毅衡编选《"新批评"文集》,第314页。

50 克林思·布鲁克斯:《反讽:一种结构原则》,载赵毅衡编选《"新批评"文集》,第333–337页。另参阅赵毅衡《新批评:一种独特的形式主义文论》第八章。

51 钱锺书:《评曹葆落日颂》,《新月》1933年第4卷第6期。

52 钱锺书:《管锥编》,第1219页。

53 钱锺书:《管锥编》,第463–464页。

54 钱锺书:《管锥编》,第1058–1059页。

55 钱锺书:《宋诗选注》,第8页。

56 王依民:《读〈写在人生边上〉》,《读书》1986年第3期。

57 甘建民:《细读法和钱钟书的微观批评》,载乐黛云主编《欲望与幻象:东方与西方》,江西人民出版社,1991年,第236页。

58 钱锺书:《管锥编》,第1474页。参阅钱锺书《谈艺录》第247–250、563–568页等。

59 钱锺书:《谈艺录》,第564页。

60 钱锺书:《管锥编》,第870–871页。

61 钱锺书:《管锥编》,第1225页。

62 钱锺书:《管锥编》,第1225–1227页。

63 钱锺书:《管锥编》,第337–338页。

64 钱锺书:《谈艺录》,第395–396页。

65 钱锺书:《谈艺录》,第243页。

66 钱锺书:《谈艺录》,第465页。

67 钱锺书:《谈艺录》,第481页。

第四章　跨文学与跨文化对话：钱锺书与比较文学

一、超迈前贤的卓识

几乎所有关于比较文学方面的论著都将《谈艺录》、《管锥编》、《七缀集》等视为比较文学的经典之作，将钱锺书视为中国比较文学举足轻重的大家。但是，钱锺书却从未认可过他的比较文学家的身份，很不愿意被贴上比较文学的标签，明确宣称他的方法并非一般意义上的比较文学。[1]的确，把钱锺书的著作完全纳入比较文学或某种西学，是十分冒昧与愚蠢的企图。对于现代西学，钱锺书完全采取了兼收并蓄的态度，始终坚持在不同的理论立场与思想境界之间自由穿梭，借助于不同的立场与方法，沟通中西，解构学科藩篱，创辟他独特的话语空间。因此，比较文学只是钱锺书所借鉴的理论立场之一，它已经与其他现代西学的理论立场融为了一体。钱锺书著作中不仅有跨文化、跨语言的比较文学研究，更有大量打通古今、旁及百科的比较研究，这或许就是钱锺书所谓并非一般意义的真正含义。我们将钱锺书与比较文学独立出来加以论述，也只不过是为了行文的方便而已。

尽管钱锺书自述他的方法并非一般意义上的比较文学，但是比较文学又是所有现代西学中他直接论述最多的一种。他不仅对比较文学提出了大量的精见卓识，而且他的全部著作也呈现出强烈的比较文学的特征，可以说，钱锺书从理论到实践，都为中国比较文学的发展作出了超迈前贤的巨大贡献。

钱锺书关于比较文学方面的论述与研究，大量散见于《谈艺录》、《管锥编》、《七缀集》及一些单篇著作。早在一九四六年的《小说识小续》中，钱锺书就将中国古代小说与外国小说加以比较，或平行类比，或追溯渊源，作了颇为精彩的比较文学研究，并且深刻地指出："近世比较文学大盛，'渊源学'更卓尔自成门类。虽每失之琐屑，而有裨于作者与评者皆不浅。作者玩古人之点铁成金，脱胎换骨，会心不远，往往悟入，未始非他山之助。评者观古人依傍沿袭之多少，可以论定其才力之大小，意匠之为因为创。"[2]一九七九年，钱锺书随中国社会科学院代表团访美，自称比较文学是他的"余兴",与美国比较文学界的大师级人物,如"耶鲁的Lowry Nelson Jr.、哈佛的Harry Levin和Claudio Guillén"等人,"谈得很投机",都认为"比较文学有助于了解本国文学;各国文学在发展上、艺术上都有特色和共性,即异而求同,因同而见异,可以使文艺学具有科学的普遍性;一个偏僻小国的文学也常有助于解决文学史上的大问题"。[3]钱锺书对自己的比较文学观表述得最为集中的,就是一九八一年张隆溪整理的《钱锺书谈比较文学与"文学比较"》。在这篇文章中,钱锺书系统阐述了自己对比较文学的看法,对中外文学比较提出了独到的见解,他认为比较文学作为一门学科,"专指跨越国界和语言界限的文学比较","要发展我们自己的比较文学研究,重要任务之一就是清理一下中国文学与外国文学的相互关系"。[4]比如十八世纪法国神甫曾译元杂剧《赵氏孤儿》,"盛传欧洲,莫泊桑殆本《楔子》谋篇而进一解"。[5]《赵氏孤儿》不仅在英、法文学中产生影响,意大利诗人麦塔斯塔西奥的歌剧《中国英雄》也采用了这个题材,很值得关心中意文学关系的学者进一步研究。此外,外国文学对中国文学的影响,更是有大量工作可做。当然,作为一门人文学科的比较文学并不是纯属臆断的牵强比附,钱锺书借用法国已故比较文学家伽列的话说,"比较文学不等于文学比较"。比较不仅在求其同,也在存其异,是在明辨异同的过程中,认识中西文学传统的不同特点，而且文学之间的比较应在更大的文化背景中进行，考虑到文学与历史、哲学、心理学、语言学及其他各门学科的联系。[6]这些论述与精见，显示了钱锺书对比较文学的深入理解与精见卓识，对当时的知识界与学术界来说，无疑也是疏瀹心胸、开张耳目之见。

应该说钱锺书从理论层面对比较文学所作的诸多论述，并不足以说明比较文学在钱锺书理论立场中的特殊地位，真正代表钱锺书对比较文学巨大贡献的是他所作的大量精彩而经典的比较文学研究个案。这些俯拾即是的研究个案散落于《谈艺录》、《管锥编》等论著中，充分体现了钱锺书打通中西文化、跨越学科话语的理论立场。我们可以随意拈取其中影响研究、平行研究与跨学科研究的个案以尝鼎一脔。

众所周知，所谓影响研究是对不同语言与文化之间相互借鉴、相互影响关系的研究，通过对双方事实联系的考证与研究，剖析文化文本与文学文本的不同特点与创新之处。基亚在他一九五一年出版的《比较文学》一书中给比较文学所下的定义，可以说就是典型的影响研究的观点。他说："比较文学就是国际文学的关系史。比较文学工作者站在语言的或民族的边缘，注视着两种或多种文学之间在题材、思想、书籍或感情方面的彼此渗透。"[7]比如张隆溪曾举过一个钱锺书所讲述的例子：

在《神曲·天堂篇》第八章，但丁描写金星天里一个幸福的灵魂为欢乐之光辉包裹，如吐丝自缚的蚕，这个新奇比喻毫无疑问是来自中国文化的影响。早在六世纪时，拜占廷帝国（即中国史书所载"拂菻"国）就从中国走私蚕种而发展起养蚕和丝绸业。据拜占廷史家普罗柯庇记载，两个拜占廷人在皇帝查士丁尼一世唆使下，从中国把蚕卵和桑种藏在一根空心手杖里偷偷带到君士坦丁堡，从此使西方也发展起绫罗绸缎来。以昆虫学家的眼光看来，蚕吐丝作茧不过是蚕的生活史中由成虫变成蛹所必经的阶段，但在诗人的眼中，吐丝的春蚕却成为为爱情或为事业献身的感人形象。李商隐《无题》"春蚕到死丝方尽，蜡炬成灰泪始干"，是中国诗中千古传唱的名句，而在西方文学中，除刚才提到的但丁之外，德国大诗人歌德也曾以春蚕吐丝喻诗人出于不可遏制的冲动而创作，辞意与义山诗颇为贴合。[8]

钱锺书所作的比较文学影响研究主要集中于一九三五年到一九三七年完成于牛津的学位论文 *China in the English Literature of the Seventeenth and Eighteenth Century*（《十七、十八世纪英国文学中的中国》）。[9]这篇洋洋数万言的学位论文，一如钱锺书所有中文著述，旁征博引，左右逢源，通过游记、回忆录、翻译、文学作品等史料，第一次系统翔实地梳理论述了十七、十八世纪英国文学中的"中国"形象，对其中的传播媒介、文化误读以及英国看中国的视角趣味的演变等都作出深入的剖析。这是一篇十分重要的比较文学研究论文,也是比较文学影响研究的经典个案,可惜由于以英文写就,又发表于较为少见的英文刊物,所以至今未受重视,一些论述中国比较文学发展史的专著也鲜见提及。我愿在此再次提请比较文学史家的注意。

除了这篇长文,钱锺书再没有作过这样集中的比较文学影响研究,即使有,也只是一些零星的溯源探媒。钱锺书的比较文学研究基本上都是平行研究与跨学科研究,他认为,"就中外文学,尤其是中西文学的比较而言,直接影响的研究毕竟是范围有限的领域,而比较文学如果仅仅局限于来源和影响、原因和结果的研究,按韦勒克讥诮的说法,不过是一种文学'外贸'"[10]。在没有相互传播与影响的情况下,不同文化语境下的不同文本同样会有机杼相同、波澜莫二的吻合,理论家、批评家也会有无心契合、会心不远的见解,即所谓"东海西海,心理攸同;南学北学,道术未裂",我们同样可以从中寻绎出人类共同的诗心文心。钱锺书指出,"比较文学的最终目的在于帮助我们认识总体文学乃至人类文化的基本规律,所以中西文学超出实际联系范围的平行研究不仅是可能的,而且是极有价值的。这种比较惟其是在不同文化系统的背景上进行,所以得出的结论具有普遍意义"[11]。这种超越事实联系的平行研究,二十世纪五六十年代以后随着美国比较文学的崛起，已日益成为国际比较文学界的共识。不仅要超越事实联系进行类同与对比的研究，而且还要把文学与人类的其他知识话语联系起来，开展跨学科研究。钱锺书所作的比较文学研究基本上都属于这种平行研究与跨学科研究的范畴，《谈艺录》、《管锥编》等著作中充满了大量的这种研究个案。比如由"鳖咳"一语的"创新诡之象，又极嘲讽之致"，谈到《续玄怪录》中的薛伟化鱼，与卡夫卡《变形记》中的人化甲虫颇为类似，并进而指出"谈者或举以为群居类聚而仍孤踪独处之象。窃谓当面口动而无闻，较之隔壁传声而不解，似更凄苦也"，即为一例。[12]

且来看钱锺书对王国维与叔本华关系的比较与辨析。在近代的诗家学者中，钱锺书认为王国维论述西方哲学，"本色当行，弁冕时辈"，诗作中"时时流露西学义谛，庶几水中之盐味，而非眼里之金屑"。王国维于叔本华著作，"口沫手胝"，《红楼梦评论》中也反复称述，断言《红楼梦》为"悲剧之悲剧"："贾母惩黛玉之孤僻而信金玉之邪说也；王夫人亲于薛氏、凤姐而忌黛玉之才慧也；袭人虑不容于寡妻也；宝玉畏不得于大母也；由此种种原因，而木石遂不得不离也。"钱锺书认为王国维的这些论点，"似于叔本华之道未尽，于其理未彻也。苟尽其道而彻其理，则当知木石因缘，侥幸成就，喜将变忧，佳耦始者或以怨耦终；遥闻声而相思相慕,习进前而渐疏渐厌,花红初无几日,月满不得连宵,好事徒成虚话,含饴还同嚼蜡"。[13]这也就是钱锺书在别处所说的"爱升欢坠,真如转烛翻饼","盖男女乖离,初非一律,所谓'见多情易厌,见少情易变',亦所谓情爱之断终,有伤食而死于过饱者,又有乏食而死于过饥者"。[14]钱锺书接着引述了叔本华《意志与观念之世界》中的一段话加以印证:"快乐出乎欲愿。欲愿者,欠缺而有所求也。欲餍愿偿,乐即随减。故喜乐之本乃亏也,非盈也。愿足意快,为时无几,而怏怏复未足矣,忽忽又不乐矣,新添苦恼或厌怠、妄想,百无聊赖矣。艺术于世事人生如明镜写形,诗歌尤得真相,可以征验焉。"这也就是叔本华喜好诵说的佛典所说的"是身实苦,新苦为乐,故苦为苦。如初坐时乐,久则生苦,初行立卧为乐,久亦为苦"之类,由此而来的"餍即成厌,乐且转苦,心火不息,欲壑难填",也成为十六、十七世纪哲士诗人的常语。钱锺书据此指出,"苟本叔本华之说,则宝黛良缘虽就,而好逑渐至寇仇,'冤家'终为怨耦,方是'悲剧之悲剧'。然《红楼梦》现有收场,正亦切事入情,何劳削足适履。王氏附会叔本华以阐释《红楼梦》,不免作法自弊也。盖自叔本华哲学言之,《红楼梦》未能穷理窟而抉道根;而自《红楼梦》小说言之,叔本华空扫万象,敛归一律,尝滴水知大海味,而不屑观海之澜。夫《红楼梦》、佳著也,叔本华哲学、玄谛也;利导则两美可以相得，强合则两贤必至相陇。此非仅《红楼梦》与叔本华哲学为然也"。[15]

显然，钱锺书在这里所作的已不仅仅是文学文本的平行比较研究，而已扩大为与哲学、心理学、佛学等学科的跨学科研究，充分显示了比较文学科际整合的独有优势。正是在这种科际整合的跨学科研究中，钱锺书令人信服地揭示了"当境厌境，离境羡境"的基本现象，并以之作为解读文学文本的依据，对《红楼梦》与叔本华哲学的关系提出了恰如其分的评估。当然，随意性的比较是没有意义的。法国学者巴尔登斯柏耶在创办颇有影响的《比较文学评论》杂志时说："仅仅对两个不同对象同时看上一眼就作比较，仅仅靠记忆和印象的拼凑，靠主观臆想把一些很可能游移不定的东西扯在一起来找类似点，这样的比较决不可能产生论证的明晰性。"[16] 钱锺书也表达过同样的思想："我们必须把作为一门人文学科的比较文学与纯属臆断、东拉西扯的牵强比附区别开来。"[17] "利导则两美可以相得，强合则两贤必至相陇"，这也可以说是平行研究中的一条基本法则。

应该强调指出的是，在钱锺书这里，所谓影响研究、平行研究与跨学科研究并非明晰可分，更多的是融为一体的，而且比较文学与其他现代西学一样，成为钱锺书为己所用的一种方法，融贯于钱锺书的全部著作。这与钱锺书一贯的打通说一脉相承。就在那封自述他的方法不是比较文学的信中，钱锺书说："弟之方法并非'比较文学'，in the usual sense of the term，而是求'打通'，以中国文学与外国文学打通，以中国诗文词曲与小说打通。弟本作小说，结习难除，故《编》中如67-9，164-6，211-2，281-2，321，etc，etc皆以白话小说阐释古诗文之语言或作法。他如阐发古诗文中透露之心理状态（181，270-1），论哲学家文人对语言之不信任（406），登高而悲之浪漫情绪（第三册论宋玉文），词章中写心行之往而返（116），etc etc，皆'打通'而拈出新意。"[18] 钱锺书相信，不同文化、不同话语、不同学科之间，无论古今中外，都有可能殊途同归，昭示出人类共同的诗心文心，而"融会贯通之终事每发自混淆变乱之始事"[19]，必须解构一切文化典籍、理论体系，返回到现象本身，通门户而化町畦，重建人文知识的话语空间。为了达致这一目标，钱锺书广泛征引中西典籍，无论是中国的经史子集、稗官野史、小说戏曲，还是西方的文学艺术、历史哲学、佛典宗教以及人类学、社会学、心理学等，四面围攻，八面交响，无不以打通为准绳，以寻求中西共同的诗心文心为目的。这是他的一个明确追求，也是其全部著作的一个核心内容。

钱锺书的这种文化态度与理论立场，典型地体现了比较文学的独特性与开放性。乐黛云在《比较文学原理新编》中提出，比较文学的定位就是"跨文化与跨学科的文学研究"，"它首先要求研究在不同文化和不同学科中人与人通过文学进行沟通的种种历史、现状和可能。它致力于不同文化之间的相互理解，并希望相互怀有真诚的尊重和宽容。比较文学的根本目的就在于通过文学促进文化沟通，坚持人类文化的多样性，改进人类文化生态和人文环境"。[20]钱锺书通过比较文学研究所体现的打通的文化追求，与比较文学的根本精神高度一致。他所进行的比较文学研究，无论是文学现象之间的事实联系，还是文学观念之间平行存在的内在联系，抑或是不同文学理论之间的互相阐释，都是为了创辟与重建一种独特的话语空间，在不同文化背景与文化系统之间，建立一种真正平等与有效的对话关系，为异质文化间的互识、互证和互补，也为人类的交流与合作作出努力。

二、比较诗学

早在一九六三年，法国著名比较文学家艾田伯在《比较不是理由：比较文学的危机》中就断言，"将两种自认为是敌对实际上是互补的研究方法——历史的探究和美学的沉思——结合起来，比较文学就必然走向比较诗学"[21]。随着国际比较文学研究界理论大潮与文化研究的兴盛，比较诗学悄然崛起。各种新的文化理论与文学理论，诸如现象学、阐释学、符号学、解构主义、后殖民主义、新历史主义、女性主义等，不断冲击与影响着比较文学界，使得比较文学研究空前活跃，呈现出一派生机。比较文学界将各种新起的文学和文化理论作为自己的研究对象，并试图从跨文化的角度来对文学理论进行比较研究，深化对理论现象的认识，这就导致了比较诗学研究日益成为比较文学研究的显学之一。由于比较诗学是跨越两种或多种文化体系的文学理论研究，处理不同文化体系中形成的诗学体系之间复杂的同异关系，寻找能够解释同异但又超越于同异的具有普遍性的理论话语也就成为比较诗学的重要内容。对于中西比较文学来说，这一点显得尤为重要。中西诗学体系在表述方式上存在许多差异，强调差异并不意味着否认沟通与融会的可能性，寻找普遍性也不意味着中国诗学最终为西方诗学所同化。如何沟通两者的同异，既坚持独特性，又强调普遍性，在相互吸收、相互交流过程中，实现互补互识互证，应该是中西比较诗学的目的之所在。

这种中西比较诗学的研究，正是钱锺书比较文学研究的核心之一。诞生于二十世纪四十年代和七十年代的《谈艺录》与《管锥编》，在中西比较诗学方面所作出的杰出实践，既领先于国际比较文学界，又超越于国际比较文学界，这使人不得不再次感叹钱锺书的卓识先见。钱锺书认为，文艺理论的比较研究，即所谓比较诗学"是一个重要而且大有可为的研究领域。如何把中国传统文论中的术语和西方的术语加以比较和互相阐发，是比较诗学的重要任务之一"。[22]中西文论的相互阐发与对话,是重建中国文论话语、消除文论话语的失语状态的最基本的途径。只有在中西文论的对话的互释互补中,才可能最终达到跨文化的创造与建构。为此,钱锺书特别重视西方文论的观念,总是"随机标举,俾谈艺者知有邻壁之明焉"[23],尤其着重从大量具体的文学现象的鉴赏与比较入手,对中西诗学的创作心理、接受心理、艺术手法、风格意境等不同的方面,通过平行的比较,挖掘其中隐含的共同的诗心与文心。比如鲍照《舞鹤赋》"众变繁姿,参差洊密,烟交雾凝,若无毛质",摹写之工,已有定评,但钱锺书认为"若无毛质"四字尤为迥出,却未邀赏会。于是他独具只眼,征引席勒、弗罗贝的说法与济慈的诗句加以点化,使这种习见不察的话语成为启人神智的经典表述:"鹤舞乃至于使人见舞姿而不见鹤体,深抉造艺之窈眇,匪特描绘新切而已。体而悉寓于用,质而纯显为动,堆垛尽化烟云,流易若无定模,固艺人向往之境也。"[24]

钱锺书在中西文论互释互补中所寻求的,是最终可能达到的跨文化的创造与建构。这种跨文化的创造与建构,其实就是总结不同文化语境中长期积累的诗学经验,通过对话来解决人类在文学方面遭遇的共同问题。要解决这样的问题就不可能在一个封闭的文化体系中来寻求答案,而要在种种文化体系的对话中寻求新的解释,各种文化体系都会为这种新的解释作出自己独特的贡献。但是，即使是互为平等的对话双方，也存在母体与客体的问题。对于钱锺书的中西比较诗学来说，中国传统文论显然是当然的母体，他始终由中国传统诗学出发，去与西方诗学相证相补相释，努力使中国传统文论在这种相证相补相释中产生出具有现代意义和世界意义的新的诗学意义，从而实现中国传统文论的现代性转化。中国传统文论不仅指诗话、词话、曲论之类的专门文章，还应当留意画论、乐论、具体作品甚至谣谚、训诂之类，其中的片言只语往往包含了许多精辟的见解。像文论中品诗言韵，就是取譬音乐而最早见于谢赫论画的"六法"，这与印度和西方文艺理论中以不绝余音喻含蓄有致的韵味，如出一辙。[25] 正是在中西诗学广泛的互释互补中，钱锺书总结出了诸如诗可以怨、通感、诗与画、比喻之两柄多边、丫叉句法、为文与立身、登高生愁等大量具有普遍意义的经典性诗学规律。

关于诗可以怨、通感等诗学命题，已有不少论者阐述介绍，此处从略。我们且看另一则诗学命题，即"模写自然与润饰自然的融会"。李贺"笔补造化天无功"一语，长期以来人们忽焉不察，而钱锺书却认为，它不仅是李贺精神心眼之所在，而且一语道破了"道术之大原、艺事之极本"。钱锺书首先综括了文学批评史上的两大派：一则师法造化，以模写自然为主；一则主张润饰自然，功夺造化。前者认为大自然具备众美,但又不是全善全美,所以作者要进行一番简择取舍,即韩昌黎"文字觑天巧"中的"觑巧"之意。在西方,这种观点最早由柏拉图创立,经亚里士多德、西塞罗的发扬,到十六、十七、十八世纪大为盛行,至今不衰。莎士比亚所谓持镜照自然,也就是这个意思。后者认为艺术中的造境之美,是自然所无法企及的,而且自然界并无现成之美,只有素材,必定要经过艺术的驱遣陶铸,才能达到艺术之美。这就是所谓"天无功"而有待于"补",或但丁所谓"造化若大匠制器,手战不能如意所出,须人代为斫范"。这种观点在西方萌芽于克利索斯当,申明于普罗提诺,到了近代则有培根、牟拉托利、儒贝尔、龚古尔兄弟、波德莱尔、惠司勒等人加以阐说,尤其得到唯美派作者的推崇。钱锺书在剖析了各家说法之后,对两者进行了融合会通,使之上升为一种诗学命题:"窃以为二说若反而实相成,貌异而心则同。夫模写自然,而曰'选择',则有陶甄矫改之意。自出心裁,而曰'修补',顺其性而扩充之曰'补',删削之而不伤其性曰'修',亦何尝能尽离自然哉。师造化之法,亦正如师古人,不外'拟议变化'耳。故亚理士多德自言:师自然须得其当然,写事要能穷理。盖艺之至者,从心所欲,而不逾矩;师天写实,而犁然有当于心;师心造境,而秩然勿倍于理。"钱锺书接着引述了莎士比亚的一句话"人艺足补天工,然而人艺即天工也",认为"圆通妙澈，圣哉言乎"，"人出于天，故人之补天，即天之假手自补，天之自补，则必人巧能泯。造化之秘，与心匠之运，沆瀣融会，无分彼此"。这又显出了钱锺书对传统诗学人与天截然分判倾向的解构态度。总之，"学与术者，人事之法天，人定之胜天，人心之通天者也"。[26] 无论中西诗学，作家创作总要师法自然，这是"法天"；而师法自然，必定要对自然有所选择与矫改，这是"胜天"；不论是选择还是润色，都不能违反自然，这是"通天"。唯其如此，才能达到从心所欲而不逾矩的艺之至境。

二十世纪九十年代以来，学术界所谓理论话语失语症的争论与重建中国文论话语的讨论，一直是个热门话题。其中一个基本的论点是，中国缺少自己的现代诗学理论与批评方法，于是不得不借助于外来的、生成于他种文化语境中的诗学话语与批评方法，来分析和处理本土文化语境中的诗学问题与文学现象。中国诗学在中西文化对话中长期处于表达与沟通的失语状态，因此，重建中国诗学已成为一个十分紧迫与重要的任务。其实，中国传统诗学话语不可谓不多，刘勰的《文心雕龙》、钟嵘的《诗品》、严羽的《沧浪诗话》、袁枚的性灵说、王士禛的神韵说、翁方纲的肌理说、王国维的境界说等，都提出了极富内涵的诗学话语。关键是如何以中国传统诗学话语为母体，在与西方诗学话语的互补互识互释中，使传统话语上升为具有普遍性的理论话语，实现传统话语的现代性转化。我以为，钱锺书的比较诗学研究已经在这方面为我们树立了典范，即既充分认识到中国传统诗学话语特殊的含混性，又坚持以之为母体，与西方诗学话语平等对话，在相互阐发中凸显其现代意义与世界意义。

一方面是充分认识到中国传统诗学话语的含混性特征。在其他章节中我们已经不同程度地涉及汉语言的含混问题，如汉语的隐喻性特征，如一字多义之并行分训与背出分训等。语言问题的确不仅是现代西学的转折点，同样也是我们进入钱锺书话语空间论述诗学话语的首要问题。中国传统的诗话词话，从欧阳修的《六一诗话》，到王国维的《人间词话》，无论是抽象化的飘逸沉郁，或是具象化的香象渡河、羚羊挂角，基本上都属于印象式、直觉式批评。其诗学话语，诸如神韵、风骨、气势、情味、骨力、意趣、风致、神理、意气、格韵等，玄奥无穷，却又暧昧不清，让人无法真切把握其内涵与确指。钱锺书曾引入"象"的概念来论述汉语言的含混性与隐喻性特征，其实"象"与"意"的关系也是贯穿中国传统诗学话语的一个核心问题。《易经·系辞》即首创立象尽意的命题，《庄子·外物篇》中也有"言者所以在意，得意而忘言"的论述，王弼进一步提出"得意在忘象，得象在忘言"。钱锺书借辨析《易》之象与《诗》之喻的异同，对"象"的内涵作了充分的揭示：

理赜义玄，说理陈义者取譬于近，假象于实，以为研几探微之津逮，释氏所谓权宜方便也……《易》之有象，取譬明理也，"所以喻道，而非道也"（语本《淮南子·说山训》）。求道之能喻而理之能明，初不拘泥于某象，变其象也可；及道之既喻而理之既明，亦不恋着于象，舍象也可。到岸舍筏、见月忽指、获鱼兔而弃筌蹄，胥得意忘言之谓也。词章之拟象比喻则异乎是。诗也者，有象之言，依象以成言；舍象忘言，是无诗矣，变象易言，是别为一诗甚且非诗矣。故《易》之拟象不即，指示意义之符也；《诗》之比喻不离，体示意义之迹也。不即者可以取代，不离者勿容更张。[27]

根据钱锺书的辨析，我们可以说香象渡河、羚羊挂角、神韵风骨、情味意趣等传统诗学话语，往往都是通过"象"来表达的，它们既是明理得意之象，理之既得即可得意而忘言，又是别具意义的比喻之象，舍此则无所谓诗学话语。也就是说，中国传统诗学话语天生具有得意而欲忘之言、得言而欲忘之象的双重特性。我们似乎可以把握这种话语的整体意义，但又觉得难以准确表述。传统诗学话语既具丰富性又具含混性的特殊性，使得它面临着比西方诗学更为急迫的现代阐释与现代性转化问题。

另一方面是以传统诗学话语为母体，展开与西方诗学话语的平等对话与互证互释。既然中国传统诗学话语同时具备了丰富性与含混性的特征，那么我们就可以以之为母体，透过纷至沓来、争妍竞秀之"象"，来把握其中的妙悟胜义，并在与西方诗学话语的阐发中，充分阐发其丰富性，赋予其应有的明澈性与普遍性。在比较诗学语境中，所谓失语，就是诗学话语与存在性诗学体验发生严重错位，传统诗学话语无力像西方诗学话语那样表达或质询当下的诗学体验，中国诗学难以找到完全属于自我传统而又明澈通达的表达话语。钱锺书比较诗学研究的目的正是重返母体，对中国传统诗学话语的概念、范畴、表达方式、言说特征加以清理，并在与西方诗学话语的互释互证互补中，恢复与释放传统诗学话语的活力与潜能。显然，只有这样以母体为本位的比较诗学研究才是真正的比较诗学；也只有这样，才能充分体现中西视界融合的主体性立场，从而在多元对话的多声部中找到属于自己的表达方式。

我们且看钱锺书对神韵的阐发与辨析。神韵作为一种典型的传统诗学话语，主要指诗歌所创造的空灵超脱、不落形迹的艺术境界。所谓神韵，即是司空图《与极浦书》中"蓝田日暖，良玉生烟，可望而不可置于眉睫之前"的"象外之象，景外之景"；即是严羽《沧浪诗话》中"透彻玲珑，不可凑泊，如空中之音，相中之色，水中之月，镜中之象，言有尽而意无穷"的诗境。到了清代，由于王士禛的大力倡导,神韵发展成为一种系统的诗学理论,并超越于格调说、性灵说、肌理说,占据了清初诗坛的主导地位。其实,"谈艺之拈'神韵',实自赫始;品画言'神韵',盖远在说诗之先"[28]。钱锺书对谢赫《古画品》的重新标点与全新阐释,解决了艺术史上的一个大问题,也引出关于神韵的考察。钱锺书梳理了从谢赫、荆浩、韩拙到司空图、姜夔、苏东坡、严羽等各家关于神韵的论述,指出:

综会诸说,刊华落实,则是:画之写景物,不尚工细,诗之道情事,不贵详尽,皆须留有余地,耐人玩味,俾由其所写之景物而冥观未写之景物,据其所道之情事而默识未道之情事。取之象外,得于言表,"韵"之谓也。曰"取之象外",曰"略于形色",曰"隐",曰"含蓄",曰"景外之景",曰"余音异味",说竖说横,百虑一致。……苟去其缘饰,则"神韵"不外乎情事有不落言诠者,景物有不着痕迹者,只隐约于纸上,俾揣摩于心中。以不画出、不说出示画不出、说不出,犹"禅"之有"机"而待"参"然。[29]

为了进一步阐发神韵的丰富内涵,使其获得应有的明晰性与普遍性,钱锺书列举了西方文论与作品中的实例,来与神韵互证互释。古印度说诗,也有主韵一派,"'韵'者,微示意蕴,诗之'神'髓,于是乎在"。西方古师教作文也认为幽晦隐约则多姿致，质直明了则乏趣味。后来如狄德罗、儒贝尔、利奥巴迪等人都认为，诗家当骛隐昧，带晦方工，浑沦惚恍，隐然而不皎然，才能给人带来无穷的想象。叔本华则直白地指出："作文妙处在说而不说，正合希腊古诗人所谓'半多于全'之理。切忌说尽，法国诗人所谓'详尽乃使人厌倦之秘诀'。"当世一论师也说："使人起神藏鬼秘之感，言中未见之物仿佛匿形于言外，即实寓虚，以无为有，若隐而未宣，乃宛然如在。"钱锺书认为这些论述与谢赫、荆浩等人论画"取之象外"、"隐露立形"、"愈简愈入深永"，可谓"不介自亲焉"。钱锺书还发掘了我国首拈韵以通论书画诗文的北宋范温，认为他的论述"匪特为'神韵说'之弘纲要领，抑且为由画'韵'而及诗'韵'之转捩进阶"，"谢赫言'气韵'，世共知而玩忽误会；范温言'韵'，则茫茫久沉前闻，渺渺尚尘今观也"。钱锺书认为范温释"韵"为"声外"之"余音"遗响，"足征人物风貌与艺事风格之'韵'，本取譬于声音之道，古印度品诗言'韵'，假喻正同"。无独有偶，西方诗家如儒贝尔、让·保罗、司汤达也以不尽之致比于"音乐"、"余音"、"远逝而不绝"，这与我国的韵真造车合辙、不孤有邻。正是在这样的中西比较中，钱锺书提出了神韵的基本内涵："曰'气'曰'神'，所以示别于形体，曰'韵'，所以示别于声响。'神'寓体中，非同形体之显实，'韵'袅声外，非同声响之亮澈；然而神必托体方见，韵必随声得聆，非一亦非异，不即而不离。"[30]以及普遍意义："诗者，艺之取资于文字者也。文字有声，诗得之为调为律；文字有义，诗得之以俾色揣称者，为象为藻，以写心宣志者，为意为情。及夫调有弦外之遗音，语有言表之余味，则神韵盎然出焉。"[31]

在这样广泛的互证互释中，钱锺书将神韵、理趣、妙悟、通感等诗学话语的内蕴作出了充分的阐发。他的阐发立足于中西诗学的原典，却又将眼光投向广泛的中西文化视野，将中国传统诗学话语的现代化大大地推进了一步，为赋予中国古典诗学的世界性作出了突出的贡献。对于诗话这种中国诗学话语的主要形式，钱锺书也是情有独钟。他认为《随园诗话》这样的著作"所以传诵，不由于诗，而由于话。往往直凑单微，隽谐可喜，不仅为当时之药石，亦足资后世之攻错"[32]。有些"无意中三言两语"，却常常是"精辟的见解，益人神智"，对诗学理论很有贡献。[33]因此，他的《谈艺录》也采取了典型的诗话形式。在继承传统诗话的同时，又融合了现代西学的方法与理论，从而将中国诗话推向了顶峰，《谈艺录》也因此成为中国传统诗话终结的标志。《管锥编》、《谈艺录》、《七缀集》等著作征引了阐释学、精神分析学、结构主义、新批评、接受美学、解构主义等几乎所有现代西学的理论。这些西学理论使我们回过头来对中国诗学话语重新进行认识与评价，与此同时，中国诗学话语也不断给西学理论以证明。这充分说明了西学理论"足为吾古说之笺释"[34]，东西方之间存在"文学之奇缘佳遇"[35]。西方诗学话语非但不是中国传统诗学话语的破坏力量与替代性话语，恰恰相反，而是中国传统诗学话语走向世界的触媒。换句话说，西方诗学话语的涌入并不必然带来诗学的失语，而却更可能借助于他者的理论，通过对话与阐释，使中国传统诗学话语浮出现代性的海面，实现现代化的转型，成为超越于中西的具有普遍性的理论话语，从而汇入世界诗学理论的话语空间。在当今世界，正如钱锺书所说："那怕你不情不愿，两脚仿佛拖着铁镣和铁球，你只好走向这世界，因为你绝没有办法走出这世界，即使两脚生了翅膀。"[36]只有在当代世界的多元对话和文化整合中，只有在中西诗学的会通交流的语境中，比较诗学才获得了存在价值与发展动力。

三、翻译：跨文化传通

如前所述，比较文学研究就是跨文化、跨语言、跨学科的文学研究，它所关注的是不同民族、不同国家之间的文学交流和文学关系，而不同民族、不同国家之间的文学要发生关系，首先就必须打破相互之间的语言壁垒，翻译在其中起到了举足轻重的作用。这就使得翻译问题愈来愈受到广大比较文学家的重视，"译介学"也成为比较文学研究中的显学之一。意大利比较文学家梅雷加利指出,"翻译无疑是不同语种间的文学交流中最重要、最富特征的媒介","不仅是不同语种文学交流中头等重要的现象,并且也是一般人类生活和历史中头等重要的现象","是自然语言所形成的各个人类岛屿之间的桥梁,是自然语言非常特殊的研究对象,并且还应当是比较文学的优先研究对象"。[37]二十世纪九十年代初英国比较文学家和翻译研究家苏珊·巴斯奈特的《比较文学》则专列一章《从比较文学到翻译研究》,深入考察了比较文学与翻译研究之间的关系,甚至把翻译研究凌驾于比较文学研究之上,提出:"比较文学作为一门学科已经过时。女性研究、后殖民主义理论和文化研究中的跨文化研究已经从总体上改变了文学研究的面目。从现在起,我们应该把翻译研究视作一门主导学科,而把比较文学当作它的一个有价值的、但是处于从属地位的研究领域。"[38]这种观点虽然失之偏颇,但从中不难看出国际比较文学界对比较文学与翻译研究之间关系的重视程度。由于翻译研究的跨文化性质,使得它在国际比较文学界的地位越来越重要。翻译研究不仅是二十世纪末而且也是二十一世纪最主要的学术研究领域之一,这已成为国际比较文学界的共识。

翻译问题同样也是钱锺书所关注的重要方面。钱锺书的目标是沟通中西、打通学科,寻求跨文化、跨学科的共同文学规律与文化规律。而中西的真正沟通,首先就必须打破语言的障碍，打破语言障碍的唯一途径就是翻译，关于翻译的问题自然也就成为钱锺书关注的重心之一。其实要论翻译，钱锺书是最有资格的人。他既有深厚的中国文化修养，又精通数种外国语言，而且坐拥书城，博览群书，对各种知识话语无所不窥。他著作中所有征引自西方的段落话语一律自译，别裁微旨，殊耐寻味。因此，钱锺书关于翻译的点评述说，虽然随意零散，却恰中肯綮，益人神智。他所提出的翻译化境说，更是成为中国翻译理论的经典论断。钱锺书翻译方面的论说除《七缀集》中所收的《林纾的翻译》、《汉译第一首英语诗〈人生颂〉及有关二三事》外，主要散落于《管锥编》和《谈艺录》。这些翻译理论，很可以精研详论，我们现在只是不得已而在比较文学的名下聊以表襮。

何谓翻译？所谓翻译，就是不同语言文化系统之间的传通，是把一种语言文字用另一种语言文字加以表达。钱锺书曾引述黑格尔《美学》中的论述来谈论翻译问题："《美学》第一卷第三章有论剧作家处理题材的不同方式一节，说法国人出于对本国文化的骄傲，把外国题材一概本国化。这和施莱尔马赫论翻译分两派的话正相发明：一派让作者安然不动，使读者动身上外国去，另一派让读者安然不动，使作者动身到本国来。意大利诗人列奥巴蒂论德、法两国的翻译不同，和于两国语言性质的不同，也和黑格尔的话印证。"钱锺书"用黑格尔《美学》中的论述来谈论翻译问题，显然是把翻译当成一门艺术来看待,因此适用于其他艺术的美学原则,也应当适用于文学翻译"。[39]

在钱锺书看来,翻译的主要功能仍是打通,用他简明扼要的说法,"夫'译'一名'通事',尤以'通'为职志"[40]。《焦氏易林·乾》曰:"道陟石阪,胡言连蹇;译喑且聋,莫使道通。请谒不行,求事无功。"钱锺书认为说的就是彼此隔阂不通之境,"《旧约全书》载巴别城事,语言变乱不通,则不能合作成功,亦可印契。'胡言'者,胡人之言,即外国语,非译莫解;而舌人既聋且哑,道心之路榛塞,得意之缘圮绝","胡"后来就发展为外国异族的代言,"佛典习言'胡、汉',仿佛今言'中外'"。[41]正是因为胡汉与中外"非译莫解",翻译才应运而生。自从佛经进入汉语文化圈以来,中国就有了大量翻译实践与翻译理论,并提出了此后千百年来翻译研究所面临的诸多问题。因此,钱锺书对佛经的翻译与中国早期翻译史表现出了浓厚的兴趣。

翻译之为术,自古有之;翻译之有理论,则迟至魏晋时期。当时释道安的《摩诃钵罗若波罗蜜经抄序》论"译梵为秦"曾标举"五失本"、"三不易",是我国早期典籍中所见讨论翻译得失利病的重要文献。钱锺书认为,"吾国翻译术开宗明义,首推此篇",此前支谦《法句经序》"仅发头角","开而弗达",此后彦琮撰《辩正论》,"以垂翻译之式",订定"十条"、"八备",钱锺书以为"远不如安之扼要中肯也"。释道安《序》云"正当以不关异言,传令知会通耳",其含义即是"正因人不通异域之言,当达之使晓会而已";"关"如"交关"之"关","通"也,"传"如"传命"之"传",达也。这就清楚地揭示出了翻译的基本功能。对于释道安的"五失本",钱锺书也细细加以评析:"五失本"之一曰"梵语尽倒,而使从秦",可见"本"有非"失"不可者,此"本"不"失",便不成翻译;"五失本"之二曰"梵经尚质,秦人好文,传可众心,非文不合",则梵自有其"雅"与"文",译者以梵之"质"润色而为秦之"文",自是"失本",以梵之"文"损色而为秦之"质",也是"失本";"五失本"之三、四、五都是指译者削繁删冗,求简明易了。[42] "五失本"之说,其实也不妨视作对意译与直译的一种理解。唐释澄观《大方广华严疏钞会本》卷三:"故会意译经,姚秦罗什为最;若敌对翻译,大唐三藏称能。"钱锺书提出,"近世判别所谓主'达'之'意译'与主'信'之'直译',此殆首拈者欤"。[43] 此外,钱锺书还拈出了海通以前清人论译事之难的一些史料。[44] 钱锺书对佛经翻译的评析与对翻译史料的挖掘,显示了他对佛经翻译与早期翻译史特殊的兴趣。

这种特殊的兴趣很大程度上来自其中所体现出的一些翻译理论与现代翻译理论的高度冥契。严复所提出的"信、达、雅"的主张,是近代以来影响最为深远的翻译理论,其至被译界奉为圭臬。钱锺书在对早期佛经翻译的研究中，却发现三字早见于支谦《法句经序》，"仆初嫌其为词不雅。维祇难曰：'佛言依其义不用饰，取其法不以严，其传经者，令易晓勿失厥义，是则为善。'座中咸曰：老氏称'美言不信，信言不美'；……'今传梵义，实宜径达。'是以自偈受译人口，因顺本旨，不加文饰"，并对三者的辩证关系提出了自己的评说："严复译《天演论》弁例所标：'译事三难：信、达、雅'，三字皆已见此。译事之信，当包达、雅；达正以尽信，而雅非为饰达。依义旨以传，而能如风格以出，斯之谓信。支、严于此，尚未推究。雅之非润色加藻，识者犹多；信之必得意忘言，则解人难索。译文达而不信者有之矣，未有不达而能信者也。一人讽世，制'撒谎表'，胪列虚伪不实之言，如文人自谦'拙作'，征婚广告侈陈才貌等，而'直译本'亦与其数，可谓善滑稽矣。"[45]

钱锺书将"信"作为翻译的根本要求，既能得原文之意，忘原作之言，妙传原作之旨，又能保持原作风格，才有资格称为"信"；只有达到"信"，才可言"达"与"雅"，或者说后者已蕴含于"信"之中。主"达"者未必能"信"，不"达"者必不能"信"。"雅"也不是"润色加藻"，而是要做到译文与原文文体风格的高度一致，原作"文"者不以"野"出之。只追求语"达"、意"信"，而文体风格与原作大相径庭，还是不能说是"信"。诚如本雅明所说："翻译绝不是两种无生命语言的毫无生气的结合，相反在所有文学形式中，它是担负着密切关注原作语言的成熟过程和其自身语言降生的阵痛这一特殊使命的一种文学形式。"[46]

对钱锺书来说，翻译求达、求信、求雅，其根本目的还是最大限度地发挥出翻译的独特功效，即打通不同语言文化的壁垒，尽可能准确地剔抉出中西共同的诗心文心。求信、求达、求雅，与钱锺书从许慎关于翻译的训诂中独具只眼地发现的关于翻译的丰富意蕴一脉相承："《说文解字》卷六《口》部第二十六字：'囮，译也。从"口"，"化"声。率鸟者系生鸟以来之，名曰"囮"，读若"譌"。'南唐以来，小学家都申说'译'就是'传四夷及鸟兽之语'，好比'鸟媒'对'禽鸟'的引'诱'，'譌'、'讹'、'化'和'囮'是同一个字。"钱锺书认为，"译"、"诱"、"媒"、"讹"、"化"，"这些一脉通连、彼此呼应的意义，组成了研究诗歌语言的人所谓'虚涵数意'，把翻译能起的作用（'诱'）、难于避免的毛病（'讹'）、所向往的最高境界（'化'），仿佛一一透示出来了"。[47]"诱"、"讹"、"化"恰恰也正是钱锺书翻译研究与翻译理论的三个主要内容。

首先是"诱"。钱锺书指出，"'媒'和'诱'当然说明了翻译在文化交流里所起的作用。它是个居间者或联络员，介绍大家去认识外国作品，引诱大家去爱好外国作品，仿佛做媒似的，使国与国之间缔结了'文学因缘'，缔结了国与国之间唯一的较少反目、吵嘴、分手挥拳等危险的'因缘'"[48],"翻译外国文学,目的是让本国人有所观摩借鉴,唤起他们的兴趣去欣赏和研究"[49]。当然,这种"媒"也有它相反的一面,即"好译本的作用是消灭自己;它把我们向原作过渡,而我们读到了原作,马上掷开了译本。……倒是坏翻译会发生一种消灭原作的功效。拙劣晦涩的译文无形中替作者拒绝读者;他对译本看不下去,就连原作也不想看了"[50]。这是"诱"的两面,我们可以称之为"正诱"与"反诱"。

其次是"讹"。钱锺书把两种语言文字之间的转换,十分生动地比喻为颠顿风尘的艰辛历程:"翻译总是以原作的那一国语文为出发点而以译成的这一国语文为到达点。从最初出发以至终竟到达,这是很艰辛的历程。一路上颠顿风尘,遭遇风险,不免有所遗失或受些损伤。因此,译文总有失真和走样的地方,在意义或口吻上违背或不很贴合原文。那就是'讹',西洋谚语所谓'翻译者即反逆者'。"对于这种译事难免"讹"的原因,钱锺书可说是深有体会:"一国文字和另一国文字之间必然有距离,译者的理解和文风跟原作品的内容和形式之间也不会没有距离,而且译者的体会和自己的表达能力之间还时常有距离。"[51]唯其难免,所以中外译学史上有着太多的关于"讹"的论述,很多人对翻译总是抱着怀疑的态度,钱锺书曾在不同场合反复加以拈示，比如"言译事者以两国语文中貌相如而实不相如之词与字，比于当面输心背面笑之'伪友'"[52]。鸠摩罗什曾把翻译比喻为"嚼饭与人"，钱锺书对此颇为称许，以为其喻"寻常而奇崛"，并列举了古今中外各种贬低译事译人的说法，如"驴蒙狮皮"、"蜡制偶人"、"点金成铁"、"沸水煮过之杨梅"、"羽毛拔光之飞鸟"、"隔被嗅花香"等，甚至还有人宣称"译本无非劣者，只判劣与更劣者耳"，"误解作者，误告读者，是为译者"。[53]移译之难，词章最甚，"词章为语言文字之结体赋形，诗歌与语文尤黏合无间。故译诗者而不深解异国原文，或赁目于他人，或红纱笼己眼，势必如《淮南子·主术训》所谓：'瞽师有以言白黑，无以知白黑'，勿辨所译诗之原文是佳是恶"，当然，"译者驱使本国文字，其功夫或非作者驱使原文所能及，故译笔正无妨出原著头地"。[54]

其实，所谓"讹"也有两个方面：一是纯粹的误读误译，一是创造性的误读误译。纯粹的误读误译，比如《文赋》译为西语，彼土论师，亦颇征引，但是"移译者蒙昧无知，遂使引用者附会无稽，一则盲人瞎马，一则阳焰空花，于此篇既无足借重，复勿堪借明也"[55]。最典型的例子莫过于钱锺书论述过的译成汉语的第一首英语诗《人生颂》。《人生颂》在西方诗歌史上本来毫不足道，只是由于阴差阳错的原因，竟使它在中国一度广为流传，成为汉译的第一首英文诗。它先由英国使臣威妥玛译为拙劣的汉语，再由董恂译为格律诗，经此周折，"媒介物反成障碍物，中间人变为离间人"[56]，误读误译也使《人生颂》在翻译中失去了自我。而创造性的误读虽然同样是"讹"，但它却有其独特的价值，往往透露了翻译过程中两种文化的冲突，这方面的例子屡见不鲜。无论是两种文化的沟通，还是两种文化的误读，翻译都起到了直接的作用。创造性的误读，在翻译中体现得尤为明显。翻译并不只是两种语言之间毫无创造性的机械转换，它同样掺杂着翻译者的个人性及其所隐含的丰富的文化背景。正是在此意义上，钱锺书说"是以文艺不可以移译者，非谓移译之必逊于原作也，为移译所生之印象，非复原来之印象耳"[57]。如果说翻译是翻译者与文本的对话，那么也可以说翻译就是两种文化的对话。正是通过不同文化的真切理解或创造性的误读，翻译者在翻译中对原作实现了再创造，原作也因此获得了生命的延伸形式。对于比较文学来说，误读误译既然反映了翻译者对另一文化的误解与误释，鲜明反映了不同文化之间的碰撞扭曲与变形，它也就有了非同一般的研究价值。

再次是"化"。化境正是钱锺书提出的翻译的最高标准："文学翻译的最高理想可以说是'化'。把作品从一国文字转变成另一国文字，既能不因语文习惯的差异而露出生硬牵强的痕迹，又能完全保存原作的风味，那就算得入于'化境'。……译本对原作应该忠实得以至于读起来不像译本，因为作品在原文里决不会读起来像翻译出的东西。"[58]这就是本雅明所说的"在译作语言中创造出原作"，"在译作里，各种语言本身却通过各自意义的形式互相补充、交融达到和谐"。[59]这种化境，既要有对原文的正确理解，又不拘泥于原文，是另一种语言的相应而完美的表述。当然，钱锺书也深知译事之难，不仅一字一句费尽心机，而且有时"一个能写作或自信能写作的人从事文学翻译，难保不像林纾那样的手痒；他根据个人的写作标准和企图，要充当原作者的'诤友'，自信有点铁成金、以石攻玉或移橘为枳的义务和权利，把翻译变成借体寄生的、东鳞西爪的写作"[60]。由于这些无可避免的译事之难，所以"彻底和全部的'化'是不可实现的理想"[61]，也唯其如此，化境才成为翻译的最高境界。

我们可以将化境说与钱锺书早年提出的不隔相对读，或许可以发现不隔其实已经透出了化境说的胎息。在《论不隔》一文中，钱锺书由安诺德借柯尔律治写神秘经验的迷雾来挪用为好翻译的标准，想到了王国维所谓不隔，他指出，"在翻译学里，'不隔'的正面就是'达'，严复天演论绪例所谓'信雅达'的'达'，翻译学里'达'的标准推广到一切艺术便变成了美学上所谓'传达'说"，不隔说因此就不再是一个零碎、孤独的理论，而获得了大的美学背景：

221

"'不隔',不隔离着什么东西呢?在艺术化的翻译里,当然指跟原文的风度不隔,安诺德已说得极明白了,同样,在翻译化的艺术里,'不隔'也得假设一个类似于翻译的原文的东西。这个东西便是作者所想传达给读者的情感,境界或事物,按照'不隔'说讲,假使作者的艺术能使读者对于这许多情感,境界或事物得到一个清晰的,正确的,不含糊的印象,像水中印月,不同雾里看花,那末,这个作者的艺术已能满足'不隔'的条件:王氏所谓'语语都在目前,便是不隔'。"也就是说,"好的翻译,我们读了如读原文;好的文艺作品,按照'不隔'说,我们读着须像我们身经目击着一样","'不隔'不是一桩事物,不是一个境界,是一种状态,一种透明洞澈的状态——'纯洁的空明',譬之于光天化日;在这种状态之中,作者所写的事物和境界得以无遮隐地曝露在读者的眼前"。[62]显然,这种臻于化境的不隔的翻译,正是多元文化平等对话,互证互识,破除隔阂,展开交流,走向会通的基础。比较文学对翻译的研究,正是在不同而又不隔的语言文化或民族社会语境中,审视和阐发文化对话的一种方式。这也正是钱锺书翻译研究的根本目的与指向。

四、比较文化与文化对话

当今国际比较文学界的发展趋势之一,即是比较文学与比较文化的结合。比较文学界对文化理论表现出极大的兴趣,而且在文学研究中引进了文化比较的视角,寻求具有跨文化意义的普遍规律。这也是比较文学跨语言、跨文化研究的必然体现。比较文学向比较文化的演进有其自身的演绎逻辑。长期以来,比较文学明显地受到"欧洲中心论"的支配,随着东方比较文学的兴起,"欧洲中心论"已成为比较文学发展的障碍。在这种情况下,各种新兴的文化理论,如解构主义、文化相对主义、文化多元主义等,为比较文学提供了多元发展的理论依据。不同文化体系的文学一律平等,只有在各种文化相互补充、平等对话的前提下,比较文学才可能获得新的发展,这已成为人们的共识,"如果比较文学定位于'跨文化与跨学科的文学研究',它就居于文化沟通的最前锋。从这个意义上说,比较文学的根本目的就在于促进文化沟通,避免灾难性的文化冲突以至武装冲突,改进人类文化生态和人文环境。这种二十一世纪的新人文精神正是未来比较文学的灵魂"[63]。

如何实现有效的真正意义上的对话呢?按照巴赫金的说法,对话不仅是一种言语行为,而且与构成话语的社会文化因素有很大关系。他认为,对话的含义取决于下列三个因素：一是对话者共同的空间；二是对话者的共识和对情景的理解；三是两者对情景的共同评价。这三个因素不仅指具体的日常交往中所发生的对话现象，而且也可以笺释跨文化对话的问题。作为对话前提的共见、共识与共同评价等共同语境，基本上就是一种文化语境或者说是构成话语的社会文化因素。真正的对话得以实现的最根本的前提，是承认多元文化与多元话语共存的必要性与必然性；最根本的原则是平等对话，努力建立各种话语之间的平等关系，取消任何一种独断的话语霸权主宰一切的优先权。当然，平等对话并不是取消差异性而追求一律，相反，它甚至意味着承认文化选择、文化传播中的误读与过度阐释，以及对话中可能存在的其他变形。[64]

应该说，钱锺书的比较文学研究与比较文化研究是融为一体、须臾不可分割的。人文社会科学的知识话语交错、互动与融合，本身就构成了钱锺书话语空间的显著特点。钱锺书在对具体文本的研究与阐释中，总是既从文本自身出发而又超越于文本自身的局限，上升到文本所处身其中的文化语境，使文本自身的意义与文本外的文化语境始终处于相互运动又相互制约的动态过程之中。同时，又总是将中国传统文化话语与西方文化话语捉置一处，展开对话，在对话中互证互识互释互补，从而寻找能够解释同异但又超越于同异的具有普遍性的理论话语，实现跨文化的创造与建构。可以说，文化视角是钱锺书学术生涯中一以贯之的突出表征。早在一九三七年《中国固有的文学批评的一个特点》中，钱锺书在以西方诗学的移情说理论来阐释中国传统文评特色的同时，就明确提出了在中西文化比较中考察中国文评特点的四个条件，这四个条件其实也可以视作是对文化特点的考察，显示了他对文化问题的独特思考。钱锺书认为，对中国文评特点或一种文化特点的考察与概括，必须满足四个方面：一是普遍性，必须为某一文化中的各宗各派各时代所共同运用过，而又隐伏于人们的意识与著作中，以至于普遍到令人习而相忘；二是独特性，在另一种文化系统中找不到它的"匹偶"；三是与负载它的语言文字结构无关，在另一种文化系统中也可能微茫倏忽地存在它的影子；四是在应用上"能具普遍性和世界性"，从而可以推广到另一种文化系统。[65]钱锺书指出，"中国所固有的东西，不必就是中国所特有或独有的东西"，"中西对象不同，理论因而差异，我们不该冒失便认为特点；因为两种不同的理论，可以根据着同一原则"。[66]如果把这四个条件也视作考察文化特点的条件，那么钱锺书的这种见解对当今中外文化比较依然有着深刻的启示作用。

一九四一年春，钱锺书为徐燕谋诗稿作有一序。这篇序言一度以为遗失，后来却在郑朝宗的早年笔记本中发现。它使人惊奇地发现，钱锺书全部著作中所体现出来的中外文化比较视角，早已在这篇序中阐述得清清楚楚。可以说，它已经集中体现了钱锺书从早年短文到《谈艺录》再到《管锥编》一以贯之的真精神。我们不妨抄录如下：

> 余尝谓海通以还，天涯邻比亦五十许年，而大邑上庠尚有鲰生曲儒未老先朽，于外域之舟车器物乐用而不厌，独至行文论学，则西来之要言妙道绝之惟恐不甚，假信而好古之名，以抱残守阙自安于井蛙裈虱，是何重货利而轻义理哉！盖未读李斯《谏逐客书》也。而其欲推陈言以出新意者，则又鲁莽灭裂，才若黄公度，只解铺比欧故，以炫乡里，于西方文学之兴象意境概乎未闻，此皆眼中之金屑，非水中之盐味，所谓为者败之者是也。譬若啖鱼肉，正当融为津液，使异物与我同体，生肌补气，殊功合效，岂可横梗胸中，哇而出之，药转而暴下焉，以夸示己之未尝蔬食乎哉！故必深造熟思，化书卷见闻作吾性灵，与古今中外为无町畦。及夫因情生文，应物而付，不设范以自规，不划界以自封，意得手随，洋洋乎只知写吾胸中之所有，沛然觉肺肝所流出，日新日古，盖脱然两忘之矣。姜白石诗集序所谓与古不得不合，不能不异云云，昔尝以自勖，亦愿标而出之，以为吾党告。若学究辈墟拘隅守，比于余气寄生，于兹事之江河万古本无预也。[67]

文中所论及的李斯《谏逐客书》，钱锺书在《管锥编》中再加论述，认为"此书历来传诵，至其命意为后世张本开宗，则似未有道者。二西之学入华，儒者辟佛与夫守旧者斥新知，诃为异端，亦以其来自异域耳。为二学作护法者，立论每与李斯之谏逐客似响之应而符之契，其为暗合耶？其为阴承耶？"，并且指出"'衣服食用之具'，皆形而下，所谓'文明事物'；'文、学、言、论'，则形而上，所谓'文化事物'：前者见异易迁，后者积重难革，盖事之常也"。[68] 文化交流不仅仅只是文明事物层面往来，更重要的是所谓文化事物层面的融会。只有达到文化事物层面的融会，才能达到真正的文化的对话。这种真正的文化对话最终所达到的境界，应该是古今中外町畦尽泯，脱然两忘，彼此皆化为水中之盐味，而非眼中之金屑。

正是始终秉持着这种比较文化与文化对话的原则，钱锺书才总是坚持"异域语可参"[69]，旁征博引、汇通中西，在中外文化的对读中寻求跨文化的共同规律。钱锺书还更多地用西方文学与文化理论，来阐发中国的文学文本与文化现象，以形成于一种文化系统中的话语来分析处理形成于另一文化系统中的话语，或者结合传统的理论与现象，展开双向或者多向的阐发，以便使我们可以对自己的文化话语回过头来另眼相看。这种另眼相看总是让人有一种"回家"的感觉，无论钱锺书征引的西方文化现象多么丰富，西方话语多么玄奥，最后总是为了对中国的文化传统与文化话语产生一种新的认同。钱锺书在《说"回家"》中说，"中国古代思想家，尤其是道家和禅宗，每逢思辨得到结论，心灵的追求达到目的，就把'回家'作为比喻"。西方也有相似的比喻。中西比喻的相同，表示出人类思想和推理时一种实在的境界，"回是历程，家是对象。历程是回复以求安息；对象是在一个不陌生的，识旧的，原有的地方从容安息。我想，我们追思而有结果，解疑而生信仰，那些时的心理状况常是这样"[70]。同样，对于西方文化传统与文化话语来说，中西文化的对话与交流也完全可以使之产生新的认同与"回家"的感觉，这正是文化对话中双方互为主观的结果，它体现了文化对话与交流中的理性精神。换言之，文化对话不仅是比较文学的方法论基点，也是一种有益于现代生活与现代社会的新的理性精神的表达。

在一个多元文化时代，不同文化之间的对话与杂交已成为当今世界文化的基本特色，一种纯对本真的文化认同是不可能的，我们只有在不同文化的对话与杂交中，找到对自我文化的"回家"的感觉，才有可能在多元文化时代找到自己合适的文化身份认同，从而更好地参与到空前频繁的文化对话与文化交流之中。这或许就是钱锺书比较文学与比较文化研究的现代意义之所在。

注　释

1　郑朝宗：《〈管锥编〉作者的自白》，第124页。
2　钱锺书：《小说识小续》，载氏著《钱锺书集·写在人生边上的边上》，生活·读书·新知三联书店，2001年，第22页。
3　钱锺书：《美国学者对于中国文学研究的简况》，载中国社会科学院访美代表团著《访美观感》，中国社会科学出版社，1979年，第52页。
4　张隆溪：《钱锺书谈比较文学与"文学比较"》，《读书》1981年第10期。
5　钱锺书：《管锥编》，第531页。
6　张隆溪：《钱锺书谈比较文学与"文学比较"》，《读书》1981年第10期。
7　马里奥斯·法朗索瓦·基亚：《比较文学》，颜保译，北京大学出版社，1983年，第4页。
8　张隆溪：《钱锺书谈比较文学与"文学比较"》，《读书》1981年第10期。
9　"China in the English Literature of the Seventeenth Century", *Quarterly Bulletin of Chinese Bibliography*, I (1940); "China in the English Literature of the Eighteenth Century", *Quarterly Bulletin of Chinese Bibliography*, II (1941).
10　张隆溪：《钱锺书谈比较文学与"文学比较"》，《读书》1981年第10期。
11　张隆溪：《钱锺书谈比较文学与"文学比较"》，《读书》1981年第10期。
12　钱锺书：《管锥编》，第568页。参阅《管锥编》第1065页。
13　钱锺书：《谈艺录》，第24、348–349页。
14　钱锺书：《管锥编》，第326、109页。
15　钱锺书：《谈艺录》，第349–351页。
16　张隆溪：《编者前言》，载张隆溪选编《比较文学译文集》，第3–4页。
17　张隆溪：《钱锺书谈比较文学与"文学比较"》，《读书》1981年第10期。
18　郑朝宗：《〈管锥编〉作者的自白》，第124–125页。
19　钱锺书：《管锥编》，第316页。
20　乐黛云等：《比较文学原理新编》，第18页。
21　乐黛云等：《比较文学原理新编》，第190–191页。
22　张隆溪：《钱锺书谈比较文学与"文学比较"》，《读书》1981年第10期。

23　钱锺书:《管锥编》,第881页。

24　钱锺书:《管锥编》,第1312页。

25　钱锺书:《管锥编》,第1352–1361页。

26　钱锺书:《谈艺录》,第60–62页。

27　钱锺书:《管锥编》,第11–12页。

28　钱锺书:《管锥编》,第1353页。

29　钱锺书:《管锥编》,第1358–1359页。

30　钱锺书:《管锥编》,第1359–1366页。

31　钱锺书:《谈艺录》第42页。

32　钱锺书:《谈艺录》,第195–196页。

33　钱锺书:《读〈拉奥孔〉》,第33页。

34　钱锺书:《管锥编》,第62页。

35　钱锺书:《谈艺录》,第276页。

36　钱锺书:《〈走向世界〉序》,《读书》1984年第6期。

37　梅雷加利:《论文学接受》,载干永昌等选编《比较文学研究译文集》,上海译文出版社,1985年,第409页。

38　Susan Bassnett, *Comparative Literature: A Critical Introduction*, Blackwell, 1993, p. 161.

39　张隆溪:《钱锺书谈比较文学与"文学比较"》,《读书》1981年第10期。

40　钱锺书:《管锥编》,第540页。

41　钱锺书:《管锥编》,第540–542页。

42　钱锺书:《管锥编》,第1262–1266页。

43　钱锺书:《管锥编》第五册,第238–239页。

44　钱锺书:《管锥编》第五册,第239–240页。

45　钱锺书:《管锥编》,第1101–1102页。

46　沃尔特·本雅明:《翻译者的任务》,《中国比较文学》1999年第1期。

47　钱锺书:《林纾的翻译》,载氏著《七缀集》,第79页。

48　钱锺书:《林纾的翻译》,第81页。

49　钱锺书:《汉译第一首英语诗〈人生颂〉及有关二三事》,第141页。

50　钱锺书:《林纾的翻译》,第81–82页。

51 钱锺书：《林纾的翻译》，第80页。
52 钱锺书：《管锥编》，第39页。
53 钱锺书：《管锥编》，第1264–1266页。
54 钱锺书：《谈艺录》，第373页。
55 钱锺书：《管锥编》，第1177页。
56 钱锺书：《汉译第一首英语诗〈人生颂〉及有关二三事》，第147页。
57 钱锺书：《中国文学小史序论》，《国风》半月刊1933年第3卷第8期。
58 钱锺书：《林纾的翻译》，第79–80页。
59 沃尔特·本雅明：《翻译者的任务》，《中国比较文学》1999年第1期。
60 钱锺书：《林纾的翻译》，第87页。
61 钱锺书：《林纾的翻译》，第81页。
62 钱锺书：《论不隔》，《学文》月刊1934年第1卷第3期。
63 陈惇等主编：《比较文学》，高等教育出版社，1997年，第560页。
64 乐黛云等：《比较文学原理新编》，第82页。
65 李洪岩：《智者的心路历程》，第179页。
66 钱锺书：《中国固有的文学批评的一个特点》，《文学杂志》1937年第1卷第4期。
67 郑朝宗：《续怀旧》，第68–69页。
68 钱锺书：《管锥编》，第329、331页。
69 钱锺书：《管锥编》，第55页。
70 钱锺书：《说"回家"》，《观察》1947年第2卷第1期。

第五章 探究心理的世界：钱锺书与心理学

一、心理学：学士不如文人

现代心理学十九世纪下半叶从自然科学与哲学中分化出来以后，已逐渐发展成为一门有着巨大影响的独立学科。现代心理学来自自然科学和哲学，同时又融合了自然科学与哲学的最新成果。它兴起的标志就是德国心理学家冯特创立的实验心理学。自此以后，现代心理学经历了一个多元发展的百年历程，各种心理学派纷然崛起，流派林立，竟有数十种之多。其中较有影响的主要有构造主义心理学、机能主义心理学、行为主义心理学、格式塔心理学、精神分析心理学、发生心理学和人本主义心理学等。这些思潮流派生动表现出现代心理学发展的共同态势：一是自然科学重经验以及实验方法的大量采用使得心理学从传统的思辨性向现代的实验性转变，传统的心理学一直是由哲学家来进行的，从哲学的视角来解释心理现象，而现代心理学则转向了实验的研究；二是从感觉元素主义向知觉的完整性、从分析态度向综合态度的转变，最早冯特的心理学把一切意识经验、心理活动都看成是简单的心理元素所组成的心理复合体，而到格式塔、人本主义等心理学，则都以整体的观念描述心理现象；三是从注重于意识的研究转向对无意识的研究，传统心理学研究的都是正常人的意识活动，而现代心理学，尤其是分析心理学更多地转向了无意识领域；四是从把人描述为受无数未知的无法控制的力量和外在环境所支配的生物，转而强调发掘人的潜力、人的创造性，突出了主体的能动作用。[1]

文艺心理学虽然早在古希腊就由柏拉图、亚里士多德奠定了基础，也历经漫长的发展历史，但作为系统化、专业化的文艺心理学却是伴随着心理学的独立而出现的，几乎与现代心理学保持了同步发展的态势。一方面文学艺术作品中蕴含着极为丰富的心理材料，为心理学理论提供了生动的例证；另一方面现代心理学的不断发展又不断刺激文学创作实践，给予作家艺术家以巨大的启示。文学与心理学已然呈现出相伴相生的状态，两者有其内在的一致性，文学是心灵的外化，是对人的情感心理的表现，而心理学正是对人的心理活动的探究。两者都关注人文事件中的动机和行为，关注神话的创造和符号的运用。正如钱锺书曾加征引的阿恩海姆在《艺术与视知觉：视觉艺术心理学》中所说，无论作家、理论家是否承认或意识到他们"正在从心理学中受益"，"他们自始至终都是在实际应用着心理学，——不是家传的，便是其他人留传下来的"。[2] 关于文学创作与心理学的关系，韦勒克和沃伦也曾加以辨析并指出，"对一些自觉的艺术家来说，心理学可能加深他们对现实的感受，使他们的观察能力更加敏锐，或让他们得到一种未曾发现的写作方式。但心理学本身只不过是艺术创作活动的一种准备；而从作品本身来说，只有当心理学上的真理增强了作品的连贯性和复杂性时，它才有一种艺术上的价值——简而言之，如果它本身就是艺术的话，它才有艺术的价值"。在此基础上，韦勒克和沃伦提出了文学心理学的定义："可以指从心理学的角度，把作家当作一种类型和个体来研究，也可以指创作过程的研究，或者指对文学作品中所表现的心理学类型和法则的研究，最后，还可以指有关文学对读者的影响的研究（即读者心理学）。"[3] 应该说，韦勒克和沃伦的这个定义涵括了文艺心理学的基本内涵，文艺心理学就是运用心理学的观点来研究、阐释文学艺术现象的本质与规律。它既研究文学艺术家的个性心理结构，也研究文学创作的心理过程；既注重文学作品的心理分析，也分析文学接受的心理效应。这些方面恰恰也就是钱锺书文学心理学研究的基本内容。

在现代西学中，心理学是与钱锺书关系相当密切、也是钱锺书十分自觉地运用的一种理论。钱锺书著述中直接援引了大量的心理学著作，西方现代心理学的主要流派、主要人物、主要著作被广泛涉及。例如联想主义心理学的托马斯·布朗、约翰·穆勒，构造派心理学的冯特，机能派心理学的詹姆斯，行为主义心理学的高尔顿，格式塔派心理学的考夫卡、柯勒，精神分析派心理学的弗洛伊德、阿德勒、荣格等。除此之外，还有心理学的美学家如里普斯、缪勒-弗赖恩费尔斯、阿恩海姆、布洛赫等。钱锺书对心理学原理的征引与运用已有学者作过概括，大致可分为三个方面。一是创作心理学，对文学创作过程中复杂的心理现象进行心理学的解释，如考论《史记·老子韩非列传》中"非为人口吃，不能道说，而善著书"数语，就运用了阿德勒、布朗的补偿反应理论加以说明，论《焦氏易林》的文学价值时就以心理学所谓造艺意愿作说明。另外引到的造艺幻想、两事相联、意识腐蚀、移情、旁思等，都是从创作心理学出发的。[4] 二是接受心理学，从读者接受的角度出发，对文学欣赏过程中的心理活动加以心理学的说明，如论好音以悲哀为主一节时，就从心理学所谓"人感受美物，辄觉胸隐然痛，心怦然跃，背如冷水浇，眶有热泪滋等种种反应"的观点来加以阐释。再如兴趣定律、注意时限、感觉情调等，都属于接受心理学。[5] 三是普通心理学，如弗洛伊德学说、冯特的手段僭夺目的、詹姆斯的争斗本能、缪勒-弗赖恩费尔斯的杂糅情感、拉兹兰的比邻联想、休谟的情感相反而互转，等等，[6]都被钱锺书信手拈来，颇得正解。[7]

从钱锺书与心理学的关系来看，有两个方面值得注意。一方面，现代心理学起源于哲学，而钱锺书对哲学与心理学从年轻时起就有着浓厚的兴趣，这显然不是一种偶然巧合，而是有其内在的逻辑性。在钱锺书这里，像詹姆斯这样的心理学家本身就是哲学家，他甚至认为"在一切欧美哲学家之中，只有威廉詹美士才够得上'Immortal'这个字"，"因为他在人类文化上贡献之伟大可以使他的'大名垂宇宙'"。[8]在《作者五人》中，钱锺书又称詹姆斯为"五个近代最智慧的人"之一。[9]钱锺书还从哲学的高度对心理分析作过精辟的解说，认为"心解Psycho-Analysis……本是一种'破执'的方法，是辩证法在意识上的应用"，可惜"一般心解学者，往往放一拈一，又生新执"。[10]从钱锺书早年的著述中，我们几乎随处可见他对心理学的评述或运用心理学理论对文学与哲学问题的阐发。早在一九三二年的《一种哲学的纲要》里，钱锺书就把作者对"意识"所下的定义与英国分析心理派所讲的unity of consciousness（意识的统一性）相比照，进而指出了定义中的问题之所在。[11]《美的生理学》较为系统地评述了西惠尔行为主义的心理学观点，西惠尔认为，"我们对于事物既有反应，我们对于语言文字便有定性反应。所以，从行为主义的立足点看起来，文艺的欣赏不过是conditioned Reflex"。西惠尔还把巴甫洛夫的理论应用到文学欣赏上，"大致以为语言文字是一种定性刺激，但是人类对于语言文字的定性反应，大部分是消灭的了；文学家把语言文字重新拼合，做成妙语警句，以唤起已消灭的定性反应，仿佛新的环境能唤起狗的已消灭的定性反应一样"。针对这些观点，钱锺书从五个方面进行了辨析，认为用定性反应来讲"美"，至多只能解释用语言文字的艺术如诗文之类，却不能适用于音乐、雕刻、绘画等艺术，而且定性反应并不能解释文学的"美"，即使文学能唤起已消灭的定性反应，但是一切唤起定性反应的东西是否都算文学，好文学与坏文学以何者为分别的标准，西惠尔却没有给出答案。[12]《说"回家"》一篇还从心理学角度对所谓止水、静心作出了全新的解说，认为"我们常把'止水'、'静水'来比心的本体。剥去一切神秘玄妙的意义，本心像'止水'这句话跟西洋心理学所谓'意识的流水'，并不相反。'止'可以指上面所说的安定情境。心有无本体，不必讨论；心的基本要求是尽量增加无所用心的可能，获得暂时的或某方面的安稳"。[13]

另一方面，钱锺书对心理学理论的征引与运用，突出说明了他的一个著名观点，即学士不如文人。当然，钱锺书综合运用各种现代西学理论话语，主要也基于这个基本判断,但由于文学与心理学特殊而密切的关系,使得钱锺书在心理学理论运用方面,这一点表现得尤为突出。对于钱锺书来说,心理学家精心构建的理论大厦往往在小说家或文学作品不经意的三言两语中就已得到深切的说明,因此,他往往乐此不疲地将两者随时随地捉置一处,两相比照,从而说明学士不如文人,"文人慧悟逾于学士穷研"[14]。《诗经·卫风·伯兮》中"愿言思伯,甘心首疾"句,"言相'思'以至'首疾',则亦已体验'心之官'系于头脑。诗人感觉虽及而学士知虑未至,故文词早道'首',而义理只言心"。[15]再比如,虽然我国古代于心性之学"仅标'六情'、'七情'之目,千载未尝有所增损",但钱锺书认为,古人"于心性之体会,致曲钩幽,谈言微中,经、史、子、集、小说、戏曲中历历可征",《左传》言"乐忧"、"乐哀",已拈出杂糅情感,桓范撰谢表,已自省喜、惭、悲三情交集,"培根早谓研求情感,不可忽诗歌小说,盖此类作者于斯事省察最精密;康德《人性学》亦以剧本与小说为佐证;近世心析学及存在主义论师尤昌言诗人小说家等神解妙悟,远在心理学专家之先。持之不为无故"。[16]为此,钱锺书非常重视由语言的层面来体味心理的内涵,这种对语言的心理学分析,其实也是西方心理语言学的发展方向。钱锺书曾从"哀"可训爱、恨、悲、悔等谈到语言的含糊浮泛,语言的含混往往是由于情事之晦昧、心理之杂糅,情感或心理现象往往是分而不隔的，自具辩证，所以对语言或文本的阐释必须深入事理心理，才能达到钩深致远的效果。钱锺书指出，"《老子》四〇章：'反为道之动'；'反'亦情之'动'也。中外古文皆有一字反训之例，如'扰'并训'安'，'乱'并训'治'，'丐'兼训'与'，析心学者借以窥见心思之正反相合。窃谓字之本不兼正、反两训者，流俗每用以指称与初训适反之情事，更资符验"[17]。此外，一些耳熟口滑的俗语文词亦颇资思悟参证，比如常语称欢乐为快活就已直探心源，"'快'、速也，速、为时短促也，人欢乐则觉时光短而逾迈速，即'活'得'快'"。[18]比如《左传·庄公六年》中"噬脐"之譬拈出"早"与"晚"，"以距离之不可至拟时机之不能追，比远近于迟速，又足以征心行与语言之相得共济焉"。[19]这些思悟剖析精细，熨帖心理，进一步印证了学士不如文人的基本判断。

二、梦的解析

在现代心理学流派中，精神分析学可能是影响最为深远的一种理论。它的影响范围已经远远超出了精神分析学和心理学的界限，被应用到社会生活和文化历史的各个方面。尤其是弗洛伊德的心理动力结构阐明了无意识的存在，荣格更进一步将个体无意识发展为具有普遍人类文化性质的集体无意识。无意识甚至成为人的本质存在，某种程度上它取代理性成为分析评判社会现象与文化活动的最后根据。由于睡梦中正是无意识最为活跃的时刻，所以梦的分析成为无意识研究的最佳途径。精神分析学对文学的影响相当可观。在创作方面，它直接影响了现代西方的一大批作家及意识流、新小说等创作方法与流派；在批评方面，它启发了批评家致力于发掘作家作品为人所忽视的无意识原动力及深层心理结构，并提供了一套关于潜在意义的分析方法。弗洛伊德本人视创作为被压抑的性欲的无意识的升华过程，作家的欲望在现实中无法得到满足，便在复杂的内在精神机制的自动调节下，通过艺术创作的形式加以转移。因此，艺术创作几近于白日梦，都是里比多转移和升华的结果。虽然荣格与弗洛伊德分道扬镳之后，精神分析学呈现出多元并存的局面，但无意识始终是各家各说的核心概念。[20]对于以弗洛伊德、荣格为代表的精神分析学派（钱锺书称为"心解学"、"析心学"）的理论学说，钱锺书一直有着特殊的兴趣。早在《冷屋随笔之二》他就已经提到精神分析派的所谓"补偿心结"[21]；在《为什么人要穿衣》中又说："在英国的心解学者之中，我最喜欢 Ernest Jones 和 J. C. Flügel 两家；因为他俩都能很巧妙地应用茀罗乙德的学理到一切事物上，而且都能写很流利可诵的文章。"[22] 到了《管锥编》、《七缀集》中，我们更是随处可见钱锺书对精神分析理论的灵活运用。显然，钱锺书对精神分析理论是十分熟悉,也是深得其精髓的。

在精神分析学说中,钱锺书对弗洛伊德的梦的理论产生了特殊的兴趣。六十年代编辑《外国理论家作家论形象思维》时,钱锺书还亲自翻译了弗洛伊德《释梦》的片段,并精辟地指出:"弗洛伊德在他的心理分析学说的庞大体系中也涉及了创作过程的形象认识问题。他把形象认识不仅从理性而且从'清醒状态'中排除出去,完全驱赶入梦的境界,照他说来,正是这类的想象把人们'内心的生活'塑造为'外界的形象'即创作过程。这样,他把形象认识驱入梦境导致他强调艺术的'白昼梦'的性质,要求描写下意识、包括下意识的性心理,这对西方意识流小说乃至整个西方现代派文学的发展都有很大的影响。"[23]的确,梦的解析在精神分析学说中有着特殊的地位,弗洛伊德的《释梦》、《精神分析引论》等著作对所谓梦的动力作了详尽的考察,并试图揭示出文学创造力的本质。虽然弗洛伊德梦的动力与文学创造力都离不开里比多的活动,没有能跳出泛性论的窠臼,但他对白日梦的分析直接通向了文学创作中的想象,打开了文学家心灵的大门,让文学的心境、情境与梦中的心相及梦的心理特征相契合,"文学的作品即以这种昼梦为题材;文学家将自己的昼梦加以改造,化装,或删削写成小说和戏剧中的情景","昼梦所以为梦,或许是因为它和现实的关系与梦相似,而其内容也与梦一样的不现实。然而昼梦之所以叫作梦，也许因为具有与梦相同的心理特征"。[24] 梦作为被压抑愿望改头换面的满足，主要有四种改装途径：其一是凝缩，即将丰富的梦的无意识内容简约为梦的外显内容；其二是移位，即通过隐喻、暗示等来替代梦的无意识的中心内容；其三是表象，将梦的潜在内容表现为视觉意象；其四是再度校正，即初醒时将表面上互不连贯的材料串成统一的内容。正是通过这四个途径，梦的内隐思想即无意识的本能冲动，转化成了梦的外显内容。

钱锺书在论《列子·周穆王》时，就借鉴弗洛伊德的概念和理论，系统梳理和论述了中国传统文化中关于梦的学说。钱锺书一方面扬弃了弗洛伊德的泛性论，另一方面又从我国古代大量诗文着眼，并旁征释典，进一步证明了弗洛伊德所谓梦是愿望的满足的理论。而且，钱锺书在梦境与诗文情境的沟通方面大大超过了弗洛伊德，在梦理的透辟精深方面，较之后者也更能入木三分。我国古人谈梦说梦的只言片语，经过钱锺书的拈出道破和梳理论述，俨然是一部中国版的《梦的解析》。[25] 钱锺书首先认为梦的构成起因于"因"和"想"，把梦也相应地划分为"因梦"和"想梦"两类：

"梦有六候"一节。按此本《周礼·春官·占梦》，张湛注亦径取之郑玄注。"六梦"古说，初未了当；王符《潜夫论·梦列》篇又繁称寡要，《世说·文学》载乐广语则颇提纲挈领："卫玠总角时问乐令梦，乐云：'是想'。卫云：'形神所不接，岂是想耶？'乐云：'因也。未尝梦乘车入鼠穴、捣齑啖铁杵，皆无想无因故也。'""形神不接"之梦，或出于"想"，姑置勿论；乐于"因"初未申说。《列子》此篇"想梦自消"句，张注："此'想'谓觉时有情虑之事，非如世间常语尽日想有此事，而后随而梦也。"盖心中之情欲、忆念，概得曰"想"，则体中之感觉受触，可名曰"因"。当世西方治心理者所谓"愿望满足"及"白昼遗留之心印"，想之属也；所谓"睡眠时之五官刺激"，因之属也。《大智度论·解了诸法释论》第一二："梦有五种；若身中不调，若热气多，则多梦见火、见黄、见赤，若冷气多，则多梦见水、见白，若风气多，则多梦见飞、见黑；又复所闻、见事，多思惟念故，则梦见；或天与梦，欲令知未来事。""身中不调"，即"因"；"闻、见、思惟"，即"想"。《全后汉文》卷四六崔寔《政论》："夫人之情，莫不乐富贵荣华，……昼则思之，夜则梦焉"，"思"即愿望耳。《云笈七签》卷三二《养性延命论》引《慎子》佚文云："昼无事者夜不梦"；白昼未遗心印也。《吕氏春秋·道应训》："尹需学御，三年而无得焉，私自苦痛，常寝想之，中夜梦受秋驾于师"；《太平御览》卷七五三引《梦书》云："梦围棋者，欲斗也"；均想梦也。段成式《酉阳杂俎》卷八记卢有"梦看击鼓，及觉，小弟戏叩门为衙鼓也"；陆游《剑南诗稿》卷一二绝句"桐阴清润雨余天"一首题云："夏日昼寝，梦游一院，阒然无人，帘影满堂，唯燕蹋筝弦有声，觉而闻铁铎风响璆然，殆所梦也"；均因梦也。黄庭坚《六月十七日昼寝》："红尘席帽乌靴里，想见沧洲白鸟双；马啮枯萁喧午枕，梦成风雨浪翻江"；沧洲结想，马啮造因，想因合而幻为风雨清凉之境，稍解烦热而偿愿欲。二十八字中曲尽梦理。[26]

钱锺书接着对"想、因之旨"作了进一步的辨析，"《世说》刘峻注'想'、'因'，即附合于'六梦'"，"所言'想'者，盖'思梦'也，'因'者盖'正梦'也"，以"正梦"为"因"，知道"因"有别于"想"，却没有道出其所以然。叶子奇《草木子》卷二"梦之大端二：想也，因也。想以目见，因以类感；谚云：'南人不梦驼，北人不梦象'，缺于所见也"，这里所说的"想"用弗洛伊德的概念来讲"不过指物象之印于心者而已，只是梦之境象，至梦之底蕴若喜、惧、思、慕，胥置度外"。恽敬《大云山房文稿》初集卷一《释梦》所言则更是"进退失据，趣归莫定"，"夫既'因乎内'，何以不得为'想'？'思'亦'因乎内'，何以不得与'心所喜怒'并列为'因'？"。钱锺书认为，倒是真德秀《真西山文集》卷三三《刘诚伯字说》中以五梦同归于想，似胜刘、恽，"心有感动为想，其他非由心动于中而

245

生之梦,则均属因;犹纪昀《阅微草堂笔记》卷二一所谓有'意想所造之梦',亦有'气机所感之梦'"。[27]

钱锺书认为,我国古人说"想"方面,有三家颇具胜义。一是张耒《右史文集》卷五一《杨克一图书序》:"夫'因'者,'想'之变。其初皆有兆于余心,迁流失本,其远已甚,故谓之'因',然其初皆'想'也。而世不能明其故,以所因者为非想。夫使如至人之无想欤?则无梦矣!岂有梦而非想者哉?"钱锺书认为,张氏一方面"不顾想、因乃心身内外之辨,殊嫌灭裂",另一方面将想、因称为"远近故新之殊",又颇益神智。弗洛伊德早就有过类似的表述,"人之'远'想,忽幻梦事,只自省迩来无其想,遂怪其梦之非想不根,浑忘'远甚'曾有'初'想,盖醒时记性所不能及者,梦中追忆了然"。二是方以智《药地炮庄》卷三《大宗师》:"楂与斋曰:'梦者,人智所现,醒时所制,如羁络之马,卧则逸去。然经络过,即脱亦驯,其神不昧,反来告形。"钱锺书认为这里的"醒制而卧逸之说与近世析梦显学所言'监察检查制'眠时稍懈,若合符契"。西方文家如柏拉图、圣·奥古斯丁、鲍斯威尔、霍夫曼等也有过类似的表述,如缰络、心门、守关吏等,钱锺书认为它们与监察检查制乃"四者名开义合,又'想'之进一解也"。这种现象在一些神话志怪中颇多表现,"搜神志怪,每言物之成精变人形者,眠时醉候,辄露本相。如《洛阳伽蓝记》卷四《法云寺》节记孙岩妻睡，夫解其衣，'有毛长三尺，似野狐尾'；《大唐西域记》卷三《乌仗那国》节记龙女熟寐，'首出九龙之头'；故洪亮吉《北江诗话》卷一喻袁枚诗即曰：'如通天神狐，醉即露尾。'荒唐无稽，而比象不为无理，均'醒制卧逸'之旨；妖寐而现原形，犹人之'醉后吐真言'、梦中见隐衷尔"。三是潘德舆《养一斋集》卷一一《驱梦赋》由药地的微言引绪发舒而成伟词，其所言"昼遏夜吐"即醒制卧逸，"袭我不备"即入室不由门而自窗。"欲'烛'知'心境'，必'蹈'勘'梦区'"。这种现象在古典诗文中时或可见，如"尧桀是非犹入梦，因知余习未全忘"（王安石《杖藜》）、"家贫占力量，夜梦验工夫"（陆游《孤学》）、"学力艰危见，精诚梦寐知；众人虽莫察，吾道岂容欺？"（陆游《勉学》）、"夜考之梦寐，以卜其志之定与否也"（杨时《游执中墓志》）等，钱锺书认为这就是弗洛伊德所谓"释梦乃察知潜意识之平平王道"也。[28]

通过钱锺书的考释，我们不难看出梦境的构成无非就是"因"、"想"所致，两者的共性就在于都是一种未能满足的欲望。这一点在反象以征的解梦中表现得更为明显。《列子·周穆王》云"将阴梦火，将疾梦食，饮酒者忧，歌舞者哭"，《庄子·齐物论》亦云"梦饮酒者旦而哭泣，梦哭泣者旦而田猎"，钱锺书认为，"庄、列皆言预兆先几之迷信，等梦于卜筮；倘能曰'旦哭泣者夜梦饮酒，旦田猎者夜梦哭泣',则窥见心情损益盈亏之秘蕴,而非神话呓语矣","占梦为先事之反兆,即习俗中'反象以征'之一种"。[29]这种极反解梦之例在正史野记中俯拾皆是,钱锺书更从秦观《淮海集》、沈廷松《皇明百家小说》、《拍案惊奇》、《醒世姻缘传》及古罗马小说《金驴记》、意大利古掌故等词章及白话小说中撷拾数事,说明"拟事寓意,翩其反而,亦若是班,须逆揣而不宜顺求"[30]。最为典型的莫过于对《诗经·小雅·斯干》占梦"维虺维蛇,女子之祥"和《论衡·言毒》"故人梦见火,占为口舌;梦见蝮蛇,亦口舌"的解析,弗洛伊德解梦认为蛇象征男根,钱锺书则不无幽默地说:"痴人说梦等耳,顾苟调停撮合,则梦蛇为女子之祥,乃'反象以征'耳;梦蛇为口舌之兆,乃'上升代换'耳,可资唱嚎者也。"[31]

尤其值得注意的是,钱锺书还把梦的解析运用到了对文学作品的解读上,提出了读诗亦如圆梦的主张。张皋文《词选》自序曰"义有幽隐,并为指发",他所说的"指发",指的是揣度作者本心,或附会作词本事,基本上还是属于汉以来相承说《诗》、《骚》比兴之法。这种观点认为"诗'义'虽'在言外'、在'彼'不在'此',然终可推论而得确解。其事大类西方心析学判梦境为'显见之情事'与'幽蕴之情事',圆梦者据显以知幽。'在此'之'言'犹'显见梦事','在彼'之'义'犹'幽隐梦事',而说诗几如圆梦焉"。[32]当然，这种圆梦很大程度上就是对文本的细读和对情事心理的致曲钩深。比如钱锺书曾对阮瑀《止欲赋》中的一段话细加品析："还伏枕以求寐，庶通梦而交神，神惚悦而难遇，思交错以缤纷，遂终夜而靡见，东方旭以既晨。"《关雎》中已有"寤寐思服，辗转反侧"，而"此则于不能寐之前，平添欲通梦一层转折"。后世诗文中有不少就师其意境，词曲中尤成窠臼。西方情诗每恨以相思而失眠，却不恨以失眠而失去梦中相会，这与我国作品有所不同；但西方情诗每每又叹梦中相见之促转增醒后相思之剧，则又与我国作品相应和。钱锺书指出，"梦见不真而又匆促，故怏怏有虚愿未酬之恨；真相见矣，而匆促板障，未得遂心所欲，则复怏怏起脱空如梦之嗟"，"是以怨暂见与怨梦见之什，几若笙磬同音焉"，都是所谓"梦见争如不梦，梦了终醒、不如不梦"。[33]

三、创作的心理流程

从心理分析理论来看，关于梦的学说已经涉及了文学创造心理学，涉及了文学创作的心理动力、创作构思的心理运行、创作传达的心理发生等一系列问题。而钱锺书所论述的诗可以怨、笔补造化、心手关系则分别代表了这三方面的问题，并由此构成相对完整的对文学创作过程的心理学探索。

首先从创作的心理动力来说，弗洛伊德把原欲看作是人的艺术活动的终极因素。艺术作品是艺术家在原欲支配下，为弥补现实中的缺陷而制造的幻想。他以诗人为例阐明了他的观点：诗人也像做游戏的儿童一样，在做同样的事，创造出一个幻想的世界，并且十分严肃认真地去创造，把幻想世界与现实严格地区分开来，把自己满怀着的激情融注在幻想之中。作者认为创作往往是作家对往事特别是对儿童时代的回忆。他说，一个强烈的现实事件在诗人心中唤起了对一个更早的多半属于儿童时代的事件的回忆，正是从这一儿童期的事件中萌生出愿望，这愿望又在如今的作品中得到满足。弗洛伊德的这番理论同样引起钱锺书的重视，并把它与钟嵘、周楫、李渔的话相阐发："大家都熟知弗洛伊德的有名理论：在实际生活里不能满足欲望的人，死了心作退一步想，创造出文艺来，起一种替代品的功用，借幻想来过瘾。假如说，弗洛伊德这个理论早在钟嵘的三句话里稍露端倪，更在周楫和李渔的两段话里粗见眉目，那也许不是牵强拉拢，而只是请大家注意他们似曾相识罢了"，"在某一点上，钟嵘和弗洛伊德可以对话"。[34]

其实，文学创作的心理冲动一直是现代文艺心理学研究的重心，这种创作冲动就是作家内心萌发的一种欲望，当它得不到实现时，就会造成心理上的驱力和张力，并推动作家进入创作过程。弗洛伊德提出文学创作的冲动是里比多和潜意识，荣格提出文学创作的冲动是集体无意识，而钱锺书则提出了诗可以怨的著名命题："苦痛比快乐更能产生诗歌，好诗主要是不愉快、烦恼或'穷愁'的表现和发泄。这个意见在中国古代不但是诗文理论里的常谈，而且成为写作实践里的套板。因此，我们惯见熟闻，习而相忘，没有把它当作中国文评里的一个重要概念而提示出来。"[35]因此，诗可以怨也就成为钱锺书反复申说和阐发的一个深刻命题。

钱锺书在论述司马迁《报任少卿书》时指出，司马迁所说的"发愤"、"舒愤"之旨，《孟子》、《荀子》早已畅言，只不过孟、荀泛论德慧心志，到了司马迁才开始"专论文词之才"，"撰述每出于佗傺困穷，抒情言志尤甚，汉以来之所共谈"。钱锺书列举了桓谭、钟嵘、韩愈、白居易、孟郊、宋祁、欧阳修、王安石、晁补之、贺铸、朱熹等人的相关议论，认为它们"莫不滥觞于马迁'《诗》三百篇大抵发愤所作'一语"，"轗轲可激思力，牢骚必吐胸臆；穷士强颜自慰，进而谓己之不遇正缘多才，语好词工乃愁基穷本，文章觑天巧而抉人情，足以致天仇而招人祸"，钱锺书进而将这种观点与弗洛伊德艺术是愿望的满足的理论相比照："心析学谈造艺之幻想云：人而如愿随心，则不复构楼阁于空中、过屠门而大嚼，其有云梦海思者，必仆本恨人也，可相参印。"[36]心理学的理论印证了文人的艺术感受，现实生活中的作家，由于精神、理想和欲望常处于压抑苦闷之中，积之既久，忧愤愈深，义愤要抒，牢骚要发，哀怨要诉，如鲠在喉，不吐不快，别无他途，只有诉诸笔墨，发而为文。因此，从某种意义上说，"发愤"、"舒愤"的心理情绪也就成为触发创作冲动的直接因素之一。这正如法国心理学家李博所说，对文学创作而言，"感情因素是原始的、初发的；这是因为一切创造总要以某种需要、某种愿望、某种用心、某种没有满足的冲动，甚至常常以某种痛苦的孕育为它的前提。这里的感情因素至多是同时并存的，也就是说，不论表现为愉快或为痛苦，为希望、为烦恼、为愤怒等等，它总伴随着创造的每个阶段或整个发展过程"[37]。这一命题，钱锺书在阐释《九章·哀郢》"心绖结而不解兮，思蹇产而不释"时，又作了进一步的发挥，认为《悲回风》"纡思心以为纕兮，编愁苦以为膺"中的"纡思"、"编愁"词旨尤深，"盖欲解纠结，端须组结。愁烦不释，则条理其思，绻绨其念，俾就绪成章，庶几蟠郁心胸者得以排遣，杜甫《至后》所谓'愁极本凭诗遣兴'。不为情感所奴，由其摆播，而作主以御使之。不平之善鸣，当哭之长歌，即'为纕'、'为膺'，化一把辛酸泪为满纸荒唐言，使无绪之缠结，为不紊之编结，因写忧而造艺是矣"。[38]

其次是创作过程的心理运作。荣格在《心理学与文学》（一九二二年）一文中，把文学作品分为心理型和幻想型，认为心理型作品的素材取自人的意识领域，诗人的心灵融化个人生活的诸种体验，使之由一般感受上升为艺术感受，并用语言的形式表达出来。而幻想型作品则相反，它们的素材来源于积淀于人类心灵最深层的集体无意识中的神秘经验，早已超出了个人的生活领域。心理型作品的创作过程是在作家、艺术家有意识的安排下进行的，换言之，诗人是自主的、能动的，而在幻想型作品的创作过程中，这种自主性和能动性都完全消失了，艺术家往往受到一种无意识力量的支配而不能自拔，因此，"不是歌德创作了《浮士德》，而是《浮士德》创造了歌德"。如果我们不拘泥于荣格所下的严格定义，那么他所谓幻想型作品，其实已经道出了创作过程中复杂的心理运作。在某种意义上说，造化之秘与心匠之运，往往沉瀣融会，无分彼此。钱锺书在《谈艺录》中，曾承袭"梦的解析"的话题谈到"选梦"之奇创：

>   长吉尚有一语，颇与"笔补造化"相映发。《春怀引》云："宝枕垂云选春梦"；情景即《美人梳头歌》之"西施晓梦绡帐寒，香鬟堕髻半沈檀"，而"选"字奇创。曾益注："先期为好梦"，近似而未透切。夫梦虽人作，却不由人作主。太白《白头吟》曰："且留琥珀枕，或有梦来时"，言"或"则非招之即来者也。唐僧尚颜《夷陵即事》曰："思家乞梦多"，言"乞"则求不必得者也。放翁《蝶恋花》亦曰：

"只有梦魂能再遇,堪嗟梦不由人做"。作梦而许操"选"政,若选将、选色或点戏、点菜然,则人自专由,梦可随心而成,如愿以作。醒时生涯之所缺欠,得使梦完"补"具足焉,正犹"造化"之能以"笔补",踌躇满志矣。[39]

如果我们把做梦理解为创作的话,那么这里所阐述的正是创作过程中的心理运作。一般而言,文学创作实践中的心理是极为复杂而颇难把握的,主体的知觉表象运动或审美意象运动不再需要分析推理的引导,而表现为整体心理结构的自然流露和自由展开,成为心理流的自律运动,从而赋予创作实践一种自动性的特点。现代神经心理学也认为,人的心理过程是一个复杂的机能系统。创作实践中感觉、知觉、情感、想象、幻觉等协同作用,其中非自觉的无意识心理有时甚至会起到主导作用。这种自动性和无意识就是这里所说的做梦无可操选政,那种随心做梦,使醒时生涯完补具足的愿望只能是一种梦想而已。正因为如此,"选"字方可称为"奇创"。梦者显然缺乏操纵梦的能力,也不能改变梦的方向,生涯之欠缺,梦亦不可能完补。而创作者显然也不可能完全如愿而作,否则我们就无法理解创作过程中种种复杂而神秘的创作心理现象。钱锺书对这些创作中的神秘现象颇为关注,时时从创作心理学的角度加以阐发。比如宋以来谈艺之"夕餐"公案,有人以为"落英"之"落"当解为初、始，而王安石以为当解为"衰落"，假借《楚辞》，望文饰非，几成公论，而且菊花之落，王安石屡入赋咏。钱锺书指出，"夫既为咏物，自应如钟嵘《诗品》所谓'即目直寻'、元好问《论诗绝句》所谓'眼处心生'。乃不征之目验，而求之腹笥，借古语自解，此词章家膏肓之疾：'以古障眼目'（江湜《服敔堂诗录》卷八《雪亭邀余论诗，即以韵语答之》）也。嗜习古画者，其观赏当前风物时，于前人妙笔，熟处难忘，虽增契悟，亦被笼罩，每不能心眼空灵，直凑真景。诗人之资书卷、讲来历者，亦复如是。安石此掌故足为造艺者'意识腐蚀'之例"[40]。这种意识腐蚀其实也就是钱锺书所说的"诗人写景赋物，虽每如钟嵘《诗品》所谓本诸'即目'，然复往往踵文而非践实，阳若目击今事而阴乃心摹前构"[41]。它在文学创作中屡见不鲜，比如《谈艺录》中所论的"得句浑疑是旧诗"亦属此类。中西作者不乏同心之言，有的言义理，有的言词章。钱锺书列举了《五灯会元》、王伯良《曲律》、约翰生、圣佩韦、德·桑克提斯、海涅、霍姆士等人的论述，说明无论是述者自言，还是作者自言，其实都是"柏拉图语录《菲德洛斯篇》、《米诺篇》所论宿记之旨"，或《庄子·则阳》所说"旧国旧都，望之畅然"者也，可谓词章义理，心运通轨。[42]

钱锺书在论述陆机《文赋》时较为集中地讨论了文艺心理学方面的诸多问题，从创作心理学的角度看，最为重要的是对涉乐言哀和旁思的论述。一是涉乐言哀,《文赋》云"信情貌之不差,故每变而在颜;思涉乐而必笑,方言哀而已叹",钱锺书认为陆机此言只是为当时诗文之抒情宣志而发,但随着世降文繁,其言应用愈广、义蕴遂申,"拟想之人物、角色,即事应境,因生'哀'、'乐';作者'涉'之、'言'之,复'必笑'、'已叹',象忧亦忧,象喜亦喜,一若已即局中当事。作者于人物、角色,有与有不与,或嘻笑而或怒骂,此美而彼刺;然无善无恶,莫不置此心于彼腔子之中,感共休戚,盖虽勿同其情,而必通其情焉"。但钱锺书认为陆机之语固堪钩深,但还须补阙,涉乐、言哀都是指作文,而陆机所说的"变在颜"之"笑"若"叹"并非形诸笔墨的哀与乐,"徒笑或叹尚不足以为文","情可生文,而未遽成文"。因此,"作文之际,生文之哀乐已失本来,激情转而为凝神,始于觉哀乐而动心,继乃摹哀乐而观心、用心"。这就是旧谚所谓"先学无情后学戏"。[43]这就将创作中心理角色的转换过程层层剖析、大畅其旨。二是旁思,陆机《文赋》所云"其始也,皆收视反听,耽思傍讯,精骛八极,心游万仞"。陆机的本意是"以词藻为首务",但钱锺书认为从心理学的角度看,陆机此言别具意味:"'旁讯'、'旁搜'乃言所思未得,念兹在兹,搜讨幽复,期于必致。顾亦有异乎此者。燥吻滞情,邈然莫获,虽极思功,未遽神告,则姑置之,别为他事,却忽流离滂沛,不觅自来。心理学者谓致知造艺,须解'旁思':当大塞而不通,宜舍是而别用其心,以待时节因缘,自然涣释。事如往南向北,而效同声东击西。盖思之未始有得也,守题而不设畔岸,思之至竟无获也,离题而另起炉灶;皆'旁讯'、'旁搜'。旧解可以出新义焉。"[44]这种"思之思之,无中生有,寂里出音,言语道穷而忽通,心行路绝而顿转"[45]的创作心理体验,与"博采而有所通,力索而有所入"[46]的妙悟是颇可合观阐释的,两者都是典型的对创作心理学的深层探究。其实,我们又何尝不可以也把它们理解为笔补造化呢?

再次是创作传达的心理发生。文学创作心理活动之所以有别于一般的幻想,就在于它不仅是创作主体内部发生的一种过程,它还必须用语言的手段把这个过程及结果传达出来,从而在作品这个客体化的存在物上得到完整的实现。这一过程的心理活动也是相当复杂的,它不仅是一种技巧,也是主体的一种心理能力,只有当技巧完全融入主体的心理能力,传达才能得心应手地进行。然而,在实际的创作传达过程中,得心应手往往是可望而不可即的,更多的则是心手相乖。钱锺书对这种传达过程中的心手之关系有着深切的体会和深入的阐述:

夫直写性灵,初非易事。性之不灵,何贵直写。即其由虚生白,神光顿朗,心葩忽发,而由心至口,出口入手,其果能不烦丝毫绳削而自合乎。心生言立，言立文明，中间每须剥肤存液之功，方臻掇皮皆真之境。往往意在笔先，词不逮意，意中有诗，笔下无诗；亦复有由情生文，文复生情，宛转婵媛，略如谢茂秦《四溟诗话》所谓"文后之意者"，更有如《文心雕龙·神思》篇所云"方其搦翰，气倍词前，暨乎篇成，半折心始"者。[47]

克罗齐在他的《美学原理》中曾从直觉论出发，认为"必手下能达得出，方心中可想得到。世人常恨不能自达胸中所有，实为瞀说。胸中苟有，定能自达；若难自达，必胸中无。大家之异于常人，非由于技巧熟练，能达常人所不能达；直为想象高妙，能想常人所不能想"[48]。针对克罗齐的这种论点，钱锺书精辟地指出了心手两者之间的辩证关系："夫艺也者，执心物两端而用厥中。兴象意境，心之事也；所资以驱遣而抒写兴象意境者，物之事也。物各有性：顺其性而恰有当于吾心；违其性而强以就吾心；其性有必不可逆，乃折吾心以应物。一艺之成，而三者具焉。自心言之，则生于心者应于手，出于手者形于物，如《吕览·精通》篇所谓：'心非臂也，臂非椎非石也，悲存乎心，而木石应之。'自物言之，则以心就手，以手合物，如《庄子·天道》篇所谓：'得手应心'，《达生》篇所谓：'指与物化，而不以心稽。'Croce执心弃物，何其顾此失彼也。夫大家之能得心应手,正先由于得手应心。技术工夫,习物能应;真积力久,学化于才,熟而能巧。专恃技巧不成大家,非大家不须技巧也,更非若须技巧即不成大家也。"[49]

正是基于这种卓识,钱锺书才特别欣赏陆机对"作"之"用心"、"属文"之"情",对惨淡经营、心手乖合之况的亲切微至,认为《文赋》"非赋文也,乃赋作文也"。[50] 不仅创作过程有此心手难符之慨,而且文成之后亦难免有遗恨终篇之感:"作而不成,意难释而心不快,无足怪者;作而已成矣,却复怏怏未足,忽忽有失,则非深于文而严于责己者不能会也。其始也,'骛八极而游万仞,观古今而抚四海',而兹之终也,'纷蔼此世,而余掬不盈';盖人之才有涯,文之材无涯,欲吸西江于一口,而只能饮河满腹而已。……初曰:'伊兹事之可乐',事毕乃曰:'恒遗恨以终篇';盖事之所能已尽,心之所有亦宣,斐然成章,而仍觉不副意之所期,如丘而止耳,为山尚亏也。事愿乖违,人生常叹,造艺亦归一律。文士之'遗恨终篇',与英雄之壮志未酬、儿女之善怀莫遂,戚戚有同心焉。"[51] 这也就是钱锺书在《"围城"序》里所说的,"在艺术创作里,'柏拉图式理想'真有其事"[52]。"悬拟这本书该怎样写,而才力不副,写出来并不符合理想",《汉译第一首英语诗〈人生颂〉及有关二三事》所说这些"都显示休谟所指出的'是这样'(is) 和'应该怎样'(ought) 两者老合不拢"。[53] 正是斯情。

四、感觉情绪挪移与文学情境

对文学文本进行心理分析，从不同角度揭示作品的心理内涵，是文艺心理学的重要任务。它既涉及文学文本自身的心理学分析，也涉及文学接受的心理学分析；既探寻文本所体现出来的心理手法，也研究文本中的心理情境。应该说，钱锺书著作中这方面的内容是十分丰富的，具体文本的剖析与文艺心理学原理的运用在钱锺书这里往往是融为一体的，我们有时候很难判断钱锺书是在作具体的文本鉴赏，还是在作深入的文艺心理研究。钱锺书关于通感、乐悲转化、登高生愁的论述就充分说明了这一点。

无论是文学创作还是文学接受，都离不开主体的精神力量如感觉、知觉、情感、意志、想象等的参与，而其最原初的出发点则是感觉。感觉一般指感觉器官或感觉神经受到刺激而形成的具体的体验，它被心理学家或哲学家视为一种纯粹的心理现象，甚至曾被欧洲经验主义发展为解释知识的学说。而通感就是指诸种感觉互相沟通的心理现象，也就是"一种感官受到刺激时，同时产生两种或多种感觉的心理过程"[54]。韦勒克和沃伦认为通感（又译"联觉"）是作家特有的，"即把两种或两种以上的感官的感觉和知觉联结在一起"，"在更多的情况下联觉乃是一种文学上的技巧，一种隐喻性的转化形式，即以具有文学风格的表达方式表现出对生活的抽象的审美态度"。[55]无论是一种心理过程，还是一种文学技巧，通感现象在西方文学史上可谓屡见不鲜，并有了"通感"这一专用概念。到了十九世纪末象征主义诗人大用特用，"几乎使通感成为象征派诗歌的风格标志"，而中国古代文人虽然也很早运用了通感手法，但"古代批评家和修辞学家似乎都没有理解或认识"，并给予足够的重视。[56]一九六二年钱锺书发表《通感》一文并在《管锥编》等著作中不断加以论析，第一次将中西文学中的通感或曰感觉挪移相沟通，从而进一步拓展了文艺心理学的研究空间。

钱锺书在论《列子·黄帝》"眼如耳，耳如鼻，鼻如口，无不同也"时指出，眼耳鼻各司其职，此常世所识，"视听不用耳目"、"神会而不以官受"，"此神秘宗侈陈之高境"，一旦将感官互通掇拾为文字波澜，则为通感："'眼如耳，耳如鼻，鼻如口，无不同'，即'销磨六门'，根识分别，扫而空之，浑然无彼此，视可用耳乃至用口鼻腹藏，听可用目乃至用口鼻腹藏，故曰'互用'；'易耳目之用'则不然，根识分别未泯，不用目而仍须'以耳视'犹瞽者，不用耳而仍须'以目听'犹聋者也。西方神秘宗亦言'契合'，所谓：'神变妙易，六根融一'。然寻常官感，时复'互用'，心理学命曰'通感'；征之诗人赋咏，不乏其例，如张说《山夜闻钟》：'听之如可见，寻之定无象。'盖无待乎神之合无、定之生慧。"这种通感既有"非鼻闻香",也有"耳中见色",还有"眼里闻声"。陆机《连珠》言"目无尝音之察,耳无照景之神","尝音"之"尝"即"尝食"、"尝药"之"尝",已潜以耳之于音等口之于味;其《拟西北有高楼》曰"佳人抚琴瑟,纤手清且闲;芳声随风结,哀响馥若兰",岂非"非鼻闻香"?杨万里《又和二绝句》之二"剪剪轻风未是轻,犹吹花片作红声",严遂成《满城道中》"风随柳转声皆绿,麦受尘欺色易黄",岂非"耳中见色"?陈与义《舟抵华容县夜赋》"三更萤火闹,万里天河横",黄景仁《醉花阴·夏夜》"隔竹卷珠帘,几个明星,切切如私语",岂非"眼里闻声"?[57]

通感使诗人对事物"往往突破了一般经验的感受,有深细的体会"[58],从而在作品中造成奇异的审美效果。比如张九龄《庭梅咏》中"馨香虽尚尔,飘荡复谁知",有的本子误"馨香"为"声香",钱锺书认为"声香"误文竟成妙词,"寻常眼、耳、鼻三觉亦每通有无而忘彼此,所谓'感受之共产';即如花,其入目之形色、触鼻之气息,均可移音响以揣称之"。晏几道《临江仙》"风吹梅蕊闹,雨细杏花香"、毛滂《浣溪沙》"水北烟寒雪似梅,水南梅闹雪千堆"、范成大《立秋后二日泛舟越来溪》"行入闹荷无水面,红莲沉醉白莲酣"、庞铸《花下》"若为常作庄周梦,飞向幽芳闹处栖"等诗句中的闹香、芳闹等与声香的审美效果是完全一致的。[59]而且,"诗人通感圆览,则不特无中生有,睹风为'碧'色,目复以耳为目,闻风声之为'红'、'绿'色焉。常语亦曰'风色',又曰'音色',与诗人之匠心独造,正尔会心不远"[60]。如果说这些只是创作实践中的感觉挪移,那么在审美欣赏中同样也存在这种感觉挪移。比如对《诗经·周南·桃夭》"桃之夭夭,灼灼其华",钱锺书就综合运用了考夫卡《艺术心理学诸问题》、阿恩海姆《艺术与视知觉:视觉艺术心理学》中的理论,从审美心理学的角度,细加解析,认为这句诗"既曰花'夭夭'如笑,复曰花'灼灼'欲燃,切理契心,不可点烦。观物之时,瞥眼乍见,得其大体之风致,所谓'感觉情调'或'第三种性质';注目熟视,遂得其细节之实象,如形模色泽,所谓'第一、二种性质'。见面即觉人之美丑或傲巽,端详乃辨识其官体容状;登堂即觉家之雅俗或侈俭,审谛乃察别其器物陈设"[61]。这些论述对审美欣赏过程中感觉与心理的细微挪移和转化可谓致曲钩深、深入肌理。

如果说通感是创作实践中的感觉挪移,那么乐悲转化则是文学作品所乐于表现的情绪挪移。我们都知道作家在创作实践中所表现的情感具有复杂度,作家创作一部作品,一般来说总有一个主导的情感,但并非单一的情感。心理学上衡量情感,有一个维度,称为复杂度,其意是情感往往由不同的情绪组合而成,显得相当复杂,难以到眼即辨。这种复杂性,也叫作双重情感或多重情感。各种喜怒哀乐的情绪情感相交融，各种情绪经验相聚合，使作品中的情感因素往往只可意会，而难以言传。钱锺书对文学创作中这种情绪挪移的现象给予了高度的重视，这集中体现于他对乐悲转化的心理现象的论述。

在论述《鵩鸟赋》"忧喜聚门兮，吉凶同域"时，钱锺书指出，"人情乐极生悲，自属寻常，悲极生乐，斯境罕证。悲哀充尽而渐杀，苦痛积久而相习，或刻意缮性，观空作达，排遣譬解，冀能身如木槁、心似石顽。忘悲减痛则有之，生欢变喜犹未许在。转乐成悲，古来惯道"，比如《庄子·知北游》"山林与，皋壤与，使我欣欣然而乐与；乐未毕也，哀又继之"，《淮南子·原道训》"乐作而喜，曲终而悲，悲喜转而相生"，陶潜《闲情赋》"愿在木而为桐，作膝上之鸣琴，悲乐极兮哀来，终推我而辍音"，王勃《秋日登洪府滕王阁饯别序》"天高地迥，觉宇宙之无穷，兴尽悲来，识盈虚之有数"，杜牧《池州送孟迟先辈》"喜极至无言，笑馀翻不悦"，等等，而"悲极则乐，理若宜然，而文献鲜征；至于失心变态，好别趣偏，事乖常经，词章不著"。[62] 这种乐悲转化的情绪挪移，颇为符合钱锺书曾加征的"休谟论情感所谓两情相反而互转；或心理学所谓'疲乏律'：情感之持续每即促其消失转变，故乐极悲来，怒极悔生。吾国《礼记》中《曲礼》、《檀弓》、《孔子闲记》、《乐记》诸篇于情感之'盈而反'实早发厥绪，特仅道乐之与哀，而未推及七情五欲耳"[63]。《围城》第九章写方鸿渐和孙柔嘉吵架,"气头上虽然以吵嘴为快,吵完了,他们都觉得疲乏和空虚,像戏散场和酒醒后的心理"[64],其实亦可相映发。

乐悲转化的情绪挪移同样也体现于文学作品与接受者的审美接受之间。钱锺书在论述嵇康《声无哀乐论》时指出,"盖先入为主,情不自禁而嫁于物,触闻之机而哀,非由乐之故而哀",世人事物都有"名"、"分"之别,"'名'、事物之性德也;'分'、人遇事接物之情态也","人之贤、愚,味之甘、辛,即'彼之名',而爱、憎、喜、怒,即'我之分'"[65]。一旦彼淆于我,名乱于分,那么就出现了情绪的挪移或投射。这种现象更为突出地体现于人对美好事物,尤其是佳乐的感受:"盖聆乐时常觉忽忽若失,如《世说·任诞》记桓子野'每闻清歌,辄唤"奈何!"'康德言接触美好事物,辄惆怅类羁旅之思家乡,窃以为声音之道尤甚焉。"[66]《管锥编》曾从王褒的《洞箫赋》"故知音者乐而悲之,不知者怪而伟之"谈到汉魏六朝风尚已是"奏乐以生悲为善音,听乐以能悲为知音",中国古籍中亦有大量的相关论述,如《礼记》、《文子》、《论衡》、《鬼谷子》以及蔡邕《琴赋》、嵇康《琴赋》,等等,而且"鬼谷子、王充、郑玄径以'悲'、'哀'等物色之目与'好'、'和'、'妙'等月旦之称互文通训"。这种闻佳乐而心伤的论述同样见之于莎士比亚、雪莱等人的作品中。钱锺书进一步指出,"抑使人

265

危涕坠心，匪止好音悦耳也，佳景悦目，亦复有之"，如杜甫《阆水歌》"嘉陵江色何所似，石黛碧玉相因依。……阆中胜事可肠断，阆州城南天下稀"，李白《菩萨蛮》"寒山一带伤心碧"，"观心体物，颇信而有征"。这种审美情绪的反应完全符合心理学原理，詹姆斯《心理学原理》就认为"人感受美物，辄觉胸隐然痛，心怦然跃，背如冷水浇，眶有热泪滋等种种反应"，"文家自道赏会，不谋而合"，"陨涕为贵，不独聆音"。钱锺书颇为幽默地说："征文考献，宛若一切造艺皆须如洋葱之刺激泪腺，而百凡审美又得如绛珠草之偿还泪债，难乎其为'储三副泪'之汤卿谋矣。"[67]这种乐悲转化的情绪挪移不是深具钱锺书所说的情感之辩证法吗？

最后，我们看一下钱锺书对文学文本中企慕情境与登高生愁两种情境的心理学阐释。这两种情境其实都是作家创作心境的生动体现。所谓心境，是指一种深入的、短暂的情绪状态，它能把人在同一瞬间内的全部经验染上情绪的色彩。心境的产生，是由于某种生活事件或体验给主体留下了强烈的情绪印象，这情绪印象扩散开来，制约、支配着主体在一段时期内的心理行为，并使他的心理行为都染上特定的情绪色彩。企慕情境与登高生愁两种情境既是创作主体的心境投射，也是在这种投射下文学文本中所形成的某种心境模式。

钱锺书指出，《诗经·秦风·蒹葭》"所谓伊人，在水一方；溯洄从之，道阻且长；溯游从之，宛在水中央"和《诗经·周南·汉广》"汉有游女，不可求思。汉之广矣，不可泳思。江之永矣，不可方思"，"二诗所赋，皆西洋浪漫主义所谓企慕之情境也"。在中外文学作品中，类似的情境屡屡可见，都表现所渴望所追求的对象在远方或对岸，可以眼望心至，却不可以手触身接，是永远可以向往的却不能到达的境界。古罗马诗人有名句云"望对岸而伸手向往"，德国民歌每每托兴于深水中阻，"但丁《神曲》亦寓微旨于美人隔河而笑，相去三步，如阻沧海"，钱锺书还提到"海涅赋小诗，讽谕浪漫主义之企羡，即取象于隔深渊而睹奇卉、闻远香，爱不能即，愿有人为之津梁，正如'可见而不可求'、'隔河无船'"。此外，《易林·屯》之《小畜》"夹河为婚，期至无船，摇心失望，不见所欢"，《古诗十九首》"迢迢牵牛星，皎皎河汉女。……河汉清且浅，相去复几许，盈盈一水间，脉脉不得语"，孟郊《古别离》"河边织女星，河畔牵牛郎，未得渡清浅，相对遥相望"，等等，"取象寄意，全同《汉广》、《蒹葭》"。[68]这类男女钦羡的企慕情境最普遍最深邃地表现出文艺心理学所说的距离怅惘。[69]

显然，企慕情境并不局限于男女之情，一切面对自己所向往的事物却不能获得的心境，一切明知不可能获得却无法消泯心中渴望的心境，都会产生这种距离怅惘。尤为耐人寻味的是，企慕情境同样也是宗教和神秘宗所悬想拟示的境界，企慕情境由此也从心理层面跃向了哲理层面，获得了更大的普遍概括性：

抑世出世间法，莫不可以"在水一方"寓慕悦之情，示向往之境。《史记·封禅书》记方士言三神山云："未至，望之如云；及到，三神山反居水下，临之，风辄引去。……未能至，望见之焉"；庾信《哀江南赋》叹："况复舟楫路穷，星汉非乘槎可上；风飙道阻，蓬莱无可到之期！"盖非徒儿女之私也。释氏言正觉，常喻之于"彼岸"，如《杂阿含经》卷二八之七七一："邪见者非彼岸，正见者是彼岸"，又卷四三之一一七二："彼岸者，譬无馀涅槃；河者，譬三爱；筏者，譬八正道"，亦犹古希腊神秘家言以"此处"与"彼处"喻形与神、凡与圣，比物此志尔。[70]

与企慕情境紧密相关的是登高生愁的心理情境，亦称农山心境。钱锺书在论及《楚辞·招魂》"目极千里兮伤春心"和宋玉《高唐赋》"长吏骤官，贤士失志，愁思无已，太息垂泪，登高远望，使人心瘁"时，明确此二节"为吾国词章增辟意境"，即所谓"伤高怀远几时穷"是也。此后词章中写凭高眺远、忧从中来，几成窠臼："囊括古来众作，团词以蔽，不外乎登高望远，每足使有愁者添愁而无愁者生愁。"钱锺书列举了曹植《杂诗》、沈约《临高台》、何逊《拟古》、古乐府《西洲曲》、陈子昂《登幽州台歌》、王昌龄《闺怨》、李白《愁阳春赋》、杜甫《登楼》、杜牧《登池州九峰楼寄张祜》、范仲淹《苏幕遮》、辛弃疾《丑奴儿》等诗词作品,说明这些摹写楼危阁迥、凝睇含愁、栏杆凭暖之作,渐成倚声熟套,将登高生愁之境演绎得淋漓尽致:"客羁臣逐,士耽女怀,孤愤单情,伤高望远,厥理易明。若家近'在山下',少'不识愁味',而登陟之际,'无愁亦愁',忧来无向,悲出无名,则何以哉?虽怀抱犹虚,魂梦无萦,然远志遥情已似乳壳中函,孚苞待解,应机枨触,微动几先,极目而望不可即,放眼而望未之见,仗境起心,于是惘惘不甘,忽忽若失。李峤曰:'若有求而不致,若有待而不至',于浪漫主义之'企慕',可谓揣称工切矣。情差思役,癏寐以求,或悬理想,或构幻想,或结妄想,佥以道阻且长、欲往莫至为因缘义谛。"[71]

《说苑·指武》、《孔子家语·致思》曾记孔子东上农山,喟然叹曰:"登高望下,使人心悲!"钱锺书认为,"孔子望远伤高,乃与宋玉戚戚有同感焉,于浪漫主义之'距离怅惘',俨具先觉。后世传诵如王勃《滕王阁序》:'天高地迥,觉宇宙之无穷,兴尽悲来,识盈虚之有数';陈子昂《登幽州台》:'念天地之悠悠,独怆然而涕下';柳宗元《湘江馆》:'境胜岂不豫,虑纷固难裁;升高欲自舒,弥使远念来';会心正复不远",因此,钱锺书提出"牛山之沾衣、岘山之垂泣,'怀远悼近',则亦类幽州台之下涕耳。此等情味可拈出而概名之曰'农山心境',于谈艺之挈领研几,或有小补乎"[72]。钱锺书后来又作了进一步补充,认为"'登高心悲'之'农山心境',如北宋初杨徽之《寒食寄郑起侍郎》所谓'地迥楼高易断魂'者,南宋敖陶孙《西楼》绝句申发最明:'只有西楼日日登,栏杆东角每深凭;一层已是愁无奈,想见仙人十二层'。直似登陟愈高,则悲愁愈甚,此中有正比例;一层临眺,已唤奈何,上推蓬宫瑶台十二层中人,其伤高怀远,必肠回心坠矣"[73]。钱锺书认为在曲传心理方面最为细密的是李峤的《楚望赋》,[74] 既写了沉郁之绪只有登高望远才得消解,也写了登临之际又更添愁怀,以至于怅惘恍惚,意绪难平,将农山心境的心理流程抉发殆尽。其实,正如钱锺书在论述《离骚》时所说,"忧思难解而以为迁地可逃者,世人心理之大顺,亦词章抒情之常事",然而,"弃置而复依恋,无可忍而又不忍,欲去还留,难留而亦不易去。即身离故都而去矣,一息尚存,此心安放?江湖魏阙,哀郢怀沙,'骚'终未'离'而愁将焉避"。[75] 登高舒愁,而又伤高怀远的永恒矛盾,才使农山心境成为文人不断叹之咏之的心理情境。登高生愁,人共此心,心均此理,重言曾歔,念念不忘,辄唤奈何,"旷百世而相感,诚哉其为'哀怨起骚人'也"[76]。

注　释

1. 周文柏：《文艺心理研究》，中国人民大学出版社，1988年，第8–13页。
2. 鲁道夫·阿恩海姆：《艺术与视知觉：视觉艺术心理学》，滕守尧、朱疆源译，中国社会科学出版社，1984年，第4页。
3. 韦勒克、沃伦：《文学理论》，第90–91、75页。
4. 钱锺书：《管锥编》，第311、938、316、588、1182–1185页。
5. 钱锺书：《管锥编》，第949、1324、70–71页。
6. 钱锺书：《管锥编》，第520、224、227、531、204页。
7. 陆文虎：《论〈管锥编〉的比较艺术》，载郑朝宗编《〈管锥编〉研究论文集》，福建人民出版社，1984年，第348–349页。
8. 钱锺书：《鬼话连篇》，《清华周刊》1932年第38卷第6期。
9. 钱锺书：《作者五人》，《大公报》1933年10月5日。
10. 钱锺书：《为什么人要穿衣》，《大公报》1932年10月1日。
11. 钱锺书：《一种哲学的纲要》，《新月》1932年第4卷第3期。
12. 钱锺书：《美的生理学》，《新月》1932年第4卷第5期。
13. 钱锺书：《说"回家"》，《观察》1947年第2卷第1期。
14. 钱锺书：《管锥编》，第496页。
15. 钱锺书：《管锥编》，第99页。
16. 钱锺书：《管锥编》，第226–228页。
17. 钱锺书：《管锥编》，第1058–1059页。
18. 钱锺书：《管锥编》，第671页。
19. 钱锺书：《管锥编》，第174页。
20. 陆扬：《精神分析文论》，山东教育出版社，1998年，第4–7页。
21. 钱锺书：《冷屋随笔之二》，《今日评论》1939年第1卷第6期。
22. 钱锺书：《为什么人要穿衣》，《大公报》1932年10月1日。
23. 中国社会科学院外国文学研究所、外国文学研究资料丛刊编辑委员会编：《外国理论家作家论形象思维》，中国社会科学出版社，1979年，第181页。
24. 弗洛伊德：《精神分析引论》，高觉敷译，商务印书馆，1984年，第

70–71页。
25 陈子谦：《钱学论》，第306–341页。
26 钱锺书：《管锥编》，第488–489页。
27 钱锺书：《管锥编》，第489–491页。
28 钱锺书：《管锥编》，第491–494页。
29 钱锺书：《管锥编》，第494页。
30 钱锺书：《管锥编》，第30页。
31 钱锺书：《管锥编》，第496页。
32 钱锺书：《谈艺录》，第609页。
33 钱锺书：《管锥编》，第1041–1043页。
34 钱锺书：《诗可以怨》，第125页。
35 钱锺书：《诗可以怨》，第120页。
36 钱锺书：《管锥编》，第936–938页。
37 李博：《论创造性的想象》，载中国社会科学院外国文学研究所、外国文学研究资料丛刊编辑委员会编《外国理论家作家论形象思维》，第186页。
38 钱锺书：《管锥编》，第615–617页。
39 钱锺书：《谈艺录》，第382页。
40 钱锺书：《管锥编》，第586–588页。
41 钱锺书：《管锥编》，第364页。
42 钱锺书：《谈艺录》，第255、573–574页。
43 钱锺书：《管锥编》，第1188–1192页。
44 钱锺书：《管锥编》，第1183–1185页。
45 钱锺书：《管锥编》，第1192页。
46 钱锺书：《谈艺录》，第98页。
47 钱锺书：《谈艺录》，第205–206页。
48 钱锺书：《谈艺录》，第210页。
49 钱锺书：《谈艺录》，第210–211页。
50 钱锺书：《管锥编》，第1206页。
51 钱锺书：《管锥编》，第1204页。

52 钱锺书：《"围城"序》，《文艺复兴》1947年第2卷第6期。
53 范明辉：《〈围城〉疏证（续）》，载钱锺书研究编辑委员会编《钱锺书研究》第三辑，第13–14页。
54 M. H. Abrams: *A Glossary of Literary Terms*, Holt, Rinehart and Winston, Inc., 1988, p. 187.
55 韦勒克、沃伦：《文学理论》，第78页。
56 钱锺书：《通感》，第63–78页。
57 钱锺书：《管锥编》，第482–484页。
58 钱锺书：《通感》，第69页。
59 钱锺书：《管锥编》，第1072–1073页。
60 钱锺书：《管锥编》第五册，第39页。
61 钱锺书：《管锥编》，第70–71页。
62 钱锺书：《管锥编》，第884–886页。
63 钱锺书：《管锥编》，第204页。
64 钱锺书：《围城》，第429页。
65 钱锺书：《管锥编》，第1092–1093页。
66 钱锺书：《管锥编》，第982页。
67 钱锺书：《管锥编》，第946–950页。
68 钱锺书：《管锥编》，第123–124、397页。
69 陈子谦：《钱学论》，第239–248页。
70 钱锺书：《管锥编》，第124–125页。
71 钱锺书：《管锥编》，第875–878页。
72 钱锺书：《管锥编》第五册，第72–73页。
73 钱锺书：《管锥编》第五册，第201页。
74 钱锺书：《管锥编》，第875页。
75 钱锺书：《管锥编》，第583–584页。
76 钱锺书：《管锥编》，第583–585页。

第六章　文学与历史的辩证：钱锺书与新历史主义

一、历史：想象性的叙事

钱锺书先生并非专业的历史学家，他对文学叙事与历史叙事的大量论述，基本上是基于打通的学术宗旨与追求。借助于新历史主义文论，我们发现钱锺书关于文史互通、史蕴诗心、六经皆史等问题的高见卓识，与新历史主义颇多相通与契合之处。

二十世纪五十年代以来，西方史学理论变动不居，它们不再是将历史过程作编年式的堆砌，而是重视历史认识中的理论描述，强调关注现实和历史研究中的问题意识，积极发挥历史认知的主体意识，强调史学家的解释功能，重视历史学同哲学、社会科学各相关学科之间的联系，消泯传统史学和各学科之间的界限，先后出现了社会史潮流、文化史潮流与全球史潮流。而后现代主义思潮更是对史学理论产生了深刻的影响，在历史思维的模式、历史认知的形式、历史关注的空间以及历史语言的叙述等方面，都对传统史学提出了挑战。人们不再轻信历史只是一个大写的单数（History），而可能是无数个小写的复数（histories），即利奥塔尔所说的小叙述逐渐逃离了大叙述的整体化的牢笼。[1] 人们开始放弃对普遍性规律和结构性变化的探求，而将更多的眼光投注到普通的日常生活。因此，作为科学化史学重要标志的对历史的统一解释已经不再有任何意义，倒是历史的叙述形式重新得到人们的高度重视，甚至出现了所谓"叙事的复兴"。劳伦斯·斯通就认为，"'新叙事史'的问世，标志着一个时代的终结：一种对昔日的变化作出清晰的科学解释的企图的终结"。历史学的性质和功能则从科学性转向了文学性。[2]

与此相呼应，新历史主义文论应运而生。二十世纪八十年代以来，新历史主义以清理形式主义的姿态出现，重新界定历史与人、历史与文化、历史与文学、历史与政治、历史与权力、历史与意识形态、历史与文化霸权等一系列的思维模式、文本策略和叙事方法，把历史考察与文学研究重新结合为一体，考察两者的相互作用与相互影响。二十世纪的形式主义批评倡导以文学作品为主体的本体论批评，借助于语言学方法对文学文本的构成因素与构成方式进行极为细致的分析与研究，从俄国形式主义，到英美新批评派，再到解构主义，清楚地显示了由作者研究走向文本研究，由外在研究转向内在研究的理路。俄国形式主义的基本主张就是文学的自主观、文学的形式观和文学的语言观，认为文学是一个独立的自足系统，是独立于主体和社会的客体存在。新批评派推崇以文本为中心的客观主义批评，文本是自足的批评对象，充满了含混、反讽、悖论、张力，意图谬见和感受谬见成为文本解读的常态。而解构主义更认为文本以外别无他物，文本本身也只是一种无穷无尽的符号游戏，无所谓终极意义，更无所谓与文化、政治的关系。针对形式主义的这些主张与实践，新历史主义文论重提历史诗学，将文学与历史整合观照，将文学的虚构与历史的叙事视为同一的符号系统。他们一方面反对陈旧的历史主义批评，过于注重发掘文学文本的历史真实性与作者意图的具体性；另一方面更反对形式主义完全无视文学文本与历史、文化、政治、意识形态之间错综复杂的关系，只是将文学文本视为自足的语言世界。新历史主义试图讨论文学文本周围的社会存在和文学文本中的社会存在，试图解释文学文本与具体文化实践的相互作用，诚如王岳川所言，"新历史主义是一种注重文化审理的新的'历史诗学'，它所恢复的历史维度不再是线性发展的、连续性的，而是通过历史的碎片寻找历史寓言和文化象征。就其方法而言，它总是将一部作品从孤零零的文本分析中解放出来，将其置于同时代的社会惯例和非话语实践关系中，通过文本与社会语境，文本与其他文本的'互文本'关系，构成一种新的文学研究范式或文学研究的新方法论"[3]。

新历史主义文论中最值得注意的是，充分肯定与张扬历史的叙事性，甚至将其与文学的虚构性相提并论。传统的历史主义认为，历史是客观事实的产物，文字的叙述与历史的真实性、客观性并行不悖。每一个特定的历史时代，总贯穿着一种特定的时代精神。历史研究就是探究历史的时代精神，把握历史的总体脉络，预测历史前进的方向。这种宏大叙事的连续性历史观，受到福柯等人的严重挑战。福柯指出，"自从古希腊时代的开端以来，大写的历史就在西方文化中实施着某些主要的功能：记忆，神话，传播《圣经》和神的儆戒，表达传统，对目前进行批判意识，对人类命运进行辨读，预见未来或允诺一种轮回"，这种"在其每个关节点上都是光滑的、千篇一律的宏大的历史"其实只是一种建构的产物。[4]海登·怀特进一步看到了作为文本的历史内在的文学性，明确指出，"历史的语言虚构形式同文学上的语言虚构有许多相同的地方"，"一个优秀的职业历史学家的标志之一就是不断地提醒读者注意历史学家本人对在总是不完备的历史记录中所发现的事件、人物、机构的描绘是临时性的"，文学理论家已经注意到了历史叙事的地位，只是一般"不愿意把历史叙事看作是语言虚构"。[5]海登·怀特认为，我们无法亲历历史，只能感受历史，感受的并不是真实的历史事件，而是经过了语言凝聚与置换生成的历史叙事，是对历史事件的描述性建构。传统的历史学家认为历史话语中的叙述是中性的，不影响对历史事件的再现。而事实上，历史叙事与历史阐释采取的剪裁、拼贴、隐喻、换喻、反讽等手法，使得"一个叙事性陈述可能将一组事件再现为具有史诗或悲剧的形式和意义，而另一个陈述则可能将同一组事件——以相同的合理性，也不违反任何事实记载地——再现为闹剧"[6]。海登·怀特甚至认为，文学想象力是历史学科"最伟大的力量源泉和更新力量"，"我们体验历史作为阐释的'虚构'力量，我们同样也体验到伟大小说是如何阐释我们与作家共同生活的世界"。[7]因此，历史的叙事性与文学的虚构性在此层面上达成了一致，历史话语的文学性昭然若揭。

众所周知，钱锺书对西方史学相当熟，对塔西陀、普鲁塔克、希罗多德、爱德华·吉本、马基雅维利、圭恰尔迪尼、柯林伍德等西方史学大家往往随手拈来，如数家珍。《管锥编》所讨论辨析的十部典籍中，就有两部（《左传正义》、《史记会注考证》）属于史部。在中西文学与历史的辩证中，钱锺书对文学与历史叙事发表了大量精彩论述，其核心立场正是历史与文学的互通。虽然钱锺书从来没有正面论述过新历史主义文论，但是在历史与文学互通的层面上，两者有着高度的契合。钱锺书认为,在想象与虚构方面,文学与历史颇为相通,历史叙事"与小说、院本之臆造人物、虚构境地,不尽同而可相通"[8]。这就难怪有人把历史看成是掌故或故事。"诺法利斯认为'历史是一个大掌故',那种像伏尔太剪裁掌故而写成的史书是最有趣味的艺术品。梅里美说得更坦白:'我只喜爱历史里的掌故。'",因此,"一桩历史掌故可以是一个宗教寓言或'譬喻',更不用说可以是一篇小说"。[9]所谓历史叙事往往会受到种种现实因素、语言表达、主观心态的制约。钱锺书尖锐地指出,"历史的过程里,过去支配了现在,而历史的写作里,现在支配着过去;史书和回忆录等随时应变而改头换面,有不少好范例"[10],宣称最为客观真实的历史叙事,很大程度上也取决于语言表达的轻重,即使是良史,也未必能传神存真。历史叙述中由于主观心态的变化,对同一言、同一事、同一行的叙述,也会无意之中发生变化,所谓求真,仍难免韩愈所谓"生死文字间"[11],正如钱锺书所引刘梦吉的《读史评》所云:"纪录纷纭已失真,语言轻重在词臣。若将字字论心术,恐有无边受屈人。"[12]钱锺书的这些论述与新历史主义文论在精神上的高度一致,使得我们可以借助于新历史主义话语,从文史互通、史蕴诗心、六经皆史三个方面,对钱锺书关于文学与历史的辩证进行一番梳理,从而对其著作的深刻性、丰富性与超前性获得新的认识。

二、文学与历史的互通

对于传统史学来说，真实性是历史书写的最高追求。西方史学之父希罗多德就把当时希腊哲学家们那种追求真理的精神和逻辑的方法应用到历史研究，自此以后，求真精神成为古希腊和整个西方古典史学最宝贵的传统。十九世纪德国历史学家兰克为代表的兰克学派，倡导秉笔直书，以实证方法如实地再现历史，更将求真精神发挥到极致，使历史学发展成为科学史学，文学与历史的关系也渐行渐远。到了十九世纪末二十世纪初，从狄尔泰开始，文德尔班、克罗齐、柯林伍德等历史哲学家都对实证史学观提出了质疑，人们重新思考怎么写历史的问题，历史叙事与文学之间的联系再次引发关注。中国传统的史学是特有的官修正史，及时记事，及时修史，所记者具体，所修者翔实，真实性同样成为中国传统史学的追求："良史要以实录直书为贵"（刘知几《史通·惑经》），"史者，纪实之书也"，"史家纪事，唯在不虚美，不隐恶，据事直书，是非自见"。（钱大昕《十驾斋养新录》）中国的史官也追求"君举必书"（左丘明《左传·庄公二十三年》），"书法不隐"（左丘明《左传·宣公二年》），神圣独立，正直不屈，形成了中国史学据事记实的传统。

然而，无论中西传统史学如何追求真实性，历史叙事中的虚构性依然与真实性如影随形，文学与历史之间依然显示出内在的紧密联系。一方面，文学叙述的虚构性是有限度的，它要揭示历史发展的普遍规律，就必须要以现实生活或历史事件作为叙述的基础；另一方面，历史书写的真实性也是有限度的，历史学家由于受到史料、修史目的、意识形态立场等因素的制约与影响，使得历史书写的虚构性在所难免。历史的真实性是"是这样"的问题，而历史的虚构性则是"应该怎样"的问题，诚如钱锺书所说，历史上"'是这样'（is）和'应该怎样'（ought）两者老合不拢。在历史过程里，事物的发生和发展往往跟我们闹别扭，恶作剧，推翻了我们定下的铁案，涂抹了我们画出的蓝图，给我们的不透风、不漏水的严密理论系统搠上大大小小的窟窿。通常说'历史的教训'，仿佛历史只是严厉正经的上级领导或老师；其实历史也像淘气捣乱的小孩子，爱开顽笑，捉弄人。有机会和能力来教训人，笑弄人，这是历史的胜利"[13]。因此，新历史主义重新发掘历史的虚构性，将文学与历史等量齐观，互通无间。新历史主义认为，文学文本只能属于一定的历史，而历史又只能以文本的形式存在，历史只能是充满了虚构与想象的重写的文本。传统的历史主义在文学批评实践上坚持历史和文学之间的清晰界定，将历史看作文学的稳定背景，勾勒出一幅历史线性发展与文学演进同步的图景。

而新历史主义却让我们看到历史与文学的同质性，两者都是话语实践，传统历史学所强调的同一性、发展性的历史甚至是诗学机制在历史叙述领域运作的结果。[14]

《左传·杜预序》标立历史书写的五例原则，一是微而显，二是志而晦，三是婉而成章，四是尽而不污，五是惩恶而劝善。钱锺书认为，"五者乃古人作史时心向神往之楷模，殚精竭力，以求或合者也"，前四例为"载笔之体"，第五例为"载笔之用"。历史是往事之记录，是以文字对过去的追溯与重建。从此意义来说，历史就是载笔之体，是叙事的文本。历史叙事贵在求真，尽而不污即指历史书写的真实性，"不隐不讳而如实得当，周详而无加饰，斯所谓'尽而不污'耳"。[15]钱锺书视之为基本的史学原则，也因此充分肯定司马迁对真实性的追求，为后世史家立则发凡，开创了中国传统史学：

> 黑格尔言东土惟中国古代撰史最夥，他邦有传说而无史。然有史书未遽即有史学，吾国之有史学，殆肇端于马迁欤。《论语·述而》："子不语怪、力、乱、神"，《庄子·齐物论》："六合之外，圣人存而不论"；皆哲人之明理，用心异乎史家之征事。屈原《天问》取古来"传道"即马迁"不敢言"之"轶事"、"怪物"，条诘而件询之，剧类小儿听说故事，追根穷底，有如李贽《焚书·童心说》所谓"至文出

于童心",乃出于好奇认真,非同汰虚课实。《左传》宣公二年称董狐曰:"古之良史也,书法不隐",襄公二十六年又特载南史氏之直笔无畏;盖知作史当善善恶恶矣,而尚未识信信疑疑之更为先务也。……马迁奋笔,乃以哲人析理之真通于史家求事之实,特书大号,言:前载之不可尽信,传闻之必须裁择,似史而非之"轶事"俗说应沟而外之于史,"野人"虽为常"语",而"缙绅"未许易"言"。……其于乙部之学,不啻如判别清浑之疏瀹手,"史之称通",得不以斯人为首出哉![16]

但是,要真正做到尽而不污其实并不容易。对于历史来说,真实事物感并非真实事物本身,只仿佛"'虚幻的花园里有真实的癞哈蟆',虚幻的癞哈蟆处在真实的花园里"[17]。这也涉及了似真与是真、可能与可信的问题,"布瓦洛论事实是真而写入作品未必似真;普罗斯德论谎话编造得像煞有介事就决不会真有其事"[18],都说明了尽而不污的不易。从史家来看,即使是一个具有史德的史家,由于种种原因,也未必能保证历史书写得完全真实,"即志存良直,言有征信,而措词下笔,或轻或重之间,每事迹未讹,而隐几微动,已渗漏走作,弥近似而大乱真"[19]。历史书写强调历史文献、考古史料、口述历史的三重证据,即使这三重证据都很丰富,也很难真正地重建历史真相,真正将汉还汉,将唐还唐。原因就在于史家写史时，总是不免主观的情感投射，往往将历史与现实相映照："生世多忧，望古遥集，云萍偶遇，针芥易亲。盖后来者尚论前人往事，辄远取而近思，自本身之阅历着眼，于切己之情景会心，旷代相知，高举有契。《鬼谷子·反应》篇详言'以反求覆'之道，所谓：'反以观往，覆以验来；反以知古，覆以知今；反以知彼，覆以知己。……故知之始，己自知而后知人也'；理可以推之读史。宋明来史论如苏洵《六国论》之与北宋赂辽，苏轼《商鞅论》之与王安石变法，古事时事，相影射复相映发，厥例甚众。"[20]这或许就是钱锺书所说的"我既有障，物遂失真，同感沦于幻觉"[21]。更何况，传统史书中还有大量的仿古，比如陈寿《三国志》蜀书先主传裴注引世语："请备宴会，备觉之，伪如厕潜遁"，就是仿鸿门宴故事。钱锺书认为，"'文'贵'丽事'，记当即事；借古申今，非对不发，典故纵切，事迹失真，抽黄对白，以紫乱朱。隔靴搔痒，隔雾看花，难征情实，转滋迷惘"[22]类似的仿古显然与真实性相距甚远，倒与文学的用典有更多相通之处。朱熹甚至说"南、北史除了通鉴所取者，其余只是一部好笑底小说"（黎靖德编《朱子语类》），钱锺书认为《资治通鉴》也不可信，曾经取其与正史野记相比较，发现其中颇多"修词点铁、脱胎之法"。[23]显然，在一些被认定为严肃公正的真实叙述中，由于特定的视角、观念、立场及语言的限制，而有意无意地选择、修正甚至扭曲了历史的叙述,却用所谓真实掩饰了它的虚构性。

因此,从新历史主义看来,所谓历史,只是文学之建构,是史家收集资料、编排故事、赋予意义的完整的叙事过程,是史家重构过去、解释过去的产物。虽然"在人文科学里,历史也许是最早争取有'科学性'的一门,轻视或无视个人在历史上作用的理论已成今天的主流,史学家都只探找历史演变的'规律'、'模式'或'韵节'了"[24],但是,新历史主义以后,历史已成为"作为文学虚构的历史本文"[25],历史的文学性与虚构性,有力地挑战了史学的真实性与客观性,历史与文学在某种程度上出现了叠加与重合。海登·怀特认为,我们往往会把历史视为真实的,而文学则是想象的,殊不知两者有着惊人的一致,历史叙事往往"利用真实事件和虚构中的常规结构之间的隐喻式的类似性来使过去的事件产生意义。历史学家把史料整理成可提供一个故事的形式,他往那些事件中充入一个综合情节结构的象征意义","如何组合一个历史境遇取决于历史学家如何把具体的情节结构和他所希望赋予某种意义的历史事件相结合。这个作法从根本上说是文学操作,也就是说,是小说创造的运作"。[26]新历史主义将历史视为叙事性的建构,应该说不无道理,但是不能据此断定历史与文学完全同质,甚至认为历史的本质没有真相可言,都是基于修词策略的诗性的行为。[27] 钱锺书

认为文学与历史"同宗而非同道"[28],两者相通,却并不等同。他指出:

> 赋事之诗,与记事之史,每混而难分。此士古诗即史之说,若有符验。然诗体而具纪事作用,谓古史即诗,史之本质即是诗,亦何不可。论之两可者,其一必不全是矣。况物而曰合,必有可分者在。谓史诗兼诗与史,融而未划可也。谓诗即以史为本质,不可也。脱诗即是史,则本末有诗,质何所本。若诗并非史,则虽合于史,自具本质。无不能有,此即非彼。若人之言,迷惑甚矣。更有进者。史必征实,诗可凿空。古代史与诗混,良因先民史识犹浅,不知存疑传信,显真别幻。号曰实录,事多虚构;想当然耳,莫须有也。述古而强以就今,传人而借以寓己。史云乎哉,直诗而已。[29]

这种诗与史的辩证中,让我们想起钱锺书的一种表达,"或吹火欲使灭,或又吹火欲使燃;木以不材而全,雁又以不鸣而烹。世事初无固必也"[30]。我们的立足点不同,所持的观念也就不同。但是,不管如何论说诗与史,钱锺书很明确地认为,历史叙述并不能完全等同于文学叙述,至少历史不能像文学一样随心所欲地虚构,而只能在征实的基础上,运用一定的文学叙述的手段进行历史重构。同样的叙事,"史家之文"与"词人之文"、历史与文学通而不同,所谓"记事之'笔',得分三品","上者史传","中者稗官小说","诉状等而更下"。[31]简文帝《与湘东王书》认为"裴氏乃是良史之才,了无篇什之美",这是以史之文别于篇什之文,但是两者之间往往又彼此渗透,"'记事之史'虽不同'篇翰'之'文',而其'赞'则'义归翰藻',仍是'文'耳。既'以意为主',声韵词藻均能喧宾夺主"。[32]历史叙事与文学叙事,可谓"意匠经营,同贯共规,泯町畦而通骑驿"[33]。钱锺书对文(诗)与史异同的细微辨析,通识真赏,比起新历史主义直言历史即文学、史书即叙事来,显然要来得更加细密妥适。

三、史蕴诗心

如前所述,新历史主义认为,人不可能重回原生态的历史时空,我们读到的历史只是关于历史的叙述,是被阐释、被编织过的历史,历史编纂总是带有诗人看世界的想象虚构性。因此,我们只有从语言叙事理论入手,在文学文本中采用历史文本研究法,在历史文本研究中采用文学研究法,使文学文本与历史文本在元历史的理论框架中回归叙事。新历史主义由此提出了文学研究中对"文本的历史性"和"历史的文本性"的双向关注。所谓"文本的历史性",

是指个人体验的文学表达总是具有特殊的历史性,总是能表现出社会与物质之间的某种矛盾现象。文学叙事中历史的、社会的、物质的情景,构成了所谓文学的历史性氛围。所谓"历史的文本性",是指我们根本不可能接触到一个全面而真实的历史,或在生活中体验到历史的连贯性。历史与历史文献实际上都是人们有意识地选择保留与抹去的结果。[34]选择与保留的背后,就是无处不在的历史的虚构、想象、编排与阐释等修词叙事。相对"文本的历史性",钱锺书似乎更加关注"历史的文本性"及其背后的修词叙事形态,也就是所谓史蕴诗心。

钱锺书在谈到诗与史的关系时,曾明确批评"于史则不识有梢空之巧词"、"只知诗具史笔,不解史蕴诗心"的现象。钱锺书关注的是史蕴诗心,是历史叙事中的文学性因素。他指出历史叙事中"不乏弄笔狡狯处,名以文章著者为尤甚。虽在良直,而记言记事,或未免如章实斋《古文十弊》之三所讥'事欲如其文'而非'文欲如其事'。……史传记言乃至记事,每取陈编而渲染增损之,犹词章家伎俩,特较有裁制耳"[35]。历史叙述中充满了文学的想象力,"史家追叙真人实事,每须遥体人情,悬想事势,设身局中,潜心腔内,忖之度之,以揣以摩,庶几入情合理"[36]。历史叙事的文学想象力中外皆然,"十六世纪锡德尼《原诗》早言:史家载笔,每假诗人伎俩为之;希罗多德及其祖构者叙述战

289

斗，亦效诗人描摹情思之法，委曲详尽，实则无可考信，所记大君名将辈丁宁谕众之言，亦臆造而不啻若自其口出尔。十九世纪古里埃论普罗塔克所撰名人传记云：'渠侬只求文字之工，于信实初不措意。为琢句圆整，或且不惜颠倒战事之胜负'"[37]。钱锺书的这些论述，让我们再次想起了海登·怀特的论断："所有的诗歌中都含有历史的因素，每一个世界历史叙事中也都含有诗歌的因素。我们在叙述历史时依靠比喻的语言来界定我们叙事表达的对象，并把过去事件转变为我们叙事的策略。历史不具备特有的主题；历史总是我们猜测过去也许是某种样子而使用的诗歌构筑的一部分。"[38] 我们以往只是把历史视为理所当然的事实性表述，却忽略了历史叙述中无处不在的想象性的、虚构性的因素，正是这些构成了"历史的文本性"与历史的诗心文心。

钱锺书所论述的史蕴诗心，大致体现于虚构性的记言对白与结构性的内容取舍两个方面。钱锺书极为关注史书中的记言与代言，不厌其烦地加以拈示点评。他特别欣赏《左传》中"记言而实乃拟言、代言"，指出"吾国史籍工于记言者，莫先乎《左传》，公言私语，盖无不有"。实际上这些记言，都只是代言、拟言，"左氏设身处地，依傍性格身分，假之喉舌"，视之为"后世小说、院本中对话、宾白之椎轮草创，未遽过也"。钱锺书认为这正是《左传》对文学最大的策勋树绩，"尤足为史有诗心、文心之证"。[39] 史书中那些惟妙惟肖的对白，几乎都出自"史家之心摹意匠"，"夫私家寻常酬答，局外事后只传闻大略而已，乌能口角语脉以至称呼致曲入细如是"。[40]希腊大史家修昔底德就曾自道其书记言，"早谓苟非己耳亲聆或他口所传，皆因人就事之宜，出于想当然而代为之词"，钱锺书感叹说，作为史家，修昔底德"信不自欺而能自知者。行之匪艰，行而自省之惟艰，省察而能揭示之则尤艰"。[41]昆体良、黑格尔也曾称赏西方史记中记言之妙，这些邻壁之光，都颇堪借照。历史叙事中的记言，可以设身处地，体察入微，笔底生花，或借口代言，或心口自语，甚至"一人独白而宛如两人对语"，"用笔灵妙，真灭尽斧凿痕与针线迹矣。后世小说家代述角色之隐衷，即传角色之心声，习用此法，蔚为巨观"。[42]

从结构性的内容取舍来看，历史叙事未必完全实有其事，显然也不可巨细无遗加以实录，往往是"依附真人，构造虚事，虚虚复须实实，假假要亦真真"[43]。史家会根据需要，充分运用各种修词手段，重新编排史料，安排详略，结构全篇，叙述历史，所谓"准古饰今，因模拟而成捏造"[44]，这与文学作品的创作颇多相通。钱锺书指出，"古人编年、纪传之史，大多偏详本事，忽略衬境，匹似剧台之上，只见角色，尽缺布景。夫记载缺略之故，初非一端，秽史曲笔姑置之。撰者已所不知，因付缺如；此一人耳目有限，后世得以博稽当时著述，集思广益者也。举世众所周知，可归省略；则同时著述亦必类其默尔而息，及乎星移物换，文献遂难征矣"，于是，历史叙事中就需要"小说家言摹叙人物情事，为之安排场面，衬托背景，于是挥毫洒墨，涉及者广，寻常琐屑，每供采风论世之资"，对于当时"起居服食、好尚禁忌、朝野习俗、里巷惯举，日用而不知，熟狎而相忘"，历史叙事往往忽略，以致出现了"历史之缄默"。[45]这种"历史之缄默"，又为后来的历史的想象性叙事提供了巨大的可能性。

无论是虚构性的记言对白还是结构性的内容取舍，都鲜明体现了历史叙事的文学想象力。这就像海登·怀特所说的那样，"历史学家在努力使支离破碎和不完整的历史材料产生意思时，必须要借用柯林伍德所说的'建构的想象力'"，历史事件只是故事的因素，只有"通过所有我们一般在小说或戏剧中的情节编织的技巧——才变成了故事"。[46]无论是文学想象力还是建构的想象力，都倾注了不同史家特有的情感，设身处地，巧构形似，"作者于人物、角色，有与有不与，或嘻笑而或怒骂，此美而彼刺；然无善无恶，莫不置此心于彼腔子之中，感共休戚，盖虽勿同其情，而必通其情焉"[47]。钱锺书论及历史叙事的真实性时，注意到了史家主观情感对历史叙事的影响，以及读者对历史叙事的接受："一言也，而旁听者之心理资质不同，则随人见性，谓仁谓知，遂尔各别。一人也，而与语者之情谊气度有差，则因势利导,横说竖说,亦以大殊。施者应其宜,受者得其偏。孰非孰是,何去何从,欲得环中,须超象外。此所以尽信书者,未可尚论古。"也正是从这个意义上,钱锺书认为历史叙事"非传真之难,而传神之难。遗其神,即亦失其真矣",赞赏王安石所谓"糟粕所传非粹美,丹青难写是精神"。[48]

想象力与同情心,赋予历史叙事以独特的诗心与文心。历史叙事不再是简单枯燥的流水账,而成为洞察生命奥秘、把握时代精神的历史文本。面对这样的历史文本,钱锺书有兴趣的依然是文学的鉴赏,往往独具只眼,将其作为文学文本加以细读,读出大量的虚构与想象、寄寓与讽喻、人情与人心。比如他认为《廉颇蔺相如列传》乃《史记》中"迥出之篇,有声有色",虽然更多地出自司马迁的增饰渲染,未必信实有征,可是写相如"持璧却立倚柱,怒发上冲冠","是何意态雄且杰!后世小说刻画精能处无以过之"。[49]《鲁仲连邹阳列传》中"乃今然后"四字乍看似乎堆叠重复,"实则曲传踌躇迟疑、非所愿而不获已之心思语气"。[50]《项羽本纪》中"言语呕呕"与"喑恶叱咤"、"恭敬慈爱"与"慓悍滑贼"、"爱人礼士"与"妒贤嫉能"、"妇人之仁"与"屠阬残灭"、"分食推饮"与"玩印不予"等相反相违的描写集中于项羽一人之身,却"莫不同条共贯,科以心学性理,犁然有当。《史记》写人物性格,无复综如此者"。[51]不同时代的史家充分运用想象力与同情心，通过精彩的文学描摹，生动再现了早已没有了生命的历史陈迹，复现了历史事件、历史人物、历史场景，也同时复现了背后的社会结构与情感结构，甚至反过来影响到了文学的叙事。正是从这个意义上，我们可以理解刘知几《史通》所谓"读古史者，明其章句，皆可咏歌"。

钱锺书高度肯定史蕴诗心的同时，对所谓诗具史笔、"诗史"之说，却颇不以为然。钱锺书认同新历史主义将历史视为叙事与建构，也认同想象力与同情心赋予历史叙事以诗心与文心，但是他与新历史主义根本的不同就在于，他只是认为文学与历史两者相通，却不认同文学与历史的等同，尤其反对视诗如史，求史于诗。在论宋诗的历史命运与流弊时就谈到了"诗"与"史"二者的关系问题，钱锺书指出，"'诗史'的看法是个一偏之见。诗是有血有肉的活东西，史诚然是它的骨干，然而假如单凭内容是否在史书上信而有征这一点来判断诗歌的价值，那就仿佛要从爱克司光透视里来鉴定图画家和雕刻家所选择的人体美了"[52]。在他看来，"'诗史'成见，塞心梗腹，以为诗道之尊，端仗史势，附合时局，牵合朝政；一切以齐众殊，谓唱叹之永言，莫不寓美刺之微词。远犬吠声，短狐射影，此又学士所乐道优为，而亦非慎思明辩者所敢附和也。学者如醉人，不东倒则西歆，或视文章如罪犯直认之招状，取供定案，或视文章为间谍密递之暗号,射覆索隐;一以其为实言身事,乃一己之本行集经,一以其为曲传时事,乃一代之皮里阳秋。楚齐均失,臧谷两亡,妄言而姑妄听可矣"[53]。对他来说,诗(文学)与史各异其趣,历史叙事的叙事与重建,仍以求真为要务,而文学的想象与虚构异乎文献征信,文学之真,并非事物之真,不可从中求史之质言,"诗而尽信,则诗不如无耳"[54],"诗文描绘物色人事,历历如睹者,未必凿凿有据,苟欲按图索骥,便同刻舟求剑矣。盖作者欲使人读而以为凿凿有据,故心匠手追,写得历历如睹;然写来历历如睹,即非凿凿有据,逼真而亦失真。为者败之,成者反焉,固不仅文事为然也"[55]。对于文学的诚与伪,也不可遽然判定,"高文何绮,好句如珠,现梦里之悲欢,幻空中之楼阁,镜内映花,灯边生影,言之虚者也,非言之伪者也,叩之物而不实者也,非本之心之不诚者也"[56]。词章凭空,异乎文献征信,既不能轻易苛责文学有悖史实,也不宜轻信文学可补史实。对于文学来说,如果"芜词庸响,语意不贯",却"借口寄托遥深、关系重大,名之诗史,尊以诗教,毋乃类国家不克自立而依借外力以存济者乎?尽舍诗中所言而别求诗外之物,不屑眉睫之间而上穷碧落、下及黄泉,以冀弋获,此可以考史,可以说教,然而非谈艺之当务也"。[57]可见,史蕴诗心,却未必诗具史笔,若一味从诗中凿空考史,刻意求史,非但无益考史,甚且有悖诗情。钱锺书对史蕴诗心与诗具史笔的辨析,真是生面别开,令人新耳目而拓心胸。[58]

四、"六经皆史"辨析

在新历史主义理论中,文本显然不仅仅是文学文本,同时也是历史文本,甚至文化文本。他们强调从政治权力、意识形态、文化霸权等角度,对文本进行综合性解读,从而历史性地延伸文本的意义维度,使文本的写作与解读成为一种意义增殖的过程。历史中的文本不断累积,不断增殖,成为记录历史文化语境的历史文献。因此,新历史主义其实是要在历史事件背后建立一种大历史,即重新阐释过的、更能体现权力运作和意识形态轨迹的历史,或者一种大文化,即描述其修词叙事形态,并透过这些去反映历史活动本质的文化精神,也就是格林布拉特所说的文化诗学。[59]无论是大历史,还是大文化,其实都是一种大文本,正是在文本与语境、政治与权力的网络中,新历史主义找到了自己的文化批评方法,即历史与文本互动的方法,描述文本如何成为开放的、变异不居的话语,并参与到历史过程之中,成为一个意义增殖的文本,这也是一种"文本的历史性"。从这个角度来考察钱锺书关于"六经皆史"的论述,可以清楚地看出,钱锺书采纳的也是一种大文本的观念,不仅"六经皆史",甚至经史子集各部都可视为"精神之蜕迹,心理之征存"[60],

都是一种历史文本，充分体现出"文本的历史性"，呈现出历史的、社会的、物质的情景，构成了所谓"文本的历史性"氛围。

"六经皆史"之说，是中国思想史、文化史上的老生常谈，钱锺书细细缕析了刘道原《通鉴外纪序》、王伯厚《困学纪闻》、陆鲁望《复友生论文书》、王阳明《传习录》、王元美《艺苑卮言》、胡元瑞《少室山房笔丛》、顾亭林《日知录》等著述中关于"六经皆史"的论述，认为阳明之说最为明切："以事言曰史，以道言曰经。事即道，道即事。《春秋》亦经，五经亦史。《易》是庖牺之史，《书》是尧舜以下史，礼乐即三代史，五经亦即是史。史以明善恶，示训戒，存其迹以示法。"[61] 但是，王阳明所说尚未切理餍心，他所说的存迹示法，"只说得事即道，史可作经看；未说明经亦是史，道亦即事，示法者亦只存迹也"，因此，钱锺书作了进一步的阐述："道乃百世常新之经，事为一时已陈之迹。……以六经为存迹之书，乃道家之常言。六经皆史之旨，实肇端于此。【补订一】经本以载道，然使道不可载，可载非道，则得言忘意之经，尽为记言存迹之史而已。且道固非事，然而孔子言道亦有'命'，道之'坠地'，人之'弘道'，其昌明湮晦，莫非事与迹也。道之理，百世不易；道之命，与时消长。此宋儒所以有道统之说，意谓人事嬗递，初无间断，而斯道之传，每旷世而后续，经也而有史矣。夫言不孤立，托境方生；道不虚明，有为而发。先圣后圣，作者述者，言外有人，人外有世。典章制度，可本以见一时之政事；六经义理，九流道术，征文考献，亦足窥一时之风气。道心之微，而历代人心之危著焉。故不读儒老名法之著，而徒据相斫之书，不能知七国；不究元祐庆元之学，而徒据系年之录，不能知两宋。龚定盦《汉朝儒生行》云：'后世读书者，毋向兰台寻。兰台能书汉朝事，不能尽书汉朝千百心。'断章取义，可资佐证。阳明仅知经之可以示法，实斋仅识经之为政典，龚定盦《古史钩沉论》仅道诸子之出于史，概不知若经若子若集皆精神之蜕迹，心理之征存，综一代典，莫非史焉，岂特六经而已哉。"[62]

显然，钱锺书是真正将经与史等而观之，载道之经是法律，记事之史是断例，就像钱锺书所引林肃翁《竹溪鬳斋十一稿》续集卷七《读史》所言："有人读史不读经，史在目前经杳冥。有人读经不读史，经有道腴史泥滓。我云经史无异同，八窗四面俱玲珑。经为律兮史为案，古来已断与未断。"[63] 无论是载道之经，还是记事之史，都已经是没有生命的陈迹甚至糠秕。《庄子·天运》篇记老子说："夫六经，先王之陈迹也，岂其所以迹哉！"《三国志·荀彧传》注引荀粲的话："孔子言性与天道，不可得闻，六籍虽存，固圣人之糠秕。"[64] 钱锺书引用这些话，都是要说明道已不可得闻，六经虽存，不过是圣人留下的遗迹而已。不仅仅六经，一切存留下来的文字记录，经史子集，全都是没有生命的遗迹，是积淀着精神与心理的史料，等待我们发掘和重构。历史叙事就是要运用充分的想象力与同情心，会心文外，将其还原到原来的历史文化语境之中，赋予历史遗迹以生命，传真"一时之政事"，传神"一时之风气"。[65]为此，不仅要对历史默尔不言之处会心文外，[66]更重要的是要打通历史与文学的壁垒，"一代于心性之结习成见，风气扇被，当时义理之书熟而相忘、忽而不著者，往往流露于文词语言，相如之赋可以通郑玄、赵歧之注焉"[67]。

"六经皆史"显然具有巨大的颠覆意义，瓦解了经在各种历史文本中的至尊地位，人们可以从经中解脱出来，将经史子集、古代典籍，都视为一种大文本，勾连起过去与现代之间的深刻联系。新历史主义的洞见就在于，指出我们常常把连接过去与现代之间的历史叙述给忽略了，仿佛我们可以直接穿透历史叙述与过去发生联系，人们经常直接陈述历史，以为这都是不证自明的。可是，海登·怀特指出，我们所谓的历史，"不仅是我们可以研究和进行研究的一个客体，而且，甚至从根本上是由一种独特的书写话语与过去相协调的一种关系"，它是一种特殊的书写，是一种文学虚构的文本，历史叙事必须考虑到与文学理论的相关性。[68]柯林伍德也早就指出，史家还原历史、建构历史的"唯一的办法就是在他自己的心灵中重新思想它们"，"史学家必须在自己的心灵中重建或重演过去的思想"。[69]经史子集、古代典籍都成为我们重演与建构的重要文献。当然,这种重演与建构总是从今天的立场来展开的,是以今心演古心,复活历史文本中的政事与风气、精神与心理,一代又一代地重演与建构,使得经史子集不断参与到历史过程之中,也成为意义增殖的文本,彰显出"文本的历史性"。从这个意义来看,任何历史叙事都与文学叙事有着高度的一致。

由此,我们又重新回到前面钱锺书关于历史叙事与文学叙事的辩证。《韩非子·解老》中说,"人希见生象也,而得死象之骨,案其图以想其生也;故诸人之所以意想者,皆谓之象也",钱锺书借用来生动说明历史叙事,认为"斯言虽未尽想象之灵奇酣放,然以喻作史者据往迹、按陈编而补阙申隐,如肉死象之白骨,俾首尾完足,则至当不可易矣"。[70]他还曾以形与象的关系,来讨论历史与文学之间的循环轮转:"笔削以成史传,已自具'形'矣;增损史传以成小说,则小说乃'形',史传'惟象'耳;复改编小说而成戏剧,则小说'惟象',而'形'又属诸戏剧焉。翩其反而,史家谋野有获,小说戏剧,悉归'史料',则其章回唱白即亦'惟象',须成史方得为具'形'。'形'乎'象'乎,直所从言之异路而已。"[71]显然,对于钱锺书来说,追求真实的历史叙事与张扬虚构的文学叙事,两者是完全相通的,历史叙事往往就是"利用真实事件和虚构中的常规结构之间的隐喻式的类似性来使过去的事件产生意义。历史学家把史料整理成可提供一个故事的形式，他往那些事件中充入一个综合情节结构的象征意义"[72]。因此，钱锺书关注"历史的文本性"及其背后的修辞叙事形态，独标史蕴诗心，并进而将若经若子若集都视作历史文本，彰显出"文本的历史性"。那些没有生命的历史文献，只代表了没有意义的实在的过去，只有透过历史的叙述，它们才与今天建立起了深刻的联系，呈现出开放、多元的意义。历史已经趋近文学，过去已经成为叙述。[73]历史叙事与文学叙事，共同建构了明晰的历史时间谱系，构成了关于社会、人类和历史的知识与观念。"泻瓶有受，传灯不绝"[74]，历史在某种意义上只能是通过文学性的体验、想象与记忆来传达的东西，正是通过体验、想象与记忆，历史不断被建构与再建构，于是形成新的历史叙事，新的叙事延续旧的叙事，于是构成不断增殖的历史。[75]"一朝之史、一人之传，祖构继作，彼此相因相革而未有艾也"[76]，所有这些叙事，又只能由文本叙述作为中介来完成。因此，钱锺书对历史与文学的辩证充满了深刻的洞见，如汤沃雪，如斧破竹，"青史传真，红楼说梦，文心固有相印者在"[77]。

注　释

1 参阅让-弗朗索瓦·利奥塔尔：《后现代状态：关于知识的报告》，车槿山译，生活·读书·新知三联书店，1997年。
2 Lawrence Stone, "The Revival of Narrative: Reflections on a New Old History", *Past & Present*, No. 85 (Nov., 1979), p. 19, p. 24.
3 王岳川：《后殖民主义与新历史主义文论》，山东教育出版社，1999年，第158页。
4 福柯：《词与物：人文科学考古学》，莫伟民译，上海三联书店，2001年，第479页。
5 海登·怀特：《作为文学虚构的历史本文》，载张京媛主编《新历史主义与文学批评》，北京大学出版社，1993年，第161页。
6 海登·怀特：《后现代历史叙事学》，陈永国、张万娟译，中国社会科学出版社，2003年，第325–326页。
7 海登·怀特：《作为文学虚构的历史本文》，第178–179页。
8 钱锺书：《管锥编》，第166页。
9 钱锺书：《一节历史掌故、一个宗教寓言、一篇小说》，载氏著《七缀集》，第169–170页。
10 钱锺书：《模糊的铜镜》，《人民日报》1988年3月24日。
11 钱锺书：《谈艺录》，第501页。
12 钱锺书：《谈艺录》，第160页。
13 钱锺书：《汉译第一首英语诗〈人生颂〉及有关二三事》，第159页。
14 陈榕：《新历史主义》，载赵一凡等主编《西方文论关键词》，外语教学与研究出版社，2006年，第671–673页。
15 钱锺书：《管锥编》，第161–163页。
16 钱锺书：《管锥编》，第251–253页。
17 钱锺书：《一节历史掌故、一个宗教寓言、一篇小说》，第183页。
18 钱锺书：《林纾的翻译》，第108页。
19 钱锺书：《谈艺录》，第160页。
20 钱锺书：《管锥编》，第1266–1267页。

21 钱锺书:《谈艺录》,第56页。
22 钱锺书:《管锥编》,第1420页。
23 钱锺书:《管锥编》,第1117页。
24 钱锺书:《一节历史掌故、一个宗教寓言、一篇小说》,第169页。
25 海登·怀特:《作为文学虚构的历史本文》,第160页。
26 海登·怀特:《作为文学虚构的历史本文》,第171、165页。
27 海登·怀特:《元史学:十九世纪欧洲的历史想像》,陈新译,译林出版社,2004年,第38–40页。
28 钱锺书:《管锥编》,第254页。
29 钱锺书:《谈艺录》,第38页。
30 钱锺书:《管锥编》,第301页。
31 钱锺书:《管锥编》,第1420页。
32 钱锺书:《管锥编》,第1275–1277页。
33 钱锺书:《管锥编》,第166页。
34 王岳川:《后殖民主义与新历史主义文论》,第185页。
35 钱锺书:《谈艺录》,第363–364页。
36 钱锺书:《管锥编》,第166页。
37 钱锺书:《管锥编》第五册,第144–145页。
38 海登·怀特:《作为文学虚构的历史本文》,第177页。
39 钱锺书:《管锥编》,第164–166页。
40 钱锺书:《管锥编》,第347页。
41 钱锺书:《谈艺录》,第364–365页。
42 钱锺书:《管锥编》,第338页。
43 钱锺书:《管锥编》,第1296页。
44 钱锺书:《管锥编》,第364页。
45 钱锺书:《管锥编》,第303–304页。
46 海登·怀特:《作为文学虚构的历史本文》,第163页。
47 钱锺书:《管锥编》,第1189页。
48 钱锺书:《谈艺录》,第160–161页。
49 钱锺书:《管锥编》,第319页。

50　钱锺书：《管锥编》，第321页。
51　钱锺书：《管锥编》，第275页。
52　钱锺书：《序》，载钱锺书选注《宋诗选注》，第3页。
53　钱锺书：《管锥编》，第1390页。
54　钱锺书：《谈艺录》，第388页。
55　钱锺书：《管锥编》第五册，第11–12页。
56　钱锺书：《管锥编》，第96–97页。
57　钱锺书：《管锥编》，第110页。
58　钱锺书：《管锥编》，第1553页。
59　王岳川：《后殖民主义与新历史主义文论》，第155–174页。
60　钱锺书：《谈艺录》，第266页。
61　钱锺书：《谈艺录》，第263–264页。
62　钱锺书：《谈艺录》，第265–266页。
63　钱锺书：《谈艺录》，第586页。
64　钱锺书：《谈艺录》，第265页。
65　钱锺书：《谈艺录》，第266页。
66　钱锺书：《管锥编》，第1453页。
67　钱锺书：《管锥编》，第909页。
68　海登·怀特：《后现代历史叙事学》，第292页。
69　何兆武、张文杰：《译序：评柯林武德的史学理论》，载柯林武德著《历史的观念》，何兆武、张文杰译，商务印书馆，1997年，第29、24页。
70　钱锺书：《管锥编》，第166页。
71　钱锺书：《管锥编》，第612页。
72　海登·怀特：《作为文学虚构的历史本文》，第171页。
73　罗兰·巴尔特：《历史的话语》，载张文杰等编译《现代西方历史哲学译文集》，上海译文出版社，1984年，第92–95页。
74　钱锺书：《管锥编》，第935页。
75　葛兆光：《七世纪至十九世纪中国的知识、思想与信仰》，复旦大学出版社，2000年，第70页。

76 钱锺书:《江荣祖〈史传通说〉序》,载氏著《钱锺书散文》,浙江文艺出版社,1997年,第464页。
77 钱锺书:《管锥编》第五册,第21页。

附录

鉴画衡文　道一以贯

——钱锺书论绘画读札

在《中国诗与中国画》一文中，钱锺书指出，"诗和画既然同是艺术，应该有共同性；它们并非同一门艺术，又应该各具特殊性"[1]。诗、画如此，书法、音乐亦然。钱锺书并非专业的画家、书法家或音乐家，但他对绘画、书法、音乐都有不少论述，精见卓识，俯拾皆是，无心插柳，却绿树成荫。钱锺书的论述都是基于打通的学术宗旨与追求，着力抉发文学与各艺术门类之间的共性与差异，会通不同学科之间共同的诗心与文心，为中国传统诗学话语的现代性转换打开了一条新路。本文仅就钱锺书关于绘画艺术的论述，略加理董，以期起到管窥蠡测、尝鼎一脔之效。

钱锺书关于绘画艺术的论述，从画史、画论到画法，均有涉及。在《中国诗与中国画》一文中，钱锺书指出，

"中国画史上最有代表性、最主要的流派是'南宗'"[2]。用"南"、"北"两个地域的概念与两种思想方法或学风相联系，早见于六朝，到了唐代正好与神宗的南北二宗相吻合。南宗画的理想是简约，"以经济的笔墨获取丰富的艺术效果，以减削迹象来增加意境"[3]。这样的画风与画家的籍贯其实是没有必然联系的。北人画家同样也可以画出笔墨简净的南宗画。为了说明这个问题，钱锺书进一步将诗歌史上神韵派与南宗画相对比，指出中国艺术史上对于绘画和诗歌的评价标准是不一致的，"神韵派在旧诗传统里公认的地位不同于南宗在旧画传统里公认的地位，传统文评否认神韵派是标准的诗风，而传统画评承认南宗是标准的画风"[4]。评画时，欣赏的是"虚"，而评诗时，则赏识的是"实"。钱锺书中西会通，诗画对话，举重若轻地解决了艺术史上一直纠缠不清的大问题，为重新讨论中国绘画史上的一些重要画家、画作以及美学问题，提供了理论的基础。从画论研究来说，最典型的莫过于钱锺书对谢赫《古画品》的重新标点与重新定位，独具只眼，提出"谈艺之拈'神韵'，实自赫始；品画言'神韵'，盖远在说诗之先"[5]。历来讨论传统画论，总是离不开"画有六法"之说，但到底指什么，却一直"谬采虚声"，"不究文理"，以至于"积世相承，莫之或省"。[6]钱锺书重加标点，细加阐释，让"六法"之说焕发新机。钱锺书特别旁征博引，析理探本，指出气韵最初仅用于品评人物画,是指图中人物栩栩如生之状,这跟古希腊人谈艺、评说雕塑绘画时,最重活力或生气,可以骑驿通邮。随着山水画后来居上,气韵也扩大到了对山水画的品评,"盖初以品人物,继乃类推以品人物画,终则扩而充之,并以品山水画焉。风扇波靡,诗品与画品归于一律"[7]。可见,"鉴画衡文,道一以贯"[8],画论与文论往往并没有泾渭分明,相反,却可能是同出心源的。至于画法,钱锺书也涉猎颇多,他援引《齐谐记》、《名画记》、《玉堂闲话》等文献,提出了"绘画不特似真逼真,抑且乱真夺真,更仆难终"的观点。[9]这和古希腊名手"画屋舍而飞鸟爱止,画葡萄而众禽争啄,画马则马见而长嘶,画蛇则鸟见而息噪"相呼应,指出所谓"绘事欲真,匪徒似真而已",画法的最高境界在于逼真,既真实又出神,既守法又出法。钱锺书还举出顾恺之画人物数年不点目睛的例子,"传神写貌,正在阿堵之中",苏轼《传神记》引"阿堵中"解释说,"传神之难在目,其次在颧颊,眉与鼻口,可以增减取似也",又有刘邵《人物志·九徵》"徵神见貌,则情发于目",刘昞注为"目为心候"。由此可见,眼睛是心灵流露之官,是精神汇注之处和神之所寓之地。[10]从画法上来说,"形本是画,画以象真,真之所示,即乃有神",所以《顾恺之》中记桓玄诳语"妙画通神,变化飞去","画形则神式凭之,故妙绘通灵能活,拟像而成实物真人","手笔精能,可使所作虚幻人物通灵而活,亦可使所像真实人物失神而死。两说相反相成，并行不倍"。[11]这些论述其实已经超越画法，深入到了画论的层面，将其通而观之了。

从以上的简单描述不难看出，钱锺书论绘画艺术时，往往将其与文学创作相勾连，并置阐发。事实上，绘画作品与文学作品在审美追求、审美特征方面颇多可通骑驿之处。比如，钱锺书常常谈到的意余于象，某种意义上说，就是绘画与文学审美的共同指归，其发生机制，既有画家、诗人的审美选择，也离不开观者、读者的审美参与，唤起深层的共鸣，从而达到审美的效果。意余于象是诗画作品给人以审美感受的重要原因之一。钱锺书将意余于象视为一种具有普遍意义的表现方式，时常涉及与其相生发、相印证的种种表现。在《管锥编》中《太平广记》卷二一三中，钱锺书举出多个因意余于象而受世人称道的基于诗词而成的中国画，如"《野水无人渡，孤舟尽日横》，不画空舟系岸侧，而画'一舟人卧于船尾，横一孤笛，其意以为非无舟人，但无行人耳'；《竹锁桥边卖酒家》，只画'桥头竹外挂一酒帘'，《踏花归去马蹄香》，只画'数蝴蝶逐马后'"。不仅绘画如此，中国书法之"点画"、诗文之"言"，也都会有意通过有所省略来达到意余于象的效果。钱锺书进一步拓展了意余于象的论说空间，指出西方也早就开始运用意余于象来给人以强烈的审美感受：古希腊的一幅祀神图，"以一女为牲，诸亲友极悲啼怆痛之状，而其生父则自掩面，容不可睹"，使人于画像之外有无限的想象余地，令这种悲痛从画中蔓延到了观者的心中，曳其心旌。可见，意余于象是中西皆然、符合人类审美心理的共同取向。钱锺书同时还提出，所谓意余于象，隐约化、空白化的部分既可以是近景，也可以是远景，它们创造的想象空间虽有前后之分，但都可以达到含蓄隐示的效用，并不像王士禛"远人无目，远水无波，远山无皴"所认为的，只有含蓄之远景才可以达到意余于象。钱锺书将《琵琶行》中"犹抱琵琶半遮面"，禅偈"彩霞堆里仙人见，手把红罗扇遮面"，作为近景工笔细描也能意余于象的范例，说明含蓄省略的要旨在于不显豁详尽，只要有所省略，利用善导，都可以策意余于象之功。远景的依稀隐约，近景的蔽亏减削，其意余于象的效用是一致的。[12]

钱锺书在论气韵时，更是穿梭于绘画与诗文之间，将意余于象之旨发挥得淋漓尽致。他引述中外对气韵、神韵、韵的大量说法，考查厘测，衡定评价，通过对谢赫的气韵、生动及司空图美学思想的辨析，提出气韵的含义是"生气远出"，寥寥数字却一语中的，抓住了气韵的美学特征在于气之动、韵之远。从司空图的"韵外之致"，李鹰的"朱弦之有余韵、太羹之有遗味"，严羽的"言有尽而意无穷"，姜夔的"语贵含蓄"等说法来看，"画之写景物，不尚工细，诗之道情事，不贵详尽，皆须留有余地，耐人玩味，俾由其

313

所写之景物而冥观未写之景物,据其所道之情事而默识未道之情事。取之象外,得于言表,'韵'之谓也"。[13]在讨论韵具有"因隐示深,由简致远"的美学特征时,钱锺书联系古印度说诗亦主韵,西方古师教作文谓"幽晦隐约则多姿致,质直明了则乏趣味",以及后世名家狄德罗、儒贝尔、利奥巴迪、叔本华、爱伦·坡、马拉梅等话语,加以佐证与参照。钱锺书还进一步将气韵与佛教、禅宗联系起来,辩证意与象、露与隐之关系。他引述明初沈颢《画麈》倡"禅与画俱有南北宗"之说,指出,"宋人言'诗禅',明人言'画禅',课虚叩寂,张皇幽眇。苟去其缘饰,则'神韵'不外乎情事有不落言诠者,景物有不着痕迹者,只隐约于纸上,俾揣摩于心中。以不画出、不说出示画不出、说不出,犹'禅'之有'机'而待'参'然"。[14]荆浩、韩拙论山水曰"韵者,隐露立形,备意不俗","谓不尽画出,而以显豁呈'露'与'隐'约蔽亏,错综立形烘托备意"。[15]"韵者,隐露立形"说的就是露于笔墨之中者与隐在笔墨之外者,参互而成画境。郭熙《林泉高致·山水训》曰"山欲高。尽出之,则不高;烟霞锁其腰,则高矣。水欲远。尽出之,则不远;掩映断其脉则远矣","出"即"露",而"锁"与"断"即"隐",[16]郭熙此言,是意余于象为诗画作品气韵精髓的又一例证。钱锺书还引入海德格尔所谓"呈露而亦隐匿乃真理所具之性德",以及罗兰·巴特所谓"亦见亦隐"之境界,"如衣裳微开略露之人体,最能动情",指出韩拙此语,"向来说者不得其解,至疑文有脱误,初不意渠侬论小艺而可通于大道也",[17]倒是打开了重新理解传统画论与文学、哲学关系的新空间。

粗略而言,中国传统绘画理论与传统文论除少数文本外,是较少体系和逻辑框架的,更多的是感悟性、片断化的表述。事实上,无论是谢赫的《古画品》、荆浩的《山水画录》,还是张彦远的《历代名画记》、郭熙的《林泉高致》,这些画论所提出的气韵、情趣、意境、画体、虚静、形神、立意、笔墨、不似之似、写心造化等美学标准或创作法则,总是与传统文论如影随形,彼此交融。绘画批评的主体是文人画家,批评文本不是论说体而是诗赋随笔体,批评风格不是逻辑思辨的而是感性体味的。随着禅宗的兴盛,中国画论在以诗论画的基础上又发展出以禅喻画的批评形式,用参禅悟禅的精神和方法去体味鉴赏绘画作品,品评绘画作品的优劣,论述创作的妙谛。钱锺书就谈到,宋代黄山谷在《题赵公佑画》中说"余未尝识画,然参禅而知无功之功,学道而知至道不烦。于是观图画悉知其巧拙功楛,造微入妙",石涛在《大涤子题画诗跋》中说"论画者如论禅相似,贵不存知解,入第一义,方为高手,否则入第二义矣",清代王昱在《东庄论画》中亦云"清空二字,画家三昧尽矣。学者心领其妙,便能跳出窠臼,如禅机一棒,粉碎虚空",说的都是这个意思。禅讲求破执、泯迹，所以不仅否定形似，连神似都嫌滞于化迹，故以禅喻画常常强调以不似之似、不法之法、无墨之墨、无笔之笔来传写画意文心。在现代阐释学看来，只有在艺术体验中才存在一种意义的充满，体验艺术才是真正的艺术。它外扫藩篱，内绝私欲，空灵无碍而妙象朗然，简繁拘放而随缘适机，正所谓"画中无禅，唯画通禅；将谓将谓，不然不然"（明末清初画僧担当偈语题诗）；中国画论一再强调观画、品画须兴会、体味、妙悟，也与此相通。

非常有趣的是，《管锥编》的文本形态不禁令人联想起本雅明的著作形态，两者的相似性为我们对照式阅读钱锺书与本雅明提供了可能性。[18]特别是钱锺书关于绘画艺术的论述，与本雅明《摄影小史》、《机械复制时代的艺术作品》等论视觉艺术的文本，不妨捉置一处，在跨文化、跨学科的视域下对照阅读。他们都认识到眼睛在视觉艺术中的重要性。视觉艺术主要作用于人的视觉感官，眼睛正是最重要的感知器官。钱锺书深谙传统绘画三昧，了解眼睛在视觉艺术中的重要性。一方面，绘画艺术重在传达对象的神韵，神韵的传达主要通过眼睛来完成，前述顾恺之画人物数年不点目睛的典故可为佐证。生动的眼睛仿佛具有魔力，可以穿越虚实之间的界限，栩栩如生的艺术品可以在现实空间发生转换。另一方面，眼睛也是欣赏视觉艺术的重要感官，"《孟子·离娄》章云:'存乎人者,莫良于眸子'","李伐洛曰:'目为心与物缔合之所,可谓肉体与灵魂在此交代'"。[19]无独有偶,本雅明也对视觉艺术中的眼睛神韵格外敏感。本雅明对于摄影的灵光这样描述:"早期的人相,有一道'灵光'环绕着他们,如一种灵媒物,潜入他们的眼神中,使他们有充实与安定感。"[20]这一说法写在对卡夫卡童年相片的分析后面,照片中的卡夫卡目光孤独忧伤,这目光想要奋力主宰这个为他设计的风景,以防被布景所吞没。经过本雅明的解读,卡夫卡的目光与照片的布景之间形成了微妙的张力,眼睛在视觉艺术中的重要性由此得以彰显。

钱锺书区别于本雅明的是他重视感官互用,强调心、手、器三者紧密配合的重要性,强调打通视觉、听觉、嗅觉、触觉诸种感官体验在欣赏视觉艺术作品时的重要性。这种智慧可能得自中国传统绘画理论与西方神秘主义理论的有机结合:"'眼如耳,耳如鼻,鼻如口,无不同',即'销磨六门',根识分别,扫而空之,浑然无彼此,视可用耳乃至用口鼻腹藏,听可用目乃至用口鼻腹藏,故曰'互用'","西方神秘宗亦言'契合'","盖心有志而物有性,造艺者强物以从心志,而亦必降心以就物性。自心言之,则发乎心者得乎手,出于手者形于物;而自物言之,则手以顺物,心以应手"。[21]对于通感的重视使其不再拘泥于视觉感官,即视觉艺术也可以通过其他感官进行欣赏。钱锺书某种意义上是真正的解构主义者，轻蔑一切似是而非的宏大体系，特别是对于黑格尔带有"西方中心论"色彩的形而上学体系尤为轻蔑。他消解了超验的、一以贯之的形而上学，正是在这种意义上，钱锺书与本雅明相遇，并超越本雅明自身也未曾超越的某种视觉中心主义。

本雅明的思想根植在犹太教卡巴拉神学传统中，又深受马克思主义、超现实主义思潮影响。本雅明的写作使用文学蒙太奇的方式，意象丰富，被称为"意向的辩证法"，但也因此略显晦涩。《摄影小史》这篇仅有一万余字的文章浓缩了本雅明对于作为一种社会文化形式的现代摄影艺术的深刻认识。本雅明坚持认为，"通过照片中人物与真实情况的细微火花，观者可以寻求藏匿于未来的很久之前的难以辨认的细节真实"[22]。视觉中心主义对本质的追求和对主客二分的坚守，来自西方形而上学思想自身的前提预设和思维指向，在哲人柏拉图那里便已埋下伏笔，其结果是压制了人体的其他感觉系统认知世界的潜力，代表了西方现代文化的理性精神，某种意义上也隐含着理性的霸权。而钱锺书虽然认识到视觉艺术比其他门类的艺术更加真实，"文字描摹，终不如绘画之得形似"[23]，但他同时也指出，"'心眼合离'者，眼中实见每为心中成见僭夺，故画家每须眼不为心所翳。……现象学所谓'拆散'，实可伦比，特施于致知而非为造艺耳"[24]。因此，钱锺书才着力打通感官体验，打通所带来的自由精神使其超越单一的视觉体验，避免了主客体二者间的对立关系，消解了视觉在思想和文化领域里的中心地位，某种意义上可以说是对西方视觉中心主义的超越。

钱锺书与本雅明论视觉艺术都努力不被形而上学的体系所囿，揭示视觉艺术虚实之间的辩证法，但二人的落脚点颇有不同。钱锺书由实入虚，体现出解构式的游戏精神；本雅明由虚入实，探索视觉艺术的社会责任，甚至希望视觉艺术品（特别是摄影作品）能够介入现实世界，而钱锺书则清醒地认识到文学、艺术各门类有各自的特征，绘画无须与语言所营造出的幻景一致，怀疑文学艺术介入现实的实际功效。钱锺书说，"夫诗文刻划风貌，假喻设譬，约略仿佛，无大刺谬即中"，"皆当领会其'情感价值'，勿宜执着其'观感价值'。绘画雕塑不能按照诗文比喻依样葫芦，即缘此理。若直据'螓首蛾眉'、'芙蓉如面柳如眉'等写象范形，则头面之上虫豸蠢动，草木纷披，不复成人矣。古希腊大诗人索福克利斯早言'黄金发'、'玫瑰指甲'乃诗中滥熟词藻，苟坐实以作画像，其状貌便使人憎畏"。[25] 视觉艺术有其自身的内在逻辑，无须按照语言的逻辑展开。艺术创造与机械的艺术品复制不同，讲求用心经营、谋篇布局，不能跟在现实景象的后面亦步亦趋，应该体现艺术家的个人魅力，因此，钱锺书强调"山水画之异于舆地图"，"力能从简意能繁"。[26] 钱锺书援引达·芬奇的话作为论据，"达文齐亦云，作画时构思造境，可面对墙痕斑驳或石色错杂，目注心营，则人物风景仿佛纷呈"[27]，"阮元《石渠随笔》云：'他人画山水，使真有其地，皆可游玩；倪〔瓒〕则枯树一二株、矮屋一二楹，写入纸幅，固极萧疏淡远之致，设身入其境，则索然意尽矣'"[28]，由此可见，钱锺书深谙艺术三昧，认可由实入虚，不会轻言艺术介入现实。

也许是西方文化传统中模仿论的影响过于强大，西方思想家不懈地求真，甚至在视觉艺术领域亦复如是。真实性是本雅明在《摄影小史》中提出的重要概念。本雅明认为，"报道与真实性并不总是能联上关系，因报道中的相片是靠语言来相互联结、发挥作用的"，但是相机"善于捕捉浮动、隐秘的影像，所引起的震撼会激发观者的联想力"，[29]而且本雅明格外强调图说文字介入的重要性。诗人波德莱尔对复制艺术（包括摄影）持否定排斥的态度，本雅明显然从积极层面理解摄影对于揭示隐藏在过去中的真实的重要性。在图像处理软件还没有发明之前，摄影的确可以在某种程度上更加真实地表现现实，因为笔写的文字容易遭到篡改，甚至被写作的时刻就携带着写作主体个人化的诉求，因此本雅明高度肯定摄影的真实性功效。资本主义现代性的一种表现是对于真实性的遮蔽，艺术被当作商品买卖，人们的感知领域中真实性逐渐丧失，我们无力也无能把握真实性。本雅明把希望寄托在摄影身上，希望摄影能够捕捉浮动、隐秘的影像，引起的震撼会激发观者的联想力，那种过去相片中的真实蕴藏着未来的信息。这与钱锺书所引述的艺术家为第二造物主之说又颇有相通之处，"画形则神式凭之，故妙绘通灵能活，拟像而成实物真人。言虽幻诞，而寓旨则谓人能竞天，巧艺不亚于造化，即艺术家为'第二造物主'之西土常谈也"[30]。

如今的现代艺术封闭在相对狭隘的空间，失去与大众、与现实对话的契机，往往沦为某种观念性的传达，其社会批判的功效也日渐式微。放逐了真实性也就放逐了自身，甚至丧失了批判的激情与勇气。随着电子媒介日益渗透到人类的日常生活领域，人类对世界的感知方式、审美判断以及由此带来的实践方式都会发生广泛而深刻的变化，它考验着人们对于未来世界的想象力与创造力，同时也检验着学者对当下种种表征背后的深层次因素的思考力。钱锺书对中国传统绘画艺术的阐释，对绘画与文学共同的诗心与文心的抉发，不仅说明了中国传统文化依然保有生命力，而且展示了面对现代艺术的局限和电子媒介的挑战，中国传统艺术实现现代性转换的可能路径，那就是中西对话，返本开新，重新激发我们的想象力与表现力。这或许正是钱锺书著作在当下的价值之所在。

注 释

1 钱锺书：《中国诗与中国画》，第7页。
2 钱锺书：《中国诗与中国画》，第7页。
3 钱锺书：《中国诗与中国画》，第11页。
4 钱锺书：《中国诗与中国画》，第16页。
5 钱锺书：《管锥编》，第1353页。
6 钱锺书：《管锥编》，第1352页。
7 钱锺书：《管锥编》，第1356页。
8 钱锺书：《管锥编》，第1357页。
9 钱锺书：《管锥编》，第712页。
10 钱锺书：《管锥编》，第713–714页。
11 钱锺书：《管锥编》，第715–716页。
12 钱锺书：《管锥编》，第719–723页。
13 钱锺书：《管锥编》，第1358–1359页。
14 钱锺书：《管锥编》，第1359–1360页。
15 钱锺书：《管锥编》，第1358页。
16 钱锺书：《管锥编》第五册，第245页。
17 钱锺书：《管锥编》第五册，第245–246页。
18 相关讨论得益于白新宇的高见甚多，特此说明并致谢忱。
19 钱锺书：《管锥编》，第714–715页。
20 瓦尔特·本雅明：《迎向灵光消逝的年代：本雅明论艺术》，许绮玲、林志明译，广西师范大学出版社，2004年，第24页。
21 钱锺书：《管锥编》，第483、508页。
22 孙善春：《摄影之外 历史之中：对本雅明〈摄影小史〉的一种解读》，《同济大学学报（社会科学版）》2005年第3期。
23 钱锺书：《管锥编》，第739页。
24 钱锺书：《管锥编》，第847–848页。
25 钱锺书：《管锥编》，第106页。
26 钱锺书：《管锥编》，第1284页。

27 钱锺书:《管锥编》,第1003页。
28 钱锺书:《管锥编》,第1036页。
29 瓦尔特·本雅明:《迎向灵光消逝的年代:本雅明论艺术》,第52页。
30 钱锺书:《管锥编》,第716页。

"世界的钱锺书"与"钱锺书的世界"

在中国现当代文学走向世界的浪潮中,钱锺书是与众不同的存在。他既是一位著名作家,也是一位大师级学者,两者互动,彼此推进,共同形塑了海外世界的钱锺书形象。尽管海外世界对钱锺书的认识更多地停留于文学创作层面,对钱锺书极具世界主义视野的学术创见所知有限,但还是应该说,对于海外世界来说,钱锺书已成为中国现当代文学具有代表性的符码化的人物。也许可以说,钱锺书已经是"世界的钱锺书",但是,海外对"钱锺书的世界"的认知仍有待深入。

众所周知,钱锺书的文学创作涵盖了小说、散文和旧体诗,充满了对人情世态的生动描摹和对世界人生的深沉思考,其汪洋恣肆、妙语如珠的叙述风格,显示了钱锺书作为作家的过人才情。他唯一的长篇小说《围城》（一九四七年）应该是中国现当代文学作品中海外传播最为广泛深入的文本之一。

六十年前，《围城》在国内的文学史中寂寂无名，几乎被人遗忘。远在美国的夏志清却独具只眼，悟稀赏独，在《中国现代小说史》（一九六一年）中第一次将钱锺书与沈从文、张爱玲、张天翼等并列为中国现代文学四大家，大胆提出《围城》是"中国近代文学中最有趣和最用心经营的小说，可能亦是最伟大的一部"[1]。夏志清曾在不同场合反复申明，"对优美作品的发现与批评，永远是我的首要工作"[2]，他对《围城》的发掘与评断，完全践行了他的批评原则。他将《围城》置于世界文学的语境之中，花了很大的篇幅，从象征运用、意象经营、心理渲染、讽刺艺术、悲剧精神等方面解读《围城》，充分肯定了《围城》的审美价值与道德价值，也彰显了他本人的人文立场与批评原则。夏志清对钱锺书的品评固然是一家之言，不乏可商榷之处，但不可否认的是，夏志清打开了海外世界认识钱锺书的方便之门。自此之后，《围城》逐渐成为备受海外世界追捧的名作之一，先后出现英语、俄语、法语、日语、德语、波兰语、捷克语、西班牙语、韩语、越南语和荷兰语等十余个外文译本，海外读者通过《围城》认识到中国现代文学的丰富性。

一九七九年，美国印第安纳大学出版社出版了《围城》

的第一个外文译本,由凯利和茅国权合译,十年后又获重印。二〇〇四年,美国纽约新方向出版公司出版了《围城》英译的修订本,并被英国企鹅出版社纳入"企鹅现代经典"系列。早在英译本之前,日本学者荒井健翻译的《围城》前四章已正式发表,他与中岛长文、中岛碧夫妇合作的全译本《结婚狂诗曲》则于一九八八年由岩波书店出版。与英译本几乎同时,苏联学者符·索罗金的俄译本收入"中国文学文库",一九八〇年由莫斯科文学出版社推出,行销一时。德译本由德国学者莫芝宜佳和史仁仲合作翻译,一九八八年由法兰克福岛屿出版社出版,二十年后又由慕尼黑的施尔默·格拉夫出版社再版。莫芝宜佳也因此与钱锺书夫妇结下了深厚友谊,后来杨绛专程邀请她来北京,协助整理《钱锺书手稿集》之《外文笔记》部分。一九八七年,巴黎的克里斯蒂安·布格瓦出版社出版了由薛思微和王鲁合作翻译的《围城》法译本。一九九二年,巴塞罗那的阿纳格拉玛出版社出版了由法国学者塔西安娜·菲萨克翻译的《围城》西班牙语译本,此后多次再版。有意思的是,《围城》英译本、德译本和法译本,都是与华裔译者合作的,可能也显示了以外语为母语的译者与以汉语为母语的译者合作翻译的优势。

据余承法教授统计,《围城》已有十一个语种的二十六个译本,短篇小说集《人·兽·鬼》有六个语种的十四个译本,散文集《写在人生边上》有三个语种的八个译本。[3]其中比较重要的是由雷勤风编辑并领衔翻译的英译本《人·兽·鬼：小说和随笔》，其实是《写在人生边上》和《人·兽·鬼》的合集，二〇一一年由哥伦比亚大学出版社出版。

相比较而言，钱锺书学术著作的译介则远不如人意。目前《管锥编》只有英语和日语的选译本，《七缀集》有英语、法语、意大利语等语种的全译本或节译本，《宋诗选注》有日语和韩语的全译本或对照本，而《谈艺录》只有英语和韩语的片断选译。这些学术译本中，最重要的当然是艾朗诺的《管锥编》选译本 Limited Views: Essays on Ideas and Letters，一九九八年由哈佛大学亚洲中心出版。艾朗诺从《管锥编》中选择了最有价值又相对集中的内容，将其整理编辑为《美学和批评》、《隐喻、意象和感知心理学》、《语义学和文学风格学》、《老子、道教与神秘主义》、《神与魔》和《社会与思想》六个部分。所选六十五则虽然在篇目上比例不足原著的百分之五，但篇幅上却占到原著五分之一，为博大精深的《管锥编》编译了一本面向西方读者的简明读本。另外，比较重要的还有郁白编译的《诗学五论》，一九八七年由法国克里斯蒂安·布格瓦出版社出版，以及二〇一四年荷兰博睿学术出版社推出的邓肯翻译的《七缀集》英译本 Patchwork: Seven Essays on Art and Literature。这些学术译著，向西方世界展示了"钱锺书的世界"的另一重面向。

与钱锺书作品外译相呼应的,是海外世界钱锺书研究的逐渐深入,其中又以《围城》的研究成果最为突出。早在一九七七年,美国学者胡定邦和胡志德就不约而同地完成了以钱锺书为研究对象的博士论文,即《从语言—文学角度研究钱锺书的三部创作作品》和《传统的革新:钱锺书与中国现代文学》。一九八二年,胡志德的《钱锺书传》列入著名的特怀恩传记丛书正式出版,这是西方世界第一本全面综论钱锺书创作与学术的著作,既有钩沉生平,也研究小说散文,还涉及了诗论和文论,特别是讨论了《谈艺录》的诗学贡献,可惜未涉及《管锥编》。德国莫芝宜佳一九九四年出版的《〈管锥编〉与杜甫新解》则将重心落在钱锺书的学术思想上,梳理《管锥编》的诗学观与方法论,并借倩女离魂法重读杜甫,以此与钱锺书展开对话。虽然个中论述不无简单生硬之处,但依然可以视为海外钱锺书研究的重要收获。

在英、法、意、韩、日等语种中,还有大量研究钱锺书的单篇论文,尤其是对钱锺书文学创作的研究,成果最为丰硕。除上面提及的夏志清、雷勤风、胡志德、胡定邦、艾朗诺、郁白、莫芝宜佳等人外,还有香港的张隆溪,美国的耿德华、王宇根、张佩瑶,日本的小川环树、山内精也、杉村安几子,韩国的韩知延,意大利的狄霞娜等学者,他们都从不同方面,对钱锺书的文学观、美学观、哲学观、翻译观等展开了论述，将海外的钱锺书研究不断推向深入。特别值得一提的是，雷勤风二〇一〇年在加拿大不列颠哥伦比亚大学召集了"钱锺书与杨绛：百年视角"工作坊，二〇一五年又编辑了会议论文集《中国的文学世界主义者》，由荷兰博睿学术出版社出版，这应该是海外钱锺书研究的一个标志性事件。

尽管钱锺书的《围城》在海外世界已经经典化，钱锺书研究也取得了一定的成果，但是，相对于"钱锺书的世界"的深度与广度而言，实在相距甚远。作为二十世纪少数几位能真正打通中西文化的学者，钱锺书以世界主义的立场，通过重新阐释中国经典，与世界展开了精彩对话，高见卓识，俯拾皆是。可惜，西方主流学术界对此依然所知甚浅。已出版的内容海量的《钱锺书手稿集》，更是展现了"钱锺书的世界"的深不可测。如何从容含玩，琢之磨之，不仅对于海外世界，对于国内学界，也是巨大的挑战。

胡志德曾说："希冀有一天钱锺书为打破巨大文化隔阂与藩篱的卓绝努力会深深影响到他无比熟悉的欧洲文学世界。"[4]在相当长的时期内，这依然会是我们共同的期待和努力的方向。

注 释

1 夏志清:《中国现代小说史》,刘绍铭等译,复旦大学出版社,2005年,第282页。
2 季进:《对优美作品的发现与批评,永远是我的首要工作:夏志清先生访谈录》,《当代作家评论》2005年第4期。
3 余承法:《失衡的境外"钱学"研究70年(1948—2018)》,《北方工业大学学报》2020年第6期。
4 胡志德:《寻找钱锺书》,《文艺争鸣》2010年第21期。